Трагический зверинец

Тридцать три урод

悲劇的な
動物園

三十三の歪んだ肖像

Трагический зверинец
Тридцать три урода

リジヤ・ジノヴィエワ＝アンニバル
田辺佐保子 訳

群像社

目次

悲劇的な動物園

K・A・ソモフ[1]に捧げる

子ぐま

M・V・サバーシニコワ[2]に捧げる

狩りに出ていた兄さんたちが戻って来た。仕留めてきたのは大きな牝ぐま。幼い乳呑子三匹を、懐に入れて持ち帰った。

まだ冬だったので、子ぐまたちはうちの田舎屋敷の地下室にあった広くて暖かい炊事場で育てられた。くまの子たちを初めて目にしたときのことは忘れられない。何かの深い籠。誰かがその籠を傾けた。私は覗いてみた。つーんと嫌な臭いが鼻をついた。籠の底に藁が敷いてあって、毛むくじゃらの小さな体が蠢いていた。それが、妙ちきりんなくまの子たちだった。

残りの冬は、私たちはたぶん都市に戻ってしまったのだろう。というのは記憶によると、くまの子たちに再会した時には、もう、ふんわりすべすべとした毛皮にくるまれ、鼻面のすっきりとした美しい獣に育って放し飼いにされていて、楽し気な小さな目でこちらを見るようすがやんちゃで生意気そうだった。子ぐまは二匹になっていた。一匹は乳呑子のうちに死んでいた。

子ぐま二匹が友だちに仲間入りして私たちの楽しい夏の田舎暮らしが始まった。

古びた大きな田舎屋敷の車寄せの前には、砂を敷きつめた陽当たりの良い広場があって、二本の支柱の両端からよくしなる長い板を吊るしたブランコがあったのをおぼえている。たわんだ板の真ん中に腰かけていると、花ざかりの野ばらのきつい香りが、上の方から漂ってくる。ブランコが高くあがるように片足で軽く踏み切り、それから地面の近くへ戻るように体重をかける。私の乗った板は揺れながらきしみだす。子ぐまたちがおなじみのギィーッという音を聞きつけて、どこからともなく私の方に駆けてくる、内股の太い足をよたよたさせて、ひょうきんな跳ね方をしながら。

番犬くらいに大きくなった二匹はすっ飛んでくると、私の前の砂地でしゃがんでみたり、前足を私の膝にのせてみたり。そのうちに片方ずつそっと口にくわえて、唇を鳴らすやら唸るやらしながら、いつまでもしゃぶっている。

私は書き取りの文章を思い出す。「飢えたくまは冬には、自分の手をしゃぶります」。たしかにしゃぶってはいるけれど、今は冬じゃなくて夏だ。それに、うちのミーシカ〔くまにたいする親しみをこめた呼び名。ミーシャも同様〕たちはちっとも飢えてなんかいない。それでもこうして毛むくじゃらの太い前足をしゃぶっている。ミーシカたちはひき割りカラス麦をたっぷり食べている。そのせいで気性が優しい。あれあれ、一匹が小さなダックスフントのクローチクに気付いて、私のことなんか忘れて走って行ってしまった。クローチクはミーシカに向かって吠える。ミーシカはクローチクに跳びかかる。クローチクはもうミーシカにくわえられた。でもあの歯なら、私の両手で挟まれるよりも柔かだから、ダックスフントは嬉しそうな悲鳴を上げてミーシカの口から跳びだし、またもや負けじとばかりに吠えたてる。大きくて気ままな友だちのふさふさの茶色い毛皮に爪をたてながら。

私は羨ましくなる。私のそばに居残った忠実なもう一匹の友だちの足を引っ張ってみる。ブランコからピョンと降りて、その友だちと駆けっこをする。ちょっとの間だけ——それから柔らかでかぐわしい草の上でいっしょに騒ぎまわる。春の大地と温かい獣の毛の匂いがただよい、ミーシカの熱い息が私の顔の真正面にかかって、可笑しくて嬉しい気持ちにさせてくれる。平らで堅い前足で私はパタパタと叩かれる。起き上がって、さらに走る。ミーシカは木の上に登ってしまった、お猿さんみたいだ。重たい足で幹をしっかりと抑えつけ、神の造りたもうたこの動物は、間抜けそうで、おっとりとした優しい顔を下に向けて、やんちゃな目をキラキラさせて挑むように私を見ている。

陽のかがよう素敵な楽しい春！　神さまが授けてくださった、森で生まれたお友だち！

食事がすんで四時になると、白い木のポールのある広々とした半円形のバルコニーでは、紅茶や、コーヒー、黄色いすもも、キャラウェー入りの小型パン、わが家の北の畑でとれる小麦を使って焼いた柔らかい灰色のパン、自家製の焼き菓子（ブリャンニク）、発泡性のジュース、温室栽培の苺、おまけにいちじくとジャムが、テーブルに用意される。家族が勢揃いする。二人の兄さんと、それぞれの元養育係（弟はまだ子ども部屋で乳母に面倒を見てもらっている）、兄さんたちの仲間たち、姉さんと女友だち、ママ、私の家庭教師（「飢えたくまは、冬には自分の手をしゃぶります」の書き取りをさせたあの女の先生）といった顔ぶれだ。

焼き菓子（プリャンニク）の美味しいこと！　こんなふうに焼ける名人技の持ち主は、年取った料理番の奥さんだ。蜂蜜と小麦粉の香ばしい匂いが漂っている。ミーシカだってちゃんと分かる。あの鼻は人間よりも敏感に匂いを嗅ぎ分けられるのだ。もちろん子ぐまたちは駆けつけて見張りをする。絨毯を拡げたようなママのお気に入りの花壇からバルコニーへと昇る脇階段を這い上がってきて、私たちを見守っている。二匹は、こらっと叱られる。姿を消していたかと思うとまた来て、好奇の目を光らせ、鼻をぴくぴくさせて、みんなの笑いを誘う。

宴（うたげ）が果てて勝手気ままな若者たちがそれぞれ用事で散ってしまうと――ミーシカはもうテーブルの下まで来て、自分の出番を待ち受けている。

「あら、焼き菓子を忘れてたわ！」と、ママが思い出す。走るママの後を私も追う。大きくなったミーシカたちが、家族の囲む円テーブルの真ん中によたよたとよじ登る。お菓子をガツガツと喰う。ジャムをひっくり返す。前足に付いた甘味をなめ、しゃぶる。ムシャムシャほおばるやら、鼻を鳴らすやら。目はキョロキョロと抜け目なく辺りのようすを窺っている。

私たちに気付いた。あっちへこっちへと逃げ回る。重たいテーブルが揺らぎだす。コップやお皿が四方に飛び散る。

ミーシカたちはドスンと床に落ちたかと思うと、階段を逃げていく足と、短いふわっとした尻尾しか見えなくなる。ママは怒らない。

ママは穏やかな人で、お馬鹿なミーシカが好きだったのだ。

夏が少しずつ進んで行く。子ぐまたちは日ごとにどころか、時間ごとに成長していった。屋敷の番犬の平均よりも体がずっと大きくなった。これまでと変わりなくダックスフントと戯れたり、相変わらず私と遊びまわったりしていて、うっかり者が置き忘れた甘い物があれば決まって見張りをし、餌のひき割りからす麦を見れば有難そうな声を上げ、掻き込むように平らげていた。

あるとき我が家の友人たちが屋敷に出入りする農民たちに向かって、悪気もなしに、怖いくまなんだぞ、と脅したことがあった。もともと農民たちの考えでは、くまごときを地主が育てるなんてことは、ろくでもない気晴らしで、彼らはそういうくまを危険だと白い眼で見たり、怖そうに避けたりしていた。ほどなくして、地元の長老が兄さんに頼みごとでやって来たのを私は小耳にはさんだ。くまを飼うのを止めてくれませんか、と。

「何が起こるやら知れたものじゃない、誰かを襲って、怪我をさせかねません。家畜にしたって同じ目にあうかもしれん、心配ですよ……とにかく獣ときたら、森のもんですからな、いくら哺乳瓶で育てようが」

くまたちは石造りの納屋に押し込められた。門には閂（かんぬき）がかけられた。ミーシカたちはやるせなさそうに唸り、自由にして、陽に当たらせて、友だちに会わせてと訴えた……私は気もそぞろにうろつき回ったり、駄々をこねたり、先生に当たり散らしたりして、泣いていた……

森番も加わって家族会議が開かれ、子ぐまたちの最終的な運命を決めることになった。夏は後半にさしかかろうとしていた。秋までには子ぐまたちはすっかり大人のくまになってしまうだろう。そうなったら二匹をもはや放し飼いにはできない。納屋に閉じ込めておいたって埒（らち）があかない。餌にしたって、もう肉を食わせねばなるまい。

「撃ち殺しますか？」森番が提案した。

私は気付かれないように古い大型ソファの隅っこに隠れていたのだけれど、わっと泣き出してしまった。上の兄さんはためらいを見せた。

「もっともだ……それが筋というものだろうよ、もちろん……それに苦しい思いをさせずにすむ」

下の兄さん――森の中をひとりで冒険するのが好きなので、家族に〈野蛮な狩人〉という綽名をつけられていた――は賛成しなかった……

「僕らはあのくまに馴染んでしまったよ、僕らが育てたんだぜ。ミルクを吸わせて。あいつらに手を上げられないよ！」

私は聞きながら、とぎれとぎれに泣きわめいていた。姉さんが涙を流しながらいった。

「ママ、なにか考えてよ！」

「森に放しなさいよ！」と、ママがいった。

私は泣きわめくのをやめて、口を閉じた。みんなが沈黙した。

上の兄さんが肩をすくめた。森番はいい返した。「やっぱり、まずいですよ。とにかく野獣（けだもの）ですからね、牝牛を襲いますぜ」

私は森番が憎らしかった。私のミーシカたちは〈野獣〉なんかじゃない。

「まずいな！」上の兄さんが自信なさそうに相槌をうった。

姉さんはうるんだ目で、お願いというようにママを見ていた。私はいつでも泣きたてるつもりでいた。ところが〈野蛮な狩人〉がきつい口調でいった。

「ママのいうとおりだ。そうすべきだよ。森へ連れてってやれよ。僕らに子ぐまを撃つ資格はない」

ママも急いで言い添えた。

「うちの家族が森で捕まえてきたのよ。捕まえなかったなら、今頃はあのまま、あっちで駆け回っているはずよ」

上の兄さんはもともと同じ考えで、実際に賛成してくれた。森番の負けとなって、みんなはどうやってミーシカを森に放そうかと議論を始めた。大きな箱の中に入れてから釘を打って蓋をして、〈悪魔の沼〉の向こうの森へ運んで行くことに決まった。遠くて、人気のない場所だ。その森の中で箱をおろし、釘を抜いて、急いで引き返してくるのだ。ミーシカたちが逃げ出そうとして、蓋の板を開けようと躍起になっているうちに、荷馬車はもう遠くまで来ているだろう。ミーシカは永久に帰り道を見つけられまい。そしてあそこのうっそうとした針葉樹林に放り出されて、野生に返ることだろう……

〈野蛮な狩人〉が笑い出した。

「それっきりで顔を合わせたくないな。互いに見分けがつかないもんな。撃ってしまうぞ!」

子ぐまたちは連れ去られた。

二匹の運命が決められようというときに、ぞっとする思いをして、いったんは絶望したあげく、子ぐまたちの自由と生命が守られる希望が生まれて、急に激しい喜びを味わったので、私は連れ去られた友だちのことを嘆き悲しむのさえ忘れていたくらいだ。それどころではなかった。何か恐ろしいものが私の心の間近に迫り、心が押さえつけられてしまっていた。

何日過ぎたのか分からない。一日か二日しかたっていなかったのかもしれないけれど、子ぐまたちの無残な最期をつたえる報せが入った。どんなふうに知ったのか、どこで、どう言われて知ったのかは覚えていない。なぜなら、あれこれの言葉が一つの言葉に、一つの感情に合流したのは——もっとはっきりいえば、それを一言でいうこと、意味づけることができたのは——もっとずっと後になってからのことだったからだ。それは裏切りだった。誰かが誰かを裏切ったのだ。とある愛が、とある喜ばしい子どもっぽい、いえ、もっと無邪気でもある、動物の人間への信頼が……裏切られた……裏切られたのだ。

〈悪魔の沼〉の先にある森のなかの草地で、農民たちが草刈りをしていた。見ると、突然森の中から二頭のくまが農民たちをめざしてまっしぐらに駆けてきた。恐怖に駆られた農民の目には、大人のくまに見えた。農民たちは動転して、大鎌を手に子ぐまたちを迎えた……

子ぐまたちは人を見て、嬉しくて駆け寄っていったのだ。友だちの懐かしい声を聞いて、あのやんちゃな目を輝かせて喜び勇んで、馬力のある内股の足を弾ませ、大きなお尻をひょうきんに揺らして、よたよたと走って行ったのだ。私が見慣れていたように。

農民たちは驚き慌てて、大鎌をかまえて子ぐまたちを迎えた。伐りつけた。一頭は生け捕りにされた。皇帝村の庭園へ売るために運ばれて行った、皇帝の狩りに使われるために。狩りの前に予め手足四本を折られてしまう、たやすく狙い撃ちすることができ、危険がないようにと。もう一頭はめった切りにされ、方々を突き刺され、全身血まみれで何が何だか分からないまま動転して、なんとか森の奥へ逃げ戻って行った。

〈野蛮な狩人〉の方の兄さんが銃を肩に下げて森の中に馬を進めていた。あの子ぐまたちへの愛着を思い知らされて、気落ちしていた。

何やら呻き声が聞こえた。人間のような……。呻き声の聞こえてくる茂みの中へ分け入って行った。懐かしいミーシカが横たわり、死にかけていた。まだ兄さんに目を向けることはできた。兄さんは肩から猟銃をおろすと、震えながら子ぐまの耳に銃口を差し込んだ。

そうしてうちのミーシカたちは命を落とした。

まちがいなくそういうことが起きたことは憶えているし分かっているけれど、誰からその話を聞いたのか、どこで聞いたのかは覚えがないし、それはたいしたことではない。〈野蛮な狩人〉が話したにきまっている。ほら、あの母の顔を覚えているもの。あれは、兄さんが子ぐまたちが死んだことを語った時の顔にまちがいない。あの時以来、母といえば、いちばん鮮明に浮かび上がってくるのが、まさにあの時の顔なのだ。すっかり蒼ざめて、下唇がプッと膨らんで、へんなふうに受け口になっていたあの顔。その母の目には、たいそう明るくて大きなあの目には――驚愕の表情が浮かんでいた。しまいに母は立ち上がり、よろめいた。私も跳び上がった。兄さんもやはり駆け寄った。すると母は唇を震わせ、小声で、詫びるようにいった。

「なんでもないのよ、ミーチャ。ちょっと可哀そうになったの、うちのミーシカたちが。すぐに戻りますから」

そして出て行った……しんと静まり返った。みんな出て行ったらしい。けれども不意に私の耳に入った言葉があり、じつに馬鹿げたことに、そのまま私の記憶に留まってしまった。そのときの私にはまだ意味がはっきりとは分かっていなかったのに。懲らしめるような口調でそのことを言ったのは、私の傍にいたらしい、兄さんたちの元養育係だった老人だ。

「それ、言わんこっちゃない、人間が自然界の命の営みに介入すると、こんなことになるのさ」

すると思慮深い家庭教師の先生が応じた。

「なら、どうしろっておっしゃるの、野生の動物を殺すな、とでも命令なさる気なの？　農民の家畜を襲わせておけとでも？」

私は泣きたかった。何が何やらさっぱり分からなかった。泣きたかった、でも泣けなかった。

もう暗くなっていたのを覚えている。私はすでに子ども部屋のベッドに入っていたものの眠れず、それでいて涙は出てこなかった。屋根の上の風向計がカラカラとかすかな金属音をたててい た。私の心では受け止められない重荷が落ちてきた。悪事が行われた。大きな不正が行われた。信頼と愛情が欺かれた。裏切り行為がなされてしまった。愛情と信頼を裏切ってしまった。それなのに……誰一人として、罰を受けなかった。

誰も罰を受けずにいる。真夜中のしじまの中で鉄製の風見がきしみながら回る音を聞いているうちに、出来事の意味がよりはっきりと、ほぼ言葉で言えるほど、分かるようになった。泣くどころではなかった。言うに言われぬ疑問が私の心にのしかかっていて、恐ろしいったらなかった。それは自分の心にのしかかられても、受け止める力のない疑問だった。

私はベッドから這いおりた。暗闇のなかを手探りで進んで行った。母のもとへと長い廊下を通り抜けて行った。

ママは話してくれる。答えてくれる。ママなら、ママならば……ママは何でも知っているはず。ママなら、どんなことがあっても助けてもらえるわ。

「ママ、ママ、神さまはどうしてお許しになったの？」

「愛しい子、この地上にはね、正義は無いの、ありえないのよ！……だけど、あなたはこの地上を愛して、正義があるようにってお願いしなさい。正義をくださいってお祈りしなさい。いい子だから、正義を願う心を燃やしなさい、そうすると、きっと奇跡が起こるわ。なりますとも、正義の世界に。心がひたむきに希(のぞ)むことは、実現するものなのよ！」

「ママ、言ったじゃない、地上にはあり得ないって……」

「あるとしたら、奇跡なのよ、それは奇跡なの、天からの授かり物なの。だけど、この地上のためには生きる値打ちはないのよ。天からの授かり物のためになら、生きる値打ちはあるの、ただ奇跡を授かるためにならばね。苦しみなさい、そして泣きなさい。嘆きにくれてお祈りしなさい！」

「でも生きるって、ママ、どうやって生きるの、つらいときに？」

「どう生きればいいのかしらね？　……そうね、こうするの、聞いてね、愛さなくちゃいけないのよ。愛して、生きなきゃいけないの。分かるのはそれだけ、それ以外は、何にも分からないわ。愛すれば、あなたは教えてもらえます。愛って、厳しいものよ。愛って、大きいほど、輝かしいほど、厳しいの。そういう厳しい愛が身にそなわると、不正を見逃さないことを教わるのよ。あなたの手はたくましい手になって、心は強い心になりますよ……私よりも長く生きるのよ、もっとたくさんのことを知るのよ……より多く愛して、より多く求めなさい！」

私はママのベッドのそばに敷かれたマットの上にひざまづいていた。ママの両手の中に顔を埋めた。すると、ふとその手が涙で濡れていて、ママが涙をこぼしたのだと分かった……

張りつめていた心が楽になった……それから眠りたくなった。

ママは私が暗くて長い廊下づたいにひとりで子ども部屋に戻ることはさせなかった。私を自分のそばに寝かせてくれた。温かくて優しかった。母のそうした優しい温もりには信頼感と救いがあった。それで私はそのまま眠ってしまった……

母は私がまだ子どものうちに亡くなった。私は母の語ったことをこんなにはっきりとは思い出せないはずだ。けれども母の死後に母の手になるメモの入った青い封筒が残されていた。『ヴェーラが十六歳になったときに渡すこと』。封筒には、兄さんが虐殺されかけ苦しんでいた子ぐまを射殺した日付が記され、小さな手紙が入っていた、違う、手紙ではなく、メモだった。母はあの夜、私の生涯の思い出にと、私たちの会話を書き留めておいてくれたのだ。

鶴のジューリャ

O・A・ベリャーエフスカヤ[3]に捧げる

うちにはジューリャ*がいた。春に、優しい兄さん、〈野蛮な狩人〉が、獲物袋から取り出して私にくれたのだ。二頭の猟犬をお供に、二日二晩森の中をさすらったあげく兄さんが持ち帰ったのが、萎れたような首の先に頭がぶらんと垂れさがった死んだ野鳥たちと、輝きが失せ、どんよりと黒ずんだ目をしたうさぎが五匹入った袋が二つ。それにもう一つ、三つ目の袋があって、兄さんは廊下でその袋の中から生きているジューリャを取り出して、私にくれた。ジューリャは長くて不格好な足をしていて、鶴らしいひょろ長い首の上に鋭い目をした小さな顔がのっていて、羽毛もまだ生え揃わない妙ちくりんな子どもの鶴だった。

ジューリャは初めのうちは、カナリアがいた我が家の明るい納戸で飼われたが、夏になる頃には、もうすらりとした力のある鳥に成長して、すべすべした羽毛が生えそろった。そこで私がりんご園へと連れ出して、引っ越しをした。

りんご園は高い柵で屋敷の小庭園と隔てられていた。ジューリャは片方の翼があまり自由にならないうえに、両方の翼の羽毛は、飛んで行けないように刈り込んであった。そのりんご園でジューリャは、えぞ苺の木々の植わる地味の肥えた畝の中にいるへんな幼虫や毛虫の類を餌にして生きていた。私はそこでジューリャといっしょにこの上なく幸せな友情のいく時かを過ごした。ジューリャは本当に愉快で、やんちゃな友だちだったのだ。

私たちはいっしょにりんご園の柵の外へ出て、小庭園のなかを歩き回った。私が小道を走る。ジューリャは翼をパタパタさせて、木々の間を私と並んで駆けて行く。ジューリャは私の着ている服をつついてみたり、髪の毛を痛いほど引っ張ったり、何だかわけの分からない、しわがれ声をしきりに上げたりする。

ジューリャは翼をもつ私の愛犬。身軽で自由な友だちよ、私の誇りよ。歩きながらにこにこしてしまう。

「何を考えているの?」家庭教師の先生が勉強中の私にたずねる。「もう、あのジューリャのことが気がかりなんでしょ?」

私は図星をさされて、頬を赤らめる。

ジューリャの姿がりんご園から消えたことがあった。呼んで呼んで、声が涸れるまで叫びつづけ、すぐりの灌木のなかで膝を傷だらけにして泣いていた。心臓が痛んでどこか深い所に落ち込

*鶴を意味するロシア語、ジュラーヴリの愛称形で「つるちゃん」ほどの意味。

み、縮んで小さな塊みたいになってしまった。

ひとりぼっちですることもなく、希望のない一日が過ぎた。私はひねくれて、強情になった。夜には泣いてばかりで眠れなかった……私は必死で勇気を奮い起こして、そっと起き上がった。窓の外に滑るように出ると（私の部屋は二階にあった）、蔓のはう柵づたいに大きなバルコニーに近い屋根の上まで来て、月灯りに白く映えるポールをつたって庭に這い降りた。

予定どおりに小庭園に来てもちっとも怖いとは思わなかった。さらにそこからりんご園に行くと、月光のもとで、とっくに花の散ったりんごの樹々が落とすくっきりとしてぴくりともしない何列もの影の間を駆け回っては、探したり、呼んでみたり、泣いたりした。

翌日の夜に生きているジューリャが運ばれてきた。生きているとはいっても、つつかれて傷だらけにされ、翼を折られていた。そんな目に遭わせたのは鶴たちだ。大麦の実った畑にいた野生の鶴たちだった。ジューリャはその鶴たちをめざして飛び立った。鶴たちは仲間だと分からず、よそ者を友だちとして受け容れようとはせずに、くちばしで叩いた。〈野蛮な狩人〉が夕方近くに愛馬オルリクにまたがって森から家に帰る途中で、大麦畑に大喰いの鶴どもが群がっているのを見て、発砲して脅かしてやれという気を起こした。鶴たちは狡猾で、銃を持っていない人間ならば、近づいても逃げもしないのだが、銃があると見れば、しわがれ声を上げて半露里先へと飛んでいってしまう。この時もいっせいに飛び立ったのだが、一羽だけ飛び立ったもののパタリと落ちてしまった鶴がいた。兄さんが畔づたいに忍び寄ってみると……それがジューリャだったというわけだ。

ジューリャは温室に閉じ込められた。生気のないこしらえ物の植物が何列か並んでいる温室の中で、ジューリャは退屈していた。いくつかある壺の中には滋養のある毛虫や幼虫は見当たらないし、雨の後で、お馬鹿な蛙たちが死が待っている小道をピョンピョンとお散歩していることもなかった。

けれども私は毎日、ジューリャを見に行った。ジューリャは羽音をたてて突っ走って来て私を出迎え、私たちは自由な表へと出て行った。ジューリャは頑固になり、力がついてきた。

私たちは厩舎をめざして歩いて行く。でも牧草地と干上がった池の間にあるその道をジューリャは嫌がった。ジューリャなりに思うところがあったのだ。何が嫌なのかしら？　私には分からなかった。丈夫で長い足の上にあるジューリャの厚みのある平らで頑強な背中に、八歳の自分の両腕を突っ立てて頑固者を力のかぎり前へと押しやる。ぐいぐい押しやる。私たちは三歩ほど前へ走ったかと思うと、一歩後退する。

私は全身汗まみれで、へとへとでふくれっ面、腹は立つけれど、でも利かん気で強い友だちを見ていると、おかしくなってしまう。

厩舎は中庭にあって、その建物の軒に沿った地面はプンプン臭う茶色のてかてかした馬糞の堆肥の置場になっていて、その上に板が何枚かわたしてある。その横の軒の真下には肥えだめがあって、溜まった尿はどろっとしていて、表面は金属のような虹色の光沢をした黴（かび）の薄膜に覆われている。

怖いなぁ。

押されたり、争ったりしながら、狭い敷板の上をどうにか通り抜けた。塀にもたれかかる。この敷板はちょっと短めだぞ。身体を屈める。ぐいっと力を入れる。板を引っ繰り返すことができた。ジューリャは怒ったように突っ立って、黙っている。と、不意に声を限りに荒々しい鳴き声を上げはじめる。蛆虫（うじ）だ！　蛆虫だ！　うわっ、なんて見事な蛆虫たちだろう。バラ色をしている。ちがう、すごく脂ぎっていて、精進の時に出る鮭みたいに黄色がかっているくらいだ。馬糞の堆肥の上でほとんど動こうとはしない。ジューリャはコウコウと音高く喉を鳴らしながら、次から次へと呑み込んでいく。まさにご馳走が山盛りの大宴会！　私が参加できないのが残念！　でも、いいのよ、私だって、それがどんなに美味しいのか、怖いくらいのご馳走だってことくらい、分かっているわ。

秋は長くて退屈だった。ジューリャと散歩するには向かない気候になってしまって、それに……少し飽きてしまった。慣れてしまったら、あの離れた暖房のない温室で、今ではひとりぼっちでいる友だちのもとへ行きたいと、気持ちがはやることがなくなった。

あの温室には泥のまじった壺がいくつかある。きっと外にある壺とおなじで、蛆虫がいるわ。水の入った木桶もいくつか地面に埋めてある。そこに蛙が住んでない理由があるかしら？　もちろん、いるに決まっているわよ。

それでもジューリャに大麦は持って行ってやっていた。ジューリャは穀類が好きなのだ。私を見ると嬉しがる。外に出してくれとねだる。でも私はなんだか足しげく通う時間がなくなってしまった。もちろん勉強のせいだ。秋には授業が多くなって、先生は厳しくなり、私はますます怠け者で聞きわけが悪くなり、それにしょっちゅう無作法だと言われて罰を受けたりしていた。そうなるとジューリャどころではなかった。とにかくジューリャは私みたいに罰を受けるなんてことはないものね。私はジューリャが羨ましい。そりゃ、ジューリャといっしょなら楽しいはずよ、でも私が毎日いなくてはならないのは、どこよ？　今に春になる、そうなったら、また友だちになろう。

私はジューリャのところへ三日間行かなかった。出かけて行って、穀物を届けてやり、水をジューリャの壺に注いでやった。肝心なのは水だ。温室の土の中に埋めてある木桶は深くて、おまけに地面すれすれまで埋まってはいるが、水を注いだ後は半分ほど土の中に浸み込んでしまうし、そのうえ木桶は小さくて、幅も狭い。もしもジューリャが落ちてしまえば、翼が邪魔をして、中から出ることはできない……

四日間行かずじまいだった。行ってないことに気付いた。届けに行った。

その後にすごく嫌な出来事があった。私は逃げ出して、マリヤのいる畑へ行って、いっしょに荷馬車にのって馬をけしかけ、一日中じゃがいもの運搬をやっていた。夕方に全身秋の泥にまみれ、短靴を片方畑で失くして家に戻ってきた。罰として二日間家に閉じ込められた。私は腹が立った。そして心を閉ざしてしまった。記憶も消えてしまった。

一週間が過ぎた。もう許されてはいても仲直りなんかしないで、予習をしていた。正面には家庭教師のエレーナ・プローホロヴナ先生が私のせいで苦しみ、青ざめ、身も心も疲れはてて座っている。ふと気付いた……ジューリャが！　ジューリャは穀物をもらってない！　ジューリャは水を飲んでない！

私は断りもせず、いきなりその場から駆けだし、廊下を突っ走り、階段を飛ぶように下り、もう一つ階段を駆けおりる。暗い石の階段で、下った先は地下室にあるだだっ広い炊事場だ。皿洗い女が大麦の入った壺を私に持ってきて、熱湯をかけてくれる。ジューリャは大麦をこうしたのが好きなのだ。私は荷車に向かう。壺を荷車にのせる。エレーナ先生が玄関先から呼んでいる。私は返事もせずにその前を駆け抜け、温室に通じる小道を飛ぶように駆けおりていく。

私の口の両端は思いきりゆるんで、にこにこ顔。ジューリャはおなかをすかしているな。そのかわり今日は好物のふやかした大麦をもらえるわ。おなかがぺこぺこだから、さぞかし美味しいはず！　そして二度と、二度ともう忘れやしないわ。今日の私の心臓は愛情でいっぱい、パンパンに膨らんで重たいくらい、こんなにはじけそうな心臓では走るのもつらいわ。立ち止まってわっと泣きだし、大きな声で言ってやりたい。「好きよ、愛している！　ごめんね！　二度と忘れないから！　好きよ！　愛している！　ええ、愛しているのよ！……」

温室は静かで、がらんとしている。嫌な感じのする静けさだ。

「ジューリャ！　ジューリャ！」

しーんとしたままだ。ああ、何か悪いことでも？

「ジューリャ！　ジューリャ！」

温室中を駆け回った。庭師が連れて行ったのじゃないかしら？　飢えて死んでしまった？　忌しいことに、どれもきれいなままの壺の中に、蛆虫なんかいるはずがないもの！　蛙が、空もなく、雨も降らないこんな温室の中の小道をお散歩するなんて、ありえないもの。

入口に向かって駆けだす。入口のそばの地面には木桶が埋め込んである。深い桶の中に何か灰色のものが——長い首が、深みから水面に浮き上がって、萎れたように生気もなく、じっと動かずにいる。光の消えた誰かの目。奥深くにある、ぼおっと暗い目が、近づいた私の目と出会った……私は泣きだす、泣きわめく。近寄るだけの力がない。全てが終わってしまったのが分かる。

庭師の所へ駆けて行く。泣きだす、泣きわめく。

庭師が私と一緒に木桶のそばに来てくれる。ジューリャを引っ張り上げる。

「水が飲みたかったんだ。どうしたんだい、ヴェーロチカ、こいつに水を運んでやるのを忘れたのかな？　溺れてから大分たっているぞ。ほれ、固くなっておる」

見ることができない。しゃべることができない。どこからともなく絶望が私のなかに忍び込んでくる。私は絶望を感じてキャーッと叫ぶ。思い切り泣きわめいて、絶望を感じるまいとする、そして小道をふらつきながらのろのろと家の方へ登って行く、わあわあ泣きわめいて、口を閉じようともしない。出迎えたのは母と、先生、姉さんと女中頭、兄さんともう一人の兄さん。けれども私は希望もなく、気持ちの安らぐこともなく泣きわめいている。誰かにやっとこでぎゅっと心臓を締め上げられてしまって、押し潰されて小さな塊になった心臓からは、熱い血が噴き出している。どくどくと流れている。

もう遅い。遅い。遅すぎた……

そして冬が過ぎた。すでに都会(まち)に戻ってからのことだ。あの出来事は忘れられたのか？ 忘れたり思い出したりするようになっていた。冬の間はあまりお祈りをしなかった。私の罪はお祈りで許されるものではなく、神さまに許してくださいとお願いすることができなかった。

新しい春が巡って来た。受難週間と復活大祭週間に私たちは田舎に出かけた。

私は初めて精進をおこなった。それまでは怠けたり疲れたりするだけの場所だった教会で、何時間もひざまずいて静かに一所懸命にお祈りをし、泣いていた。私はつつましく穏やかな気持ちになっていた。

聖大金曜日の宵に私は懺悔をした。暗い教会の中、私は老司祭が懺悔をする人々を待っている合唱隊席へと通りぬけて行きながら、こきざみに震えていた。うなだれて佇んでいた。どの問いかけにたいしても「罪深いです、司祭さま」と答えた。その後で、いつもと違ったことはないかと尋ねられると、ジューリャのことを、ジューリャを愛しているのに飽きてしまったせいで、溺れ死にさせてしまったことを話した。そして口をつぐんで、待っていた……許してくださるかしら？　許すことなんかできるかしら？　できない、できないわ、そんなこと、できないにきまっている。愛していることに飽きたなんて、私は呪われているのだもの。

　目がひりひりして、私はめったに見せない涙を流していた……

「ヴェーロチカ、もう泣くのは止めなさい。人は愛することが得意じゃないんだ。人が上手になんか愛せるものか！　でもキリストは愛してくださる。キリストは、我らの神は、許してくださる。あなたのこともお許しになるよ。あの方はご自分の事業を最後までやり遂げるためにやって来られたのだよ。だが我々、人間はそんなことはできない。だけど、お祈りをして、助けを願うことはできる。もしも許してくださり、慈悲を垂れたもうならば、あなたの心を受けとめて、あなたを生き返らせてくださる。すると、あなたの心は愛することを学ぶ。あの方はなんでもおできになるからだ。なぜって、あの方は死んで生き返られたのだからね！」

　そして老いた司祭は私にひざまずくようにといい、私の頭を香の匂いのするざらざらした肩帯でくるんで、何かつぶやかれた。私の肩にかすかな悪寒が走り、涙が止まった。考えていたことがすべて消え失せ、信頼感だけが残ったような静寂が訪れた。

　復活祭の深夜になった。雪が解けている。屋根からはぽたぽたと水滴が落ちている。地上全体がざわめき、おののき、囁き、天と囁き交わしていて、天の高みにあって火のように燃える星々からは暖かい息吹がただよってくる。

　解けてゆるんだ積雪の上を、馬橇は音もなく滑って行く。雪の解けた所にさしかかると、橇はガタンと揺れ、底の鉄の箇所がまだつるつるする地面に触れる。あるのは静けさばかり。春の樹脂の香りが漂ってくる。どの樹木もまだ黒くてごつごつしているが、水蒸気につつまれてはいても、星の光のおかげでくっきりと浮かび上がって見える――信じられないような魔法の、馥郁たる香りをたてる大盃のような大地……。

村では何もかもが動いている……何かが為されようとしている。何かが為されつつある。星々はそれを知っている、風も、大地も、人々も知っている。

私の身体は清潔だ、自分で洗ったから。頭も、髪の毛がきしきしいうほどしっかりと洗った、歯だって白くなるようにレモンでこすった。服もやはり白い。そして私は黙っている、じっと黙っている。大金曜日の宵からは口にする言葉を数えている、罪を許されて聖餐を受けた後で私の心が真っ白なままでありますようにと願って。

明るいなかでろうそくの灯りが、ふるえながら輝いている。人々はそっと息をつき、十字を切り、お辞儀をして、明るくほてる顔で待っている、待ちかまえている……ほうら、静かで大人しい群衆が道を開けた。司祭と輔祭が通り過ぎる、旗と十字架を掲げた聖歌隊も……群衆が行進の後につづこうと押し寄せた。中庭から空気が流れ込んできて、信じられないような白樺の香りが、お香とも蠟の香りともまざり合って漂いはじめた。

「キリストは甦りたまえり！　キリストは甦りたまえり！　キリストは甦りたまえり！」

そして熱心な応答が三度。

「まことに甦りたまえり！」

もちろん、まことによ！　胸のなかで心臓が甦った。愛することのできなかった私の弱い心臓が甦ったの、身を委ねるために。そして私はあなたに身を委ねました、私のキリストさま、私の神さま！

そして子どもだった私の胸のなかで生命と死が奇しくも一つになった。それが別々のものだとは、たんにそう思えていただけのこと。

愛によって甦ったこの心臓は、なんにも恐ろしくはない、なんにも疚(やま)しいことはない、自分にたいしても、他人にたいしても。

お前は生きているわ、私のジューリャ！　私はお前を愛していなかったのかしら？　そんなこと……ほら、もしも望むなら、私はお前のために死んでもいい、ほら、今、ここで、お前に、私の代わりに生きてもらうために。

お前は生きているわ、私のジューリャ、お前はキリストのみもとにいるのよ。そこで会いましょう。お前は、この愚かで、弱くて、忘れっぽい友だちを許してくれたかしら？　その子は、今は違う子なのよ。今日、ほら、たった今、その子は違う人間になったの。その子は死よりも強い。生命よりも強い。その子は、今日は全能の存在なのよ、お前も今日は全能の存在。それはね、キリストであるってこと。

あの時に、私はそんなふうに考えていたのかしら？　今の私は、そんなふうに記憶しているのだけれど。

　くすんだ大地が、病んだ大地が、死から生へ、生から死へと仄かに明滅している大地がこのように変貌をとげるとき、止まることもままならずひた走る大地が、全てを粉みじんにする旋風を巻き起こしてひた走る大地が（私も、まさにそうした旋風の中にいたのだ）変貌をとげるそのとき、復活祭は永遠のものとなり、お前は全能の存在になるのよ、お馬鹿さんのジューリャ、お前は私といっしょにキリストの御前に立つの、そしてそのときに、私もお前も、許しの目と目で見つめ合いましょうね、心ゆくまで。

狼

M・A・ヴォローシンに捧げる[4]

秋も深まった頃だった。二人の兄と姉は勉強や舞踏会があるので、とっくに都会（まち）へ戻っていた。おばさんもいっしょに向こうの住居に移り住んで、ママの具合が悪かったので、姉を社交の場に連れ出したり、家政をとりしきったりしていた。ママは病気で、歩くことができなかった。お医者様には南の地方へ転地して、車椅子で陽なたに出るように勧められたのだが、ママはこのまま田舎にもう少しとどまりたい、広くて温かい昔ながらのこの屋敷でなら、一冬でも喜んで過ごしますからと、希望を告げたのだった。

秋も晩くなった頃に、私たちの暮らしていた村に、皇帝の狩猟隊がやってきた。一行は大勢の勢子（せこ）たちやボルゾイ犬の群れ、それにたくさんの乗り手たち、狩猟の指揮に当たる厳格で口数の少ないドイツ人、その連れの狩猟好きなお客だった。この狩猟好きのお客というのが、ウラヂーミル・ニコラーエヴィチという名前のハンサムでおしゃれな紳士で、私はその人に惚れ込んでしまった。

夜になると村外れに、やたらに長い形をした飼葉桶のようなものがいくつも置かれて、中には血生臭い臓物と生の馬肉の塊が山盛りにされた（私は、狩猟隊が農民たちから年寄り馬を買い占めたのを知っていた）。その後で、気が立って、がつがつし、体をぶるぶるふるわせたりくるくる回ったりしている猟犬たちを、その飼葉桶に近づけた。犬たちは唸ったり、たかぶった騒々しい声を上げたりしながら、臓物にとびかかった。狩人たちが桶の近くに立って、犬たちに喧嘩をさせないように長い鞭を右へ左へと振り降ろしていた……

皇帝の狩猟隊の指揮官とウラヂーミル・ニコラーエヴィチは私たちが暮らしていた地主屋敷に滞在することになった。ハンサムで穏やかな顔付のウラヂーミル・ニコラーエヴィチに私が恋をしたのは、夕食の後で口数の少ないドイツ人の指揮官がはやばやと席を離れたのをきっかけに、この人が私の家庭教師のイギリス人の女性、ミス・フローリイを相手に、皇帝の狩猟ではどうやって狼を生け捕りにするのかを面白おかしく語ってくれたときからだった。

狩人たちは森の一郭を高い網で仕切り、網のない三方の先に、近郷から駆り集められた何百人もの農民たちを狭い間隔で立たせる。農民たちは武器のかわりに棒やら熊手やらを手にして、大声で叫びたてる。その叫び声によって狼が自分たちの傍を通りぬけて森から脱出することを防ぐのが役目なのだ。馬に乗った狩人たちが猟犬の群れを連れて、森の奥へ分け入って行く。猟犬たちは狼を嗅ぎつけると、甲高い吠え声を上げて、網で囲われた一郭へと狼を追い込む。狼は走って来た勢いで、張ってある網に激しくぶつかる。すると上から、二つ目の網が落ちて来る。狼は網に絡まり、逃げようともがくのだが、どうしようもない。すかさず狩人たちがやってくる。幅のあるさすまたで狼を地面に押さえつけて、四本の足を羊を扱うように縛ってしまう。そして仰向けにして、大きく開けさせた口に太く短い棒切れを横から差し込み、両端を縄で首筋に縛り付け固定する。それからくくられた四本の足を太い竿に通して持ち上げる。二人が組んで、その竿を肩に担ぎあげ、背中を下にして吊るされた狼を馬車の通れる道まで運ぶと、そこには商品を輸送する幌馬車みたいに巨大な屋根付きの荷馬車が、捕まえた獣たちを待ち受けているというわけだった。

「その狼たちはどこへ連れて行かれるの？」

　ミス・フローリイが厳しい口調でウラヂーミル・ニコラーエヴィチに尋ねた。彼はその厳しさがお気に召していて茶化すのだった。

「おやおや、たずねるまでもないでしょうが、皇帝が狩りをされる皇帝村の庭園へ運ばれるんですよ」

「いったいどうして、捕まえておいた狼で狩りをするのです？」

「気晴らしのためですよ。いいですか、狼どもの足を一本ずつ折っておくんですよ、あまり早く逃げられないようにね……それに襲いかかったりできないようにもね」

「なんて酷（むご）いことを！　あなた方が、人々に良かれと思って狼をやっつけるのは、けっこうなことだわ。だけど、なんのために、そんな野蛮で残酷なことをするのです？」

　まだ幼い子ども時代に聞いたウラヂーミル・ニコラーエヴィチとミス・フローリイとの会話で

記憶しているのは、おおよそこんなところで、私がウラヂーミル・ニコラーエヴィチに惚れ込んだのも、もちろん、自分のためではなくて、都会に帰ってしまった姉さんのためだった。ウラヂーミル・ニコラーエヴィチはそれ以外にも自分のことをいっぱいしゃべり、どことかの何とかいう試験に、ちっとも勉強をしないで見事に合格したとか、居並ぶ試験官にどうとかって大胆不敵な返事をしてやったとか語っていた。くっきりした輪郭の、太くて美しい唇を大きく動かしながらしゃべるようすを見ていると、私はこの人が羨ましくなったり、うっとりと見とれたりしていた……姉さんのことを想って。

皇帝の狩猟隊がやって来た夜のこと、いつものようにママのベッドのそばでお祈りをすませると、ママがいった。

「ヴェーロチカ、あしたは夜明けにフョードルが大型馬車を用意してくれるわ。ご婦人たちが何人か――先生や女准医さんたちや、うちのエンマ・ヤーコヴレヴナ（この人は女中頭だ）もよ――狩猟が行われるケルボコフスクの森までついて行って、狼を生け捕りにするところを見たいのですって。行きたいなら、あなたもミス・フローリイといっしょに行ってもいいけど？」

むろん私は行きたいといった。そしてママの手の平を上に向けて、白くて細い両手に、そして大きな星のある素敵な青い両目に熱烈なキスをした。

興奮のあまりほとんど眠れず、朝は早すぎる時間に厩舎へ行った。

馬丁が厩舎から馬車小屋へと馬たちを引いていった。まだ早すぎる時刻なので小屋には夜明け前の靄が垂れこめ、ランプが二つ燃えていた。〈美男馬〉が嘶（いなな）きながら、引き革の絡まった前足で地面をとんとんと叩いていた。御者のフォードルが甲高い声（テナー）でどなった。

「引っ込めな！　足をよォ！」そして蹄（ひづめ）の下から引き革を外してやりながら、拳固で馬の足を軽く叩いた。

　私はその言い方を真似してみたが、しわがれた低い声（バス）になってしまった。

「足をよォ！」そしてフォードルにつづいて怖がりもせずに〈美男馬〉の足をつついて、仕事のじゃまをしていた。

　栗毛の〈美男馬〉は甲高い嬉しそうな声で嘶いて、落ち着きはらった栃栗毛の〈少年馬〉の首筋に自分の首を絡め、黄色くて幅のある先の丸い歯で相手のたてがみの後ろを嚙んだり齧ったりしている。馬車小屋では蹄が板張りの床を打つ音や、退屈している馬丁たちの罵り声が上がったりしていて、皮革と馬糞と汗の匂いが漂うなかに秋の朝冷えが忍び込んできて、近くの穀物小屋からは腐った枯葉やライ麦粒のつんとする匂いが運ばれてきていた。それは秋の匂い、私の好きな颯爽とした急ぎ足の秋の匂いだった。

　御者のフォードルは着替えをしに行ってしまった。私は〈少年馬〉の尻尾を尻帯の下へ押し込んでも怖いと思わず、そのせいで生きている実感をふだんの二倍も味わっていた……その後で〈美男馬〉に轡（くつわ）を嚙ませると、馬はつるりとした鼻面を振りながら歯をがちがちと鳴らして、泡を飛び散らせた。それから私は低い声で「引っ込めな！」といってから、心配そうに唇を嚙みしめ、眉根を寄せたりしていた。

フョードルはつやつやした黒髪とすっきりした目敏い目、それに細面で暗くて真面目な顔をした正真正銘の美男子で（年がたつにつれて、彼は私にとって屋敷中で最も影響力のある、最も崇める存在になってきていた）、濃い青の袖なし上着（カフタン）を赤いシャツの上に着込んで戻って来て、すでに御者台に座っており、私の方はがっちりした大型の旅行用馬車の広々とした車体に乗っていた。車体は、後ろのベンチに三人、前のベンチに三人、そして側面のベンチに三人が座れるようになっていた。後部には広くて平らな泥よけが、そして前部にも泥よけが付いていた。

馬たちは並木道を屋敷の車寄せへと駆けて行った。

ミス・フローリイと女中頭のエンマ・ヤーコヴレヴナはベンチに座り、私は後部の泥よけに飛び移り、私たちは皇帝の狼狩りの見物を希望する村内の〈貴族たち〉を乗せるために村へと飛ばして行った。

野辺ではぼんやりと夜が明けようとしていた。大きな干し草小屋の脇では、折悪しく、六月の草刈り時に覚えのあるあの蜜の香りが、秋のそっけない爽かさで追って来て、私たちは立ち寄りたい気持ちを振り切って、軽やかに小走りで進んだのだった。秋の朝冷えで固く凍った道を進んでいく馬たちの冴えわたる蹄の音と、張ったばかりの薄氷が蹄に砕かれて上がるガラスが割れるような高く響く音にまじって、私の耳にはいつもとは違って、沢山の犬たちが足で引っ掻き合う音が聞こえていた。

長い首輪がガチャガチャ鳴っては、犬たちのしなやかな背中を容赦なく打つ。犬たちは打たれるたびに膝を屈めていた。馬上の人たちの掛け声は野辺のがらんとして透き通った空気の中で、遠くまで響きわたる。二頭ずつ繋がれて進む犬の群れは、いくつもの体といくつもの頭をもった黒くてつやのある竜さながらに、素早くくねくねと、氷に覆われた灰色の街道を馬の群れに左右から挟まれながら走って行った。

ウラヂーミル・ニコラーエヴィチは丸い黒斑（くろぶち）のある灰色の馬を手綱で苛立たせながら、私たちの馬車と並んで得意げに馬を進めていき、村の〈貴族たち〉である令嬢たちをからかったりしていた。

「狼が網を破っちまうこともあるんだ、そんなときは、私にしがみつきなさいよ！」

膝まで届く長いお下げ髪で、魅惑の女（ひと）とはこういう人のことをいうのだと私が崇めていた家庭教師の先生、髪を刈り込み、黒人っぽい口と、突き刺すような灰色の目をした、うちの領地管理人の娘さん——私は彼女を恐れながら、秘かに憧れ慕っていたのだ——、赤毛で、意地悪で、ごますり屋の司祭の娘さん——老いた男やもめで、陽気な父親の司祭さんがこの娘さんの話をするときの言いぐさが、私にはさっぱり分からなかった。巡礼たちがもう五年から通って来るのだけれど、誰一人として嫁に選んでくれないのだそうだ。それに凛々しい女の准医さん。こういう若いご婦人たちに、老いた郵便局長夫人とミサ用の聖パンを焼く女性が加わった一行のみんながウラヂーミル・ニコラーエヴィチの話に耳を傾け、驚いたりしていた。

「大人になった狼は、えらく力があって、凶悪なんですよ……」

　私はしばしば後輪の泥よけから跳び移って、座っている人たちのそばを突っ走って前輪の泥よけによじ登り、フョードルと並んだりしていた。低い車輪の上にある前と後ろの泥よけは、揺れやすいものの私には都合のいい運動場所になっていた。

「フョードル、〈美男馬〉を鞭で叩いてよ、ほうら、右側の引き革がゆるんで垂れさがっているもの」

「それはね、下り坂だからだよ、ヴェーロチカ。分からないかな？　あれは一所懸命に引いてるくらいだよ。これは、〈少年馬〉がズルをしているのさ、あれは真っ正直な馬なんだ！（私はフョードルが馬のことを、「真っ正直」というのがおかしい。）フョードルが養育院の出身で、カレリア人に育てられたせいだ。兄さんが仲間にそう説明しているのを、私は耳にした。その後で兄さんがいい添えた言葉は、もうさっぱり訳が分からなかった。「だけどね、あいつは、殿さま（クニャーシ）かもしれないぜ。あんなに繊細な顔立ちをしているもんな」

　すでに針葉と沼地の匂いが強くなってきた。野辺が消えて、周囲は森に変わっていた。まだ完全に影の中にある森を進みながらも、はるかな野辺のどこかで太陽が顔を覗かせたのが不意に感じられた。冷たい遠方の光が不意に木々の梢を琥珀色に染めた。白樺は頭を風にゆすられ、むきだしになった枝々が絡まり合っている。松の木々は黒くてつまらない、樅の木は緑色も鮮やかに着飾ったようす。褐色の地面では黄色や赤の枯葉や、灰青色と紫のまじりあった枯葉が霜に覆われている……そうだ！……小屋を作って遊べるわ！　ほら、粗朶だって、埋まったらさいご抜け出せないくらい厚く積もっているもの……
あ、馬たちが並足になった……止まったぞ。狩人たちが大勢、犬のまわりで慌ただしく動いている。それからほどなく解き放たれた猟犬たちがぶるっと震え、きゃんきゃん吠えながら、茂みを分けて飛び出して行く。叫び声、慌てふためく声、吠え声、ぶつかる音……その後はまた、しーんと静まり返った。狩人と猟犬たちは森に消えた。私たちだけが路上に残された。

荷馬車に積んである、捕まえた狼を入れる大きな鉄の檻を見に行く。その後で、葉のすっかり落ちた白樺や黒い松の木々の高い壁にそって張り渡された捕獲網の近くへ行ってみる。

その辺りに停められた大型馬車のそばで、怖そうに身を寄せ合っている仲間から、私はそっと離れてうろつき回る。森に来て、人の近くにいるのはつまらない。私は森の中では一人でいるのが好きだ。

するとたちまち空想が飼い馴らされたような便利な暮らしとはちがう野生の、自由な、放浪の暮らしへと連れだしてくれる……私は放浪の民の宿営地の王女……私は狩りのさなか……仲間を養わなくてはならない。それなのに今日は敵どもが私たちの野営地を包囲してしまって、私たちを捉えて食べようとしている。敵は人食い人種。私はたった一人で小屋から這い出して、こうして怖がりもせずに灌木をかき分けて進んでいるところ、仲間の民をひそかに自由な森へ導き、敵から逃れるための抜け道を、助かる道を探すために……ところが狼が……狼たちはどれもこれも猛り狂っている……狼よりも怖いものがあるかしら？　狼は誰も恐れず、人の群れの中に突進して行って、一人また一人と噛みつく……噛まれた人たちも猛り狂う……縛り上げなきゃならない……あれは敵どもが狼たちを怒り狂わせたのだ、私の仲間を追い出すために。でも私たちは狼から身を守るために木々に捕獲網を吊るした、そして私はいま、仲間たちみんなが眠っている間、こうして見張り番をしているところ……

　茸の匂いがぷんぷんする！　ああ、天狗茸だ！　嫌らしい、忌まわしい毒茸！　でも、なんてきれいな茸なんだろう、あの緋色の傘の豪華さはどう！　それに紫がかった緋色の、あの王様のマントに点々と浮かんでいるあの白い星……だけど、悪者じゃないの、天狗茸は囚われの身のやまどり茸の見張りをしているのだもの。天狗茸は恐ろしい見張り番よ！　やまどり茸に近づこうとする向こうみずな連中に毒を吹きかける。やまどり茸は魔法にかけられた皇子たち、で、天狗茸は炎の竜なのよ。ほうら、ここにいる！　ああ、素敵！　家族が勢揃いしている、父さん、母さんと七人、八人、九人、十一人の子どもたち。十二番目の子はどこだ？　もしみんな男の子なのなら、十二人兄弟なのが決まりだもの。丈夫な、丈夫な子どもたち！　秋の柏の葉みたいに、黒ずんだ茶色をしていて、光沢もあれば、香りもある。凍えた私の鼻に当てるととてもひんやりして愉快。あれ、吠え声がする！　あれは敵どもよ。敵は犬を使って私を探しているの……逃げろ……逃げろ……でも天狗茸が！　収穫したものを捨てるなんて恥だわ。死んだ方がまし。でも、そうしなきゃ、私の仲間は飢え死にしてしまう。

狼たちだ！　狼たちだ！　皇帝が狩りをしている。よくそろった甲高い長い吠え声は止むことなく、大きくなって近づいてくる。一つ一つの声が聞き分けられる。内にこもる長めの声もあれば、鋭い吠え声もある。凄い悲鳴もあがる。心臓が止まりそうになった。泣き喚いているのは何？　ああ、あれはもう遊びじゃない。あれは、本当の、本物の狼だ！　何に噛みついているの？　あんなに烈しく泣き喚いているのは何なの？　すごくたくさんの声。お百姓たちが狼を森の中へ追い返しているんだ。ほら、馬たちの蹄の音が、それに粗朶がぽきぽき折れている。森の中は火事になったみたいにがさがさ、しゅうしゅう喧しい。

吠えている！　吠えている！　吠えている！

「ヴェーラ！　ヴェーラ！　ヴェーラ！」

ミス・フローリイの優しい声だ！　両手を伸ばして、口を開けて先生の方へ突っ走って行く、追われる狼と同じに恐怖の唸り声を上げながら……

犬たちの吠え声が不意に止んだ。私は大型馬車に戻っていた村の〈貴族たち〉の間に座って、恥ずかしさを感じている……ほら、この人たちは何も怖がってはいない。笑っているわ。私は侮辱された気がして、きかれても答えない――人馴れしない、意地悪で横柄な私。

運んで来る。ほら、あそこ、始まってまもないのに、二人の人が運んでくる。あれを。あの恐ろしい狼を。怒り狂っているのかしら？〈貴族たち〉は身体を寄せ合いひと塊りになる、全員がほとんど縦一列に座っている。逆さにされたあいつが私たちのそばを運ばれていく。垂れた頭が道をこすっている。四本の足をひとからげに縛られ、その縄の間に太い丸太が一本通してある。狩人の肩が下がっている。大人の狼は重たいのだ。向こうから、もう一頭運んでくる、さらにもう一頭……その後、またどこか遠くで生気のない吠え声が長々といつまでも響く。最初は耳の中で蚊の鳴くような響きだ。猟犬たちがもう一度森の中に連れ込まれるのだ。それともあれは二番目の隊の吠え声なのかしら？

ウラヂーミル・ニコラーエヴィチが馬を檻の方へ進めて行く。

「危険なことはない。結わえてあるから！　私もこのとおり、皆さんといっしょだ」

むろんこの人がいれば、危険なことなんか何にもないし、危険な動物は一匹もいないわよ！

私たちは進む。

私は太い格子の柵越しに狼たちを見る。床全体が隙間なく塞がっている。五頭……そう、五頭だ。羊みたいに、四本の足をひとからげに結わえられて横たわっている。噛ませた棒切れが外れないように首筋に回してあった縄は、もう切断してある。それでも、いまだに狼の歯は凶暴そうに、がっちりと棒切れに食い込んで、突き刺さったままだ。木の轡を放してはいない。

狼が可哀そう。これまでとは違う、そんな弱気で情けない感情が胸にこみ上げてくる。その気持ちを押しのける。狼は邪悪で、羊を食べる。私のロバの子どもを食べたし、ママが若い頃に乗っていた、あの年寄り馬の〈小鳩（ゴルーブチック）〉を食い殺したのよ……狼は邪悪で忌々しい臆病者よ！群れを作って一匹の獲物に襲いかかるのだもの……なんて目だろう、ぞっとする！

「ほうらね、嫌らしい鼻面だろ！」

ウラヂーミル・ニコラーエヴィチはいう。嫌らしいわよ、もちろん。ウラヂーミル・ニコラーエヴィチのいうことは、いつでも正しいわ。狼の小さな目は凶暴な恐怖に燃え、こちらを見ている、石炭みたいな目だわ、たしかに、燃えると目がちくちくするあの石炭みたいな目！　夜には緑色の角燈みたいに光るのだ、あの狼の目は。

恐ろしい！　恐ろしいわ！　ほら、檻の入り口が開いた。ほら、もう一頭放り込まれ、奥の方へと押しやられた。

「うわっ、なんて酷いことを！」准医さんが叫ぶ。「この狼、脇腹に傷がある。なぜ、殺さなかったのよ？　人にはともかく、獣にはその方がいいのよ――あれなら殺してもかまわないわよ」

背が高くて凛々しいその准医さんを私は見上げる。お医者様になりたいなあ。

「指図がないんですよ、お嬢さま。生きたまま捉えろとの指示でして！」狩人がまだ息を弾ませて説明する。

「哀れな動物！」ミス・フローリイは英語でつぶやくと、はっきりと嫌そうな顔をして檻から離れて行く。

「なんて嫌な臭いのする檻なのよ！」エンマ・ヤーコヴレヴナがいう。

「なんて感じの悪い獣たち！」

残りのご婦人たちも離れる。

「面白くてわくわくするなあ！」

「また犬たちが近くにきた。また新しい獲物がくるわよ」

「帰りましょうよ」ミス・フローリイが呼んだ。「こういう狩りは好かないわ。馬に乗って銃で撃つのなら、私だってやってみてもいいわ。でも、これじゃ、気持ちがよくないわ、可哀そうよ！」

　私も狩りのやり方が分かって、もうずっと前から泣いている。あの狼は脇腹を熊手で突き刺されたのだ。脇腹に開いた傷口で呼吸をしているのが分かる。空気がしゅーっ、しゅーっと鳴るのが、傷口から聞こえるような気がする、傷の両側が上下に震えている。恐ろしい。狼は口に押しこまれた棒切れを牙で食いしばり、目は鉄格子の間近まで接近している私の顔のすぐそばにある。私にはその目の隅の白目が見える。白目全体に血が滲んでいる。瞳孔はまっすぐ私の瞳孔に向けられている。その瞳孔は耐えがたい痛みに、毒々しい憎しみに、やりきれなさに、最後に残った希望のない恐怖にしめつけられている。その瞳孔は私に魔法をかけてしまい、私も狼のように、歯を食いしばり、涙が乾いたばかりの自分の目の野生の瞳孔を引き絞って目を凝らす。私には自分の恐ろしい形相が分かる。皮膚が乾いて引きつってしまった。耳には自分の敵である狼の顔が発している声が聞こえる、瞳孔と押し広げられた口が、憎しみと恐怖と痛みに歪んでいるあの顔の発している声が。空気は相変わらず脇腹の血まみれの傷穴から漏れ出し、しゅーっ、しゅーっと音を立て、傷の両端は短い痙攣するような呼吸につれて、ぱくりぱくりと上下している。体って、なんて恐ろしい造りなのだろう！　もしも突き刺せば、ほら、肉があんなに血にまみれるんだ、それにあそこに、まだ何か別のものがある。肝臓？　心臓？　肺？　あの剝き出しの血の付いたものは、狼の生きた体のなかに剝きだしでのぞいているもの、あれは何？　なぜ、この狼は唸らないの？　なぜ悲鳴をあげないの、唸らないの？

馬たちが嘶いて、ふいに体を動かした。馬車ががたんと揺れたはずみに、狼が転がりそうになった。こんな風に揺られ、放り出されて、この狼は皇帝村の庭園まで百露里も連れて行かれるのかしら？

私は猛り狂った動物が上げるような荒々しい声で、うわーっと叫んだ。

「ヴェーラ！　ヴェーラ！」

誰かが私を追っかけて来る。みんなが私を追いかけて来る。でも私は皆から逃げて森の中へまっしぐら。水がたっぷり流れている大きな溝をとび越え、灌木をかき分けて進んで、網にぶつかっていった。私は倒れた。私の上に落ちてきたのは何だろう？　足音が近づいてくる。とび起きて、あの人たちから、人々から少しでも遠くへ逃げたい。ところが手は抑えられ、足はもつれる。網が、捕獲網が、私の上に落ちたのだ。私は網にがんじがらめにされてしまった。

すると気が狂いそうな恐怖に襲われた。私は唸ったり喚いたりしながら網に抗いはじめた。蹴るやら、人の手を引っぱるやら、嚙みつくやらして。私の周りで最初に笑い声が上がって、それから静まり返った。驚いてしまったのだ。誰かがいった。

「この子、気がふれてしまったわ！」

　そしてミス・フローリイの声がした。

「あれは女の子じゃなくて、野生の獣ですわ。少なくとも、月に一度は獣になるんですよ」

私はその言葉にびっくりしてしまった。それで私も静かになった。それは本当のことかもしれない、私も少しだけ獣なのかもしれない。女の子であるだけじゃなくて、少しだけ獣でもあるんだ。月に一度――私は獣なんだ。私は憂鬱になった。そして不意に血の一滴一滴まで、皮膚の一枚一枚まで、疲れ切ってしまった。私は絡まっていた網から自由にしてもらった。すでに人々は冗談をいっていた。私はひどく大人しく黙りこくって、馬車に連れて行かれたが、その間にも人々は冗談をいっていた。

　私は御者台に近い泥よけに座らせてほしいとフォードルにせがんだ。この人と一緒だと、気持ちが楽になるのだ。フォードルと私は長いこと黙っていた。私はこの友だちに鞭を貸してと頼むのも忘れていた。私はあれこれ考えていた。その後でいった。

「フォードル、狼を全部捕まえるのって、いいことね。そんな風に命じたのは、良い皇帝ね」

「そうだとも！」

「そうよねえ、そうに決まってるわ。すごく悪い奴なんだもの、狼って。お百姓さんの羊を引き裂くわよね、それにほら、〈小鳩（ゴルーブチク）〉だってね……」

　私は泣き声になっている。

「フョードル、私は狼が好きじゃない。可哀そうだなんて思っちゃだめ」

「なんでまた、狼に同情しなきゃいけないんです、ヴェーロチカ。それ行け、〈少年馬〉！　鞭をくらいたいのか？」

「フョードル、鞭をちょうだい」

おずおずと頼む。くれた。〈美男馬〉が気付かないようにと隙を見て〈少年馬〉に鞭を振る。

「フョードル、狼がいなくなって、これからは、森の中はよくなるわね？　これでもう、どんな動物も、食べられなくなるものね？」

「食べられなくなるだって？　でもな、あれたちには、食らうってことが当たり前のことなんだよ、獣たちにはな。みんなが互いに食ったり食われたりしているんだ、それが決まりなんだよ」

フョードルは私を脇から見上げて笑っている。冗談をいっているのだ。私はつまらなくなる。でもフョードルは乗り気になって、低い声で自分の考えをいいつづける。

「どんなに目に付かない、みかけは大人しい獣だって、何かを食ってるんだ。それはな、食わないと、飢えて死んじまうからなんだ。草だって、他の草を絞め殺している。それが決まりなのさ。人間だって同じだ。ただし獣はいたずらに喰らうけど、人間は神さまに教わっている、どんなに天空が清らかかってことを、それにひきかえ、どんなに不浄なものか……」

私は興味をそそられる。

「神さまにって、どういうこと？」

「えらく簡単なことさ。神さまは人間をすべての動物の上に置きなさって、人間には、動物たちのことで知るべきことは、ことごとく教えて下さったからだよ」

私はもう何一つ理解できる望みがなくて、またもや退屈する。フョードルが分かるように話せるのは、馬の話だけなのだ。

「フョードル、あっ、フョードル！」私は〈美男馬〉を鞭打つ、後ろ足で蹴り落とした引き革をまたいで走っている。

フョードルは怒っている。降りなくてはならないから。馬たちはぐいぐいっと引っ張るのをやめない。〈美男馬〉がいななく。

〈貴族たち〉はエンマ・ヤーコヴレヴナといっしょに全員が恐怖の声をもらしながら馬車から降りてくる。

ミス・フローリイだけは平然と馬車の座席にとどまっている。

私も空いた御者台の泥よけの上で手綱を握って、力いっぱい引っ張っている。私の手首から先はとても強いのだ。

「足だよォ！」フョードルは細い高い声で（テナー）〈美男馬〉に呼びかける。

「足だよォ！、足だよォ！」私も応援して、自分の席から呼びかける。

ふたたび馬を進めていく。さっきの失敗で気が咎めてもう鞭をもたせてという勇気はない。

「フョードル、ねえ、フョードル、聞いてる？　私、とても嫌だわ、みんながお互いに食べたり食べられたりしなきゃならないなんて。フョードル、私、つまらないわ」

「なに、どうってことはない。そんなことでつまらないなんて、なんですか。そういう決まりになっているんだよ。奴らは、獣たちは罪がないんだ。俺たち人間だけが罪深いのだ」

私は分からなかった。

「ねえ、それなら、何よ、何が罪深いの？」

「なあに、それはね、俺たちは悔い改めなきゃならないってことなんだ」

「ねえ、どうしてよ？」

「それはな、主ご自身がご存じなのさ。獣ってものは、死ぬことは恐ろしくないんだ、あんたに教えたように、獣っていうのは罪がないからだ。人間だけが死ぬことを、思い煩わねばならないのだよ」

私はまだ一度もこんな重大な会話をしたことがなかった。そしてフョードルの思いがけない言葉にたいそう心を奪われ驚いたので、私の考えが全部違う方向に引っくり返ってしまった。私はもはや黙ってしまった。その不思議な大事な新しい考えにたいして、言葉が見つからなかったからだ。たえず一つの疑問だけがぐるぐる回っていた、でも、それを厳めしいフョードルに尋ねるのは恥ずかしかった。

『ねえ、それなら、いったいどこが、どこが罪深いの？　ねえ、それなら、どこが罪深いのよ？』

もしも私がきいたなら、フョードルはこう答えるだろうとしか考えられなかった。

『まあ、それだけのことさ。罪深い、それだけのことなんだ！』

家までの並木道は登り坂で、近づくにつれ傾斜がきつくなっていた。けれども馬たちは間もなく休めることを、広々とした仕切りや庇のある厩舎が近いのを嗅ぎつけていた。馬たちは重たい馬車を勢いよく引いて行った。母家の前で私たち屋敷の者たちを下ろしても、厩舎へ行くのはまだ先で、その前に村の〈貴族たち〉を家ごとに回って送り届けなくてはならないと知ったら、どんなに憤慨することだろう。

すでにママの車椅子が小間使いのエリョーヌシカ婆さんと看護婦さんによって、陽当たりの良いママの部屋のバルコニーに運び出してあった。ママもその椅子に座って、なだらかな傾斜のある高い背もたれに疲れたように身を反らせ、白目の目立つ青い目に細い睫毛のふたをして休んでいた。ママはぴくりともしなかった。きっと、私だってことを、心が教えたのだろう。

「ママ、私だってことを、心が教えたの？」

私は両手にもキスをして、こんどは手の平にもキスをして、心の中で思っていた。「私のママへの言い方って、なんて素敵なんだろう」ママは微笑んでいた。

「あちらの狩りはどうだったの？」

私は少し暗い気持ちになった。

「あら、特にどうってことはなかった。狼をいっぱい捕まえていたわ。ただね、とても嫌だったわ。一匹なんか、熊手で傷つけられた傷口がぱっくり開いてててね。そこから息が洩れてたの……」

でも私は自分から口を閉じた。ママは重い病気なのだ。足を失ってしまったあの時と同じ発作が、もう一度起きるかもしれない。

「可哀そうな獣たち！」物思いに耽りながらいう母の顔はおそろしく白い、真っ白だ。「でも森の中はいいわ、ヴェーロチカ、朝は、すごく朝早いときの森はね！　朝の冷えこみに肌がちくちくするでしょ？　私はとても好きだったわ」

「ねえ、ママ、すてきなやまどり茸を見つけたのよ！　今、持ってくるわね」

私はやまどり茸を取りに駆けていく。プラトークにくるんで結わえてある。ママはプラトークを不器用に指でほどいて見とれ、そのみずみずしい野生の香りを花束みたいに嗅いでいる。

「私は一度も茸を採ることができなかったわ。近視だから」

「そのせいでママの目はそんなに青いの？　ママ、ママの黒目にあたしが見えるわ。両方の黒目によ、ママ！」

「マリア・ニコラーエヴナ先生がお待ちじゃないの、勉強を見るために？」

私は夏と秋だけお下げを垂らしたこの村の先生に勉強を見てもらっていたのだ。

「待ってないわよ！　あの人がくるのは食事の後よ……」

「そうだったわね。私、覚えまで悪くなっちゃったわ、ヴェーロチカ。いろいろなことがこんがらがってしまって。私、もしかしたら、じきにおばかさんになってしまうかも……でもあなたは今のままの私を憶えていてくれるわね、ヴェーロチカ？」

ママの唇の端が震えている。私はとても怖い、ママの唇の端が震えるのが。私はもう泣きだしそうだ。ぐっとこらえて、自信もないままその声にささやき返す。

「うん、ママ。私だってママの気持ちが分かるわ。ママ、フョードルはなぜ、獣は死ぬのが恐ろしくないんだっていうの？」

「あの人、そんなこと分かっているのかしら？」

「あの人は、獣たちには罪がないんだっていうの」

「あら！　それは本当よ」

「じゃ、人間は？」

「人も死ぬのが恐ろしくないことがあるわ……もしも、分かったならばね」

「何を分かるの？」

「もしもたくさん苦しんで、恐れる必要なんかないって、分かったならばよ……」

「それは、どういう意味？」

「ねえ、ヴェーロチカ、私は大人になったあなたと話したいわ！　あなたは、とにかく、覚えておいてちょうだいね、役立たずの私の人生も、あなたのためになるかもしれないわ。でも私は何もかも急いで話さなくては、私の病気はだんだんに足をだめにするだけじゃなくて、頭もだめにするものだから……あなたは分かるかしら、一人の人間の中に二人の人間が住んでいるってことが、どういうことなのか？」

「二人が……一人の中に？　ママ、私、いつもそうよ……」

「そう、あなたもね！　私のなかではいつもそうだったの。一人は何でも好きになってしまう人間で、欲張りで、けちん坊で、欲しがるばかりで、人にわたすことができない人間。ほら、あの花壇……絨毯のようなあの花壇が私だけの大切なものだったわ。それに、ほら、濃い生クリーム入りのコーヒーも、あの、頭をのせる羽毛の小さな枕も、愛馬の〈小鳩（ゴルーブチク）〉も好きったらなかった、あるいはあなたの亡くなったお兄さんのヴォロージャのことも、あの子のお墓も大好きだったわ。あなたのお父さんが生まれ育って、あの人が私たちを見捨てる前は、私が幸せに暮らしていたこの古いお家（うち）も、それに、あの年取ったエリョーヌシカも、私にいつもドレスや下着を……清潔で便利なのを作ってくれたあの人もとても好きだった……あそこの谷間も、アブラーモフの泉も……離れの前の菩提樹も大好きよ！　こういう気持ちって、どれもこれも同じなの。みんな、執着に過ぎないの、一人目の人間にとりつくものなのよ。でもね、もう一人、二人目の人間がいて、そっちはとても自由で、愛することだけができるの、そして執着心は持っていないの。その人間は私の中では、たまにしか口を利かなかったわ。私は元気なうちはめったにその人の話を聞くことができなかった。でもね、こうして寝たきりの身体になってしまったら、その人の声が聞こえたの。そして私の花壇が愛おしく、エレーナが愛おしくなったの。ヴォロージャのお墓もお花が供えられたり野草が生えてるだけでも愛おしいし、遠くにいるあなたのパパも大切で有難く思えるし、この古いお家も、あなたたち子どもも、何もかもそれ自体、愛おしくなったわ、私にとって愛おしいのじゃなくてね。好きだっていう私の気持ちから執着が消えて、すごく自由になったのよ。こんなふうに、もう何にたいしても捉われなくなったの」

ママは鳩の鳴き声のようにククッと静かに笑い出した。

「こんなことをいうと、あなた、へんだと思う？　思わない？　まだ思わないのね。これはね、まだ曇らされていない真心からの言葉なの。でも今に、私はへんなことをやりだすわ。あなたはせめて、これが最後でもいいから、まだ信じてね、そう、信じてちょうだい。ほらね、私はバルコニーの手摺りにまでも、一人では行けないの。もしも椅子から降りることができたとしても、たちまち転んで倒れてしまうわ。それなのに私は足がなくても、あの谷間や草刈り場に自由に降りて行けるし、そればかりか、ロシア中を、大地全体を、山々を、村や町を、修道院や、人の手の入ってない森を通り抜けて行くこともできるのよ……私は乞食になって、家もない、財産もない、何にも縛られない身で通り抜けて行くわ、賢い言葉で、自由で力強い手で人々を助けるわ、私はなんにも怖くない、寒さも、飢えも、死も。どの樹木も私にはお父さんよ、そして出会うどんなおばあさんも私にはお母さんなの。どんな獣も、罪がなくて、大地に忠実な獣たちは、みんな兄弟よ、そして草は姉妹よ……息子や娘たちだって、みんな地上の神さまの子どもなの、そしてあなたたちも、私の愛する者たちも、やっぱり私の胸の中にいるのよ。なぜって、人の心の中は限りなく広くて、愛の灯は全世界を燃やせるよりももっと沢山あるからよ。でも愛の灯は焦がしはしないのよ、燃え尽きることのない叢（くさむら）のように。灯は焼き焦がすことはなかったけれど、燃え続けて、燃え尽きずにきたの。これこそが二人目の人間なのよ、ヴェーロチカ。二人目の人間は愛しても、執着からは自由なの。そして私の魂はこの足に支えられているのじゃなくて、この私の愛に支えられているの。だから私は手摺りまでも行きつけないとはいっても、世界中を経巡ってきたし、今も経巡っているのよ。ねえ、ヴェーロチカ、私は病気をしてからというもの、すっかり違った人間になったのよ、私はここで、独りでたくさん考えごとをして、今それを全部、あなたにいっぺんに話したのよ。病気が進んで、私の心がまた暗くなってしまっても、何でもないわ。一度でも会った人は、私の新しい世界に来てくれますからね……あなた、泣いているの？」

「可哀そうなんだもの……狼が……」

「おばかさん！」

母は私にキスをする。

「苦しむことがそんなに恐ろしいことかしら？　苦しむのを見ること、そして憐れむことの方がもっと恐ろしいのよ」

「可哀そうなの……ママが死ぬことが」

「それだったのね、あなたが隠していたのは。ずるいのね！」

そしてママは微笑んだ。

「そんなに大事なことなのかしらね、死ぬってことは?!　あるいは生きるってことは？　理解するためにだけ生きるのよ。もしも理解できたなら、それで十分よ。火花が燃え上がって、走り抜けた……どこから？　どこへ？　分からないままに信じ込むってことは、何て喜ばしいことなのかしら。こんな風に神さまを愛するのって……」

ママは突然泣き出した。長い間黙ったままだった。ママの顔の中のどこかが硬直した。そして泣き出した、すると、がらりと変わって老け込んで、しわがれた声で呼びはじめた。

「エレーナ！　エレーナ！」

看護婦さんが近づいた。でもママは看護婦さんに向かって怒ったように両手を振った。ママの唇は疲れて重たげで震えていた。目の周りには皺ができて、年寄りみたいになってしまい、涙が皺に流れ込み、皺をつたって広がっていった……病魔の発作が起きたのだった。

この母との語らいは、もしかして後年に私が思い出したものなのだろうか？　当時の私にこんな言葉を記憶にとどめられるはずはないから。

でも今では私は大人になっていて、痛みや罪、酔い痴れるほどの幸福や苦い別離の試練を受けた私の人生が、霞みのかかっていた遥かなあの語らいを記憶の底から鮮明な絵のように浮かび上がらせてくれたのだ……子どもの遊びにこれと似たようなものがある。私が子どもの頃に好きだったあの魔法の絵、あの移し絵がそれだ。きらきらしたものが潜んでいるなんてとても思えない、どうってこともない、あの紙切れ。それなのに水に浸して、ノートに押し当て、上から指でこすると、ノートの上に優しい色鮮やかな花々が浮かび上がってくるわね、あの魔法の、宝の、紙切れの中から。

つんぼのダーシャ

私の家にはダーシャと呼ばれる女の子が二人いた。つんぼのダーシャと、ふつうのダーシャだ。つんぼのダーシャは、うちの田舎の屋敷で家畜番をしている不運な寡婦(やもめ)の娘だった。家畜番の連れ合いはうちの牛飼いだったけれど、若い牡牛に角で突かれて命を落とした。その時にダーシャは八歳で、私とほぼ同い年だったが、私の母が学資を出すかたちで地方自治会の運営する小学校に寄宿生として引き受けてもらえることになり、性悪で愚かな牡牛は角を斬られ、角の生え際に板切れをくくりつけられたうえで、牛の群れの中に戻された。

私の家庭教師の先生は夕方の散歩の折には、うちで飼われていた角のある牡牛の大群が日没とともに放牧先から戻ってくるだだっ広い街道を、遠回りをして避けるようにしていた。私の方は道の両側が踏み固められて拡がったその街道に惹かれるものだから、夕方にはいつもどの道を通るかで喧嘩になった。私の言い分は、いつも決まっていた。「あそこの道は波打っているんだもの、あのドルゴヴォの海みたいに！」

私はドルゴヴォの海や、寄せては返す波がくねくねした深い皺(しわ)を刻みつける真っ白で肌理(きめ)の細かい湿り気のあるあの砂浜が好きだった。

私の好きな街道にできる土の皺はあのドルゴヴォの砂浜に刻まれるのより深いし、牛の大群が糞まじりの土埃りをあげながら大地に描き出す波模様も、ずっと平坦で幅が広すぎるのだけれど、それを目にすると、広々とした海の自由奔放な景色が思い出されて、海を前にしたときと同じように胸の鼓動が止まりそうになって、ぼうっとしてしまう。そして私の想いは、あの地での自由で歓喜にみちた七月の三週間に返っていくのだ。私たちはあのドルゴヴォで、規則にも約束事にも縛られない三週間を過ごしていた。何時間も濡れた小石の上を裸足で駆け回ったし、わら布団で寝たものだった。

「あなたの好きな牝牛たちが一頭一頭、足を揃えてゆっくりと進んで行くわよね、前の牛につづいて後ろの牛が。それで埃と糞にまみれた皺ができて、それが波頭みたいに見えるのであなたは海を思い出すのよ」

先生はそんなことを考えたついでに、過去に起きたあの事件まで思い起こして、憤懣やるかたない様子でいいそえたものだ。

「あきれたものね、最良の人たちが裕福なせいで、あんなに思慮のない人たちになってしまうとは！　だって犯罪ですよ、あんな呪われた牡牛を放し飼いにしておくなんて」

私もダーシャのお父さんを突き殺した凶悪な牡牛が怖かったけれど、それでいてなんとなくその牡牛に会ってみたい気持ちもあった、なんだか好奇心を刺激され、負けん気を掻きたてられていたのだ。

ところが翌年の夏に突然、その牡牛は角の痕にくくりつけてあった板切れで牧童をすくい上げるなり、怪力を発揮して高々と放り投げてしまい、石だらけの放牧場に落とされたその少年は、片方の足と肋骨を三本折ってしまった。

私は片足が折れたと聞いても驚かなかったけれど、肋骨が三本折れたという話にはびっくりして震え上がり、そのあと長い間夜に眠れず、牧童を思って泣いたものだ。

納屋に閉じ込められた牡牛はくぐもった、うっとうしい唸り声を上げていた。恐ろしかったが、やるせなく可哀そうな気もした。

従兄弟が三人やって来て、私はいっしょに向こうみずなでルールで馬車ごっこをして遊んでいた。御者の役の子がゴム製の鞭で馬たちのふくらはぎを容赦なく打ち据え、馬の役の子たちは鼻面と踵とで御者の脛を思い切り蹴って競い合うのだ。その後でみんなで家畜小屋に向かった、納屋に閉じ込められたあの牡牛を見ようということになった。怒ったにぶい唸り声が聞こえてきて、納屋がどこにあるのかが分かった。

「ライオンみたいに、吠えてるぞ」と、年上の従兄がいった。

上の従兄二人は、納屋から張り出した覗き窓にかわるがわるよじ登った。

「でっかい、おっかない牛だぞ」真ん中の従兄が見上げている私たちにささやくと、あわてて飛び降りた。「目が血走っていて、首が短いんだ。あんなふうにぐるぐる回って、突き刺すんだよ。

角の所に板切れなんか、ありゃしないじゃないか！　なんで嘘をついたんだ、ヴェーロチカ！」

　下の従弟は覗き窓に跳びのると、やはり私たちに向かってどなった。

「おい、このなかに、あいつに乗っかる勇気のある奴、いるか？」私は切った角の痕に板切れがくくりつけてあるといった私の話を信用しない失礼な真ん中の従兄に、拳骨をおみまいする寸前だったのだけど、お気に入りの年下の従弟がいいだした提案を聞くと、気がそれてしまった。私は聞くが早いか、ぴょんと跳び上がり年下の従弟と並ぶや、思い切りひと声叫ぶなり、狭い覗き窓の中に潜り込み、さっと跳びのいた牡牛の足元に転げ落ちた。一瞬で膝をついて立ち上がると、次の瞬間にはもう地面との間に隙間がある門の下めがけて、ねずみのように突進した。

　私はもうみんなといっしょに中庭に戻って来ていた。従兄弟たちは当惑と賛嘆のまじった面持ちで言葉もなく私を見守っていたが、その横には屋敷の家畜番をしている女性が膝の上までスカートをたくし上げ、汚れた両足をむきだしにして仁王立ちになっていた。女性は甲高い声で私を怒鳴りつけ、そばには横倒しになった桶から牛乳が小川になって、滋養ありげなてかてかした茶色い厩肥のうえに流れこぼれて、額が頑固そうに張り出し、色の冴えない瞳をぎょろつかせて、何かを聞きたそうな表情をした女の子が突っ立っていた。女の子は野性的な大きな目で傾聴するようにじっと私を見つめていた。そんなふうに目で聞こうとするのに気付いたのはこの時が最初で、その様子から女の子がつんぼのダーシャで、殺された牛飼いの寡婦でうちの家畜番をつとめている女性の娘なのだなと想像がついたのだった。そしてその顔と強情そうな眼差しにこもる何かに、私はどぎまぎさせられた。

つんぼのダーシャを初めて目にしたその夏は私にとって不幸な夏だった。

同じ年の春に、私は初めての悲しみを経験していた。私のルスランが死んだのだ。それは白い毛の牡のロバで、鼻面はつるりとして柔らかで、その鼻面が盛り上がった先にある桃色の鼻孔の間にキスをしてやるのが好きだった。

ちょうど二年前の春に、私はこのルスランを、黒っぽい毛の嫁のリュドミーラと番（つが）いでプレゼントしてもらっていた。

どちらのロバにも黒い十字架――背中に黒い縞が走り、肩の骨と交叉して十字架を負うように見えるのだ――があって、酔ったお百姓に、私がキリスト様のロバに荷車を引かせていると叱られたのを憶えている。

「だけどね、お百姓っていうのは、庶民だから、分かっちゃいないのよ」

その時「教育があって」、人を見下したがる、都会育ちのふつうのダーシャが、そういって私を慰めてくれた。

頑固で何かを聞こうとしているようなぎょろ目で、長い耳がピンと突っ立った、あの年寄りのロバといっしょに出かけるのが私は好きだった。そんな時には連れ合いのリュドミーラが、蹄（ひづめ）の上を曲げないおかしな踏み出し方で追いかけて来たものだ。

リュドミーラは病気で、荷車をひいて歩くことができなかった。ルスランの方は元気ではあったものの荷車をつけられるのを嫌がるので、私たちは折り合いがつくまで長い時間、喧嘩の声を上げたり、取っ組み合いをしたり、意地の張り合いをしたりしなければならなかった。四つの車輪を上にして溝に転覆した荷車の下から、私が困りはて怒った顔で這い出さなくてはならなかったことも、一度や二度ではなかった。

ルスランの声には、へとへとで悲鳴を上げたみたいに、呻き声やしわがれ声がまじる。それを聞くと、ルスランが生きるのが辛そうで、何かをひたすら欲しがって、希望もなく叫びたてているように思えた。聞いているうちに気持ちが滅入って可哀そうになってくる。私は同情をするのが好きではなかったので、ルスランが憎らしくなるくらいだった。そんなふうにあまりにも辛そうな声だったのだ。

ルスランはリュドミーラが好きだった。リュドミーラもルスランが好きだった。草原にたたずんで、首をからませ合い、互いに首すじをかるく咬んであげて、満足げにそっといななくようすはロバとは思えなかった。ルスランとリュドミーラはいつも離れずにいた。

あの不運な春の前の年の秋に、私はいつもと変わりなく、別れのときの沈んだ気持ちで、でも災難の予感などなしに、田舎から都会(まち)へ戻った。

まだ冬の間に、私はリュドミーラが、うちの御者がうっかり林の木の間にしかけておいた罠の輪に首をひっかけてしまって死んだことを知った。

私は病身だった牝ロバの死を思い、その忠実な連れ合いのことを心配して激しく泣いた。

春になると、私は兄弟姉妹といっしょに、いつものように「ウラーッ！」とけたたましい声を上げて田舎の屋敷に乗りつけ、大型の箱馬車がまだ止まらないうちに飛び降りて、厩舎のロバたちのもとへと……自分のロバのもとへと突っ走っていった。

蒸れた馬糞がぷんぷん臭う大きな厩舎の隅にあるルスランの仕切りは空っぽだった。そして老いてきた美男の御者のフョードルが、口ごもりながらぽつりぽつりと、ルスランは悲しみに沈んで、すっかり痩せて、春先にはなぜか耳が聞こえなくなり、足が利かなくなって死んでしまったと話してくれた。

私は口を大きく開けて、わっと泣き出した。それは忘れがたい子ども時代の悪い癖だった。私は厩舎から小庭園を抜けて母屋まで延々とつづく道をたどりながら、最後まで泣き止まなかった。いつまでも動物みたいに泣き続けて、死んでしまった友だちの思い出に敬意を表しつづけた。

ひとりぼっちだったその夏は悲しかったが、そのときに私は初めてつんぼのダーシャを目にした。

今思い出しているあの冬は、それからさらに一年が過ぎていたにちがいない。なぜってダーシャはもう十一歳になっていたからだ。あの子は年の割にのっぽで痩せっぽちだった。

私たちは都会に暮らしていたが、あの頃は両方のダーシャといっしょに住んでいた。つんぼのダーシャとふつうのダーシャと。

私はふつうのダーシャが好きではなかった。たくましくて顔のつやがよく、身ぎれいで笑い上戸、人を小馬鹿にして狡賢く派手好きな女の子。私の気まぐれのせいか、その特徴のどれもこれもが気に入らなかった。

そしてつんぼのダーシャも好きではなかった。頑固そうに張り出したおでこ、びっくりしているみたいで、瞳の色が明るすぎ何かを聞き取ろうとしているようで感じの悪いぎょろ目、眉間に縦しわが二本あるぱっとしない顔。髪の毛は床掃除に使うへちまみたいな色をしていて、なんだか湿っぽく、月並みにウェーブもかかっている。肝心なのはとがった両耳で、私はその耳が首のリンパ節炎のせいで聞こえなくなっているのを知っていた。私はそれが気に入らなかったのだけれど、それでいてなんだか苦しいほど、振り払えないほど強く惹かれてもいた。

そして陽のある明るい時に見かけようものなら、私はこのつんぼのダーシャを愛しく思った。そうした明るい陽射しのもとであの子を見ると、死んでしまった病気の連れ合いのリュドミーラ恋しさに、春に死んだあのロバのルスランが不意に思い出されたからだ。

ダーシャのあの目付や頑固なおでこを見て、死んだロバのことを不意に思い出すと、私の悲しみや、私が経験した疑問の全てがまた戻って来て、都会にいるにもかかわらず、またあの時のように泣き出したくなった。田舎に行きたくてたまらない気持ちに驚き、たえがたい痛みに押し潰されそうな胸に驚き、急にダーシャが憎らしくなってしまい、叫んだ。

「あっちへ行って、行ってってったら!」

そして自分も逃げてしまった。

私は都会(まち)も好きではなかった。土がないからだ。うんと遠くの舗装されていない通りの塀の隙間のそばなら、家庭教師の先生がせかしたり叱ったりする声にさからって立ちどまれば、煉瓦やごみの混じる汚らしい、みすぼらしい土は見ることができる。塀の隙間越しに、はるか遠くに見える土でしかないけれど。

都会での私たちの暮らしも好きではなかった。父は家庭にうんざりしていた。幅の広い大きなベッドに寝ていない日には、どこか遠くへ行ってしまっていて、母がひとりで私の兄たちや姉を育てていた。といっても、誰が誰を育てているのやら私にはさっぱり分からなかった。兄たちは私よりもずっと年上で、自分たちのことも、ママのことも、うちでの暮らしのことも、好き勝手を通していた……私は孤独だった。

都会の住居も好きではなかった。とても大きな住居で、活字のΠ(ペー)の形みたいに三辺が長く延びた間取りだった。この三辺は長さは均等でも、真ん中の部分だけがまともな造りになっていた。その真ん中に「主人一家」のみんなの部屋が集中していた。通りに面していたのが、表玄関と母と姉の寝室が一部屋ずつ、中庭に面していたのが、残りの家族たちの寝室と、二人の兄たちの私室だ。Π(ペー)の字の右足にあたる部分に台所と料理番や従僕たちの部屋がいくつかと、皿洗い場があった。左足の方には洗濯部屋と洗濯女たちと普通のダーシャの部屋と、ゴキブリがいっぱい棲んでいる暗い廊下があった。同じ廊下のいちばん奥に裏口があって、そこのカーテンの後ろにつんぼのダーシャのベッドが置いてあり、廊下の一番手前にある部屋が私の勉強部屋と家庭教師の先生の寝室に当てられていた。薄明るい箪笥部屋から二段の小階段を降りると、その暗い廊下が始まっていた。私はゴキブリを踏んづけないように、文字通り爪先立ちで廊下を進んでいったものだ。

私には、片手に小さめのふいごを、もう片方の手に缶からを持った背の高い赤い髪のゴキブリ駆除業者が不思議でならないし怖いものしらずの人に思えた。馬鹿らしいと分かっていても、どうしてもゴキブリへの恐怖心に打ち勝てずにいた。その業者は月に一度わが家の悲しき廊下に姿を見せたが、来るたびに私の胸には憎い敵どもに消えてほしいという無慈悲でむなしい希望がわきあがった。

ゴキブリどもは姿を消すことはなかった……朝鮮朝顔の薬剤で甘い眠りに落ちるものの、前よりも元気になって目覚めるので、私は勉強部屋から出て、少し明るい箪笥部屋に通じる二段の階段にたどり着くまでの何歩かを、相も変わらず恐怖にかられて駆け抜けた。私は個人授業の合間にその箪笥部屋で、自分の年齢と同じ数の全部で十個のボールを使って、「体育学校ごっこ」をやっては遊んでいた。

わが家ではつんぼのダーシャに援助をしてきた。私はそのことをふつうのダーシャとママから聞いて知った。つんぼのダーシャは、お父さんが屋敷の牡牛に突き殺された不幸を癒すよう、寄宿生として三回の冬を学校で学ばさせてもらっただけでなく、小学校の課程を終えてからもわが家に住み込んで、ふつうのダーシャの下で小間使いの修行中だった。履物をもらい、着る物を整えてもらい、食べさせてもらっていた。首のリンパ節炎は肝油を服用して治療していた。

ダーシャの身体からは肝油の匂いと酸っぱい汗の匂いがプンプンしてきて、耐えられないほどだった。

その原因はダーシャが病弱なせいだと、いつかママから聞いたことがあって、それからまもなくあの子はわが家の昔からの家庭医フョードル・イワーノヴィチ先生直々の診断を受けた。その後でダーシャには鉄分を摂る丸薬が与えられるようになった。

丈夫で美人のふつうのダーシャは、うちの「家族用」の寝室の掃除を担当していた。つんぼのダーシャの方は、例の暗い廊下とそれに面した寝室の掃除をいいつかっていた。私たち家族の洋服と靴の手入れをしていたのもあの子で、うちの小間使いだった。役目通りに何もかもきちんとやってくれ、すべてが順調だったが、それでいながら私は見習い小間使いの冴えない、病気の、黙って耳を傾けているような顔を見ると、時おり愛おしさと憐れみと憎しみのまじりあった一種の不安を掻きたてられた。

「あのダーシャったら、まるでおばあさんね、女の子じゃなくて！」ある時、家庭教師の先生がそういったのを憶えている。

またある時には「あのダーシャったら、ロバみたいに頑固なんだから！」とも、いっていた。

姉さんは一度だけいったことがある。

「あのダーシャったら、自尊心がこれっぽっちもないのよ！」

上の兄さんは「あのダーシャは、僕の狩猟用の革の長靴に鯨油を塗るときと同じ匂いがするぜ！」といって、自分の冗談にけらけらと笑い出した。

ママは済まなさそうに、庇うように微笑むと、「あれは、ただお薬で肝油を飲んでいるせいなのよ」と説明した。

「汗のせいもあるよ」うるさい弟が怒ったようにいい添えた。

「汗は病弱なせいよ、そうでしょ、ママ?」私はママの返事が自分で分かっているのが嬉しくて、きいてみた。

私は返事が分かっている時に、質問してみるのが好きだった。人をからかったり、自分をいつわって見せるのが好きだった。勉強部屋の家庭教師の先生のもとから逃げだして、「家族用の」部屋に不法に入り込み、見つけ出されて元の場所に戻されるまで隠れているのが好きだった。「家族用の」部屋にたくさんある食欲をそそる甘いものを掠めてくるのが好きで、それをとても上手にやってのけ、やり損ねて見つかったのはたったの一回だけだった。

それはあの頃から三年も前の、私が九歳の頃の出来事だった。それでも私はそのことをよく覚えている。こんなにも鮮明に記憶しているにもかかわらず、あの時私が犯してしまった罪は、あれが最後ということには到底ならなかった。

母の部屋のテーブルの上に箱がのっていた。箱に入っていたのは、胡桃のペーストをチョコレートでくるんだキャンディだった。ママにキスをしようと部屋に入ったときのことだ。家庭教師の先生との書き取りの勉強が終わったばかりだった。

(ああ、先生はとても誠実な人で、たいそう背が高くて痩せていて、生真面目な厳しい人で、辛抱づよく慎重に私を導いてくれた。私はこの先生が好きだったし、先生も私を愛してくださった、それなのに、私からもお返しに愛を打ち明けて報いることがあまりにも少なく、甘えをゆるさぬ先生の規則正しく呼吸する胸に、ぴたりと顔を寄せるくらいのことしかできず、いたずらに絶望的なやるせない気持ちをため込んでいた。）

部屋に入ったがママはいなかった。どこか他の部屋に行っているんだ、あっちで姉さんといっしょなのだ。あそこの小さい客間で、裁縫師が姉さんの……

そうだ……ピアノのある広間に駆けて行って、音楽の授業の予習をしなくちゃいけないのだったわ。チョコレートが見えた……立ち止まった。あれっ、キャンディの隅っこが欠けていて、黒っぽいチョコレートの塊から、中の黄色い胡桃のペーストがのぞいている。あれは、きのうの晩、ママが私と一緒にお祈りをした時に（私はママの寝室で寝ていた。もっとも私の方がベッドに入るのも、起きるのもママよりも早かったけれど）、私にあれをくれて、胡桃のペーストを噛んだら、カリカリって音がしたっけ。

私は片手をさっと箱に伸ばすと、お菓子をぎゅっと握りしめ、ドアから廊下へ、そして広間へと駆けて行った。

ピアノを弾いた。

お菓子はとっくに食べてしまったけれど、甘くはなかった。

四本の指を鍵盤に並行に、しっかりと押し当てる、そして四番目の薬指――この指は隣りの中指から生えてきたみたいに怠けもので、動こうとしないのだ——をもちあげながら、楽譜どおりに弱々しく鍵盤を叩いていた。

そして私は腹を立てていた……なんだか鈍い疲労感でやりきれない気分に陥っていた、この時間に練習する時はいつもそうだったのだけれど……それで額にしわを寄せ、眉根を寄せていたので、ママと姉さんがいっしょに入って来たのに気付かなかった。

「リーザ、あのね、あなた、机にのっていたチョコレートのキャンディに触った？」

ママが、どんな返事が返ってくるのか分かっていながら、姉さんに訊いた。私もその返事が分かっていたし、姉さんのリーザも、もちろん分かっていた。そしてこの時、私たち三人がみんな分かっているということが、恐ろしく不愉快だった。何のために訊かなきゃいけなかったのよ？ママが目的もなしに質問したという、まさにそのことが原因で、私は悲しくなり、苛立ちを覚えた。

「いいえ、ママ！」リーザは目を伏せた。自分で不正を働きでもしたように妙に頬を赤らめて。

「あなたがお菓子を食べたの、ヴェーラ？」

「いいえ、ママ！」自分の頑なな声にまじるぼんやりした悪意を憶えている。

その後で憶えているのは、大きくてがらんとしていて、その時もやはり人の暮らしている気配がなく、煙草の匂いがしっかりしみついた父の部屋。白い布製のカバーで覆われた背の高い空っぽのベッドの前で、私はもう白状してしまった後だったけれど、母の横に膝をついて、母のお祈りを聞いていた。

「主よ、この子が盗みをしないように、嘘をつかないように導きたまえ。あなたのために、あなたの真実のために、真心をつくしつづけることをこの子に教えたまえ」

それから別のお祈りがだらだらと続いた。その後でママはいつまでも諭したり泣いたりしていた……ママのいったことは憶えていないけれど、ひとつだけ、大きな罪も小さな罪から始まっていて、盗みがどんなに些細なものでも、それはもう立派な罪なのだという言葉だけは記憶に残った。私も泣いた。さらに二人で『我らの父よ』の祈りを唱えた。

「……我らを誘惑にさらしたもうことなく、我らを狡猾なる悪魔より免れさせたまえ」

それからママはすっかり泣きぬれて立ち去った。私に考えるようにと命じて、ドアを閉めた。

私は、思うようにならない考えを必死で払い除けながら、長い間考えていた。それから考えるのを止めた。疲れてしまったので、高いベッドによじ登ると、宙返りを飽きることなく繰り返し、しまいには床の上に落ちてしまった。それっきりよじ登るのは止めにして、新しい気晴らしを探しに、部屋の中をうろつき始めた。秘密の引き出しや仕切りがたくさんある祖父の大きくて重々しい机をいじっているうちに、一つだけどうしても開かない引き出しが見つかった。痛い思いをして細い指を隙間に突っ込んで、引き出しを引っ張りだした。そこにあったのは父の煙草ケースで、周囲には黒い粉が散らばっていた。嗅ぎ煙草だった！　パパが床についている時は、何日間もつづくときも、退屈して、煙草を嗅いでいるのだわ。パパの目はとても柔和で、とても悲しそうだけれど！　パパが元気な時に、長く伸びて絹糸そっくりで銀色に輝く顎ひげに顔を寄せるとくすぐったくて、この香りがした……ほら、この煙草ケースと同じ香りだわ。金地に青いエナメルで大鎌をかついだ男の人の絵が画いてあって、きらきらしてつるりとした地に引っ掻き傷がある……それにお星様……、空みたいな、夜の空みたいな濃い青の地に金色の星が浮かび上がっている。パパは煙草を嗅いでいるときに、おかしくなるほど大きなくしゃみをしていたっけ。

私は指で煙草ケースを手繰り寄せ、重たい金の蓋を勢いよく開けて、黒くてつーんと鼻をつく粉を指にぎゅっと押し付け、鼻で吸いはじめた。すると、くしゃみが出た。

立ったまま、くしゃみをする。立ったまま、もうひとつ、くしゃみをする。くしゃみをする拍子に爪先立ちになり、跳び上がってしまう。これは愉快。

私は気に入ってしまう。全身がなんだかとても気持ちが良くて、吸い込むのが愉快でたやすい。また嗅いでみる、さらにまた嗅いでみる、とび跳ねて、笑いながら。

涙がにじんで部屋が見えなくなった、なんにも見えない、それでもくしゃみは止まらない……肩に何かが……肩に触れたのは手で、それから不意にママの顔が間近から私を見下ろしていた。

「**これが**、考えるってこと？　**これが**、悔い改めるってこと？」

悲しそうな、悲しそうなママ、それに声も小さいママ。とりつくしまもないほど静かだった……

私の勉強部屋には折たたみ式の衝立が運び込まれた。衝立の後ろには私のベッドと洗面器が置かれた。それ以後、私は母の寝室で眠ることはなくなった。

私はもうすぐ十一歳になる。つんぼのダーシャはすでに十二歳。ふつうのダーシャに言わせると、「あれで十二歳」なのだそうで、「ひどい怠け者だ」と叱られている。

つんぼのダーシャも私も女の子だけど、どちらのママもすっかり遠くになってしまった。ダーシャのママは、田舎の家畜小屋で、私のママはうちの正面の「家族の部屋」で暮らしている……ダーシャも私も、不信感といろいろな思いを胸に秘めてお互いを見ている。

『あんたは耳が遠くなって死んじゃったロバのルスランみたい』私はそう思って、気の毒に思う、でも同情はしたくない。

同情なんかしたくない、同情するのはつらい……だから憎らしくなる。

『どうしてあんな白い目をしているの、あれじゃ、ルスランと違うじゃないの、同じなのは、目が飛び出していて、近眼なことだけ、それに、あの目付きもかな？ 強情に聞き取ろうとしているみたいなあの目付き。それに張り出したおでこにどうして感じの悪いしわが寄るのよ？ おばあさんみたいなダーシャ！ それになんて嫌らしい耳なのよ！ ふつうのダーシャがいってたわ、「あの子は耳が漏れるんだ」って。どんなふうに漏れるのよ？ それに、こうもいってた。あの子はリンパ節炎のせいで、すっかりつんぼになる、「そうなったら、あんなに特別扱いしてやったって、なんにもならないじゃないの？」あの子は意地悪だわ。私がいってるのは、つんぼのダーシャが意地悪だってことで、ふつうのダーシャがじゃない、ふつうのダーシャは、ただ卑しいだけのことよ。』

日曜日の夜の寝る前のこと、養育係でもあった先生がお客たちの相手をしていてまだ戻って来ないので、私はひとりで寝ようとして、ふつうのダーシャに向かって、私の先生ったら、おバカさんなんだから、といった。ふつうのダーシャがそれを先生にいいつけたので、家族会議が開かれ、私は二日間、食堂にさえ行かせてもらえずに勉強部屋に閉じ込められるはめになった。

その後で、陽気でたくましくて、人を小馬鹿にするこの娘に出会ったときに、私は駆け寄って両脇にしがみつくと、かたい靴の爪先でいやというほど蹴ってやった。懲罰部屋から出してもらって先ず散歩するようにと命じられた私は、外出用のぶ厚くがっちりした飾りのついた短靴を履いていたのだ。あの娘は痛い目にあったわけよ、告げ口をして。

先生は力づくで私を引き離した。私は正当な憤怒にかられて獣のように暴れた。

その後でおいおい泣いて、祈った。私が怒ったのは正当なことだった。それなのに、いったいどうして私は恥ずかしいの、どうしてこんなに辛いの？　たぶん、ふつうのダーシャよりも辛いのじゃないかしら？

そしてそれからまもなく、私の誕生日がやってきた。プレゼントをたくさんもらった。「体育学校ごっこ」の遊具になる大きなボールのプレゼントは、私の頭の、そしてダーシャの頭と比べても、三倍以上も大きかった。そう、つんぼのダーシャの頭ときたらとてもみっともなくて、馬鹿みたいに大きくて重たそうで、それがひどく痩せっぽちで貧相な肩の上にのっかっていたのだ。

どうしてあの子はいつも黙りこくって、白い目で疑い深そうに、頑なにじっとこちらを探っているのかしら？　そのうえ私は木工用の作業台や、夏に乗馬をするときのための英国製の鞭もプレゼントしてもらった。夏まで待つのか！　もう春だ！　それに今年はもう私はパパが乗っている年寄りの馬、コサックに騎乗させてもらえるのだ。

私が誕生日に贈ってもらったものは、まだまだいっぱいあって、全部は思い出せない。でも家庭教師の先生からの贈り物は、ロシア作家たちの肖像画のセットだったっけ。それはつまらなかった。私は本を読むのは好きではなかった。それよりも、暮らしたい、さすらう王女のような暮らしがしたい！

夏になったら、私の動物たちみんなといっしょに田舎で暮らしたい。私の動物たちはたくさんいる。でも冬の間は私はこちらだから恋しがっているしかない、春が来て、夜明けに牛追いの笛の響きが緑の春の到来を最初に報せてくれるのを首を長くして待っているしかない。私には朝の光さえも緑色に感じられた――都会（まち）の家畜の群れの貧弱で軟らかい蹄が、石の舗装道路を打っていく、春の最初の足音が響いて目覚めたときにはね。春が来る、夏も来る、一面の緑に取りまかれる嬉しさもやって来る……

チョコレートと砂糖漬けのパイナップルでできた本物の、最高におしゃれなキャンディも、大箱で贈ってもらった。その大箱は勉強部屋の私の机の上に、夜ごとに置かれた。私は寝るまでの間に予習をして、箱から好きなだけキャンディを口に運んだ。

予習が終わると私は先生と一緒に部屋を離れて、食堂に夜のお茶を飲みに行く。広くてがらんとした食堂に二人で座って、黙ってお茶を飲むのだ。大人の家族たちはもっと遅い時間にお茶を飲む習慣だった。私がその家族たちに、おやすみのキスをしに客間に立ち寄る間、先生はドアの所で待っていて、いっしょに勉強部屋に連れ帰ってくれる。私は恐ろしいゴキブリの出る空間をさっと走り抜け、静まり返った勉強部屋のドアにすばやく身を隠す……

勉強部屋ではつんぼのダーシャがすでに「換気を済ませ」て、夜のしたくを整え、寝床を用意してくれていた。あの子は通風孔を怖がらない。でもあの子の耳は「漏れる」とか。もしかして、そのせいで通風孔を怖がらないのかしら？

あの子にはだれが寝床を用意してくれるのかしら？　ゴキブリたちが？　私は独り言で冗談をいってみて、ぷっと吹き出し、その後でぞっとして背中全体に震えが走った。

「どうしたの、頭がおかしくなったのじゃない？　ひとり笑いをするのは、気のふれた人だけよ」

私は先生にはなんとも応えずにキスをし、夜にいつもする質問をした。

「私のこと、好き？」

そして、先生のつやのある毛糸の黒いプラトークの、くすぐったい編み目にぴたりと顔を押し当てた。

「心から……苦労しながら……」

「黙って、黙ってったら」

私は心臓が止まりそう、それでお願いする……だけど先生は私が頼んでも、おかまいなしだ。

「ちょっとはね……」

「黙って、黙ってよ！」

私は泣いていた……

「好きじゃないんだ！」

先生は笑っている、無慈悲な人。

先生のいうことが嘘で、私のことを好きなのだってことは、分かっているのだけれど、それでも私は辛い。涙をためて自分の寝床へ向かう。

ぼんやりと自分のキャンディの箱に目をやると、底の方にもうわずかしか残っていない。まだ服を脱ぎたくなくてぼんやりとキャンディを見つめていた。あのピンクのきれいに透き通ったさくらんぼのキャンディ三個は、どこなのかな？

嫌な胸騒ぎがする！

私はあの三個は食べてはいないし、この先生だって同じよ。先生は他人のものを食べるような人じゃないし、おまけに先生は私といっしょに食堂にいたのだもの……

「エレーナ・プローホロヴナ先生、さくらんぼのキャンディを取った？」私は先生にたずねた。

そして返事が分かっていながら訊くなんて、正直じゃないという気持ちに襲われて顔が赤くなった。

エレーナ先生の部屋からはおだやかでそっけない声が返ってきた。

「取ってませんよ、きまっているでしょ、ヴェーラ。私はあなたがご馳走してくれる時以外は、いただきません」

「でも、ほら……どうしたのかな……それにハートのチョコレートもない……ラム酒が入ってるのが……」

「行って、寝なさい、もう十分も遅れてますよ！」

私は眠れなかった。長い間眠れず、その後で、不安な眠りにおちた。

もちろん、あのつんぼのダーシャのしわざよ、ダーシャだわ、あの子がさくらんぼとハートのを盗んだのよ。あの子よ。だけど、もし、今日、さくらんぼとハートが失くなったのなら、きのうはいったいどれを盗ったのよ、それに、おとといはいったい、どれを？　キャンディがいっぱい残っていて、確かめようがない頃は、毎日どうだったのかな？

そうよ、あの子には、物を盗むくせがあるってことなのよ。今のところはキャンディだ……でも初めは小さな罪でも、しだいに大きな罪を犯すことになるのよ、そうよ、盗んだのがどんなに小さなものでも――それはもう罪なの。

つんぼのダーシャは、もう、れっきとした罪人（つみびと）。それにしても、この先、いったいどうなるのかしら？　それにどうして、ちょうだいって頼まないのよ？　どうして私とは一度も口を利かないの、何を訊いても、ほとんど答えないの？　それに怒りっぽいんだから。

あの子がつんぼってことは、良く聞こえないわけよね。だけど、ふつうのダーシャは、あの子がつんぼのふりをしているのだっていってる。あれは本当だわ。ふりをしているに決まってるわ、盗みをするほど狡賢（ずる）いのだもの、盗みをするほど図々しいのだもの！　もしもつんぼならば、盗んだりなんかできないわよ。誰かに盗み見されないかって、誰かが分からないようにドアに近づいて来ないかって、ちょうど盗みをはたらいている所を見られやしないかって心配でね。

　見つかったら、どうなるかな？　あの子はお母さんのいる家畜小屋へ追いやられるな、もちろん、あの子はもう、お母さんの乳搾りを手伝うことはできるわ……

　乳搾り……あれはとても楽しいわ！　私は乳搾りができる。ダーシャのお母さんに教えてもらったもの。でも、どの牝牛でも搾れるわけじゃない。おっぱいが柔らかくなくちゃだめ。二本の指をしっかりと当てて、指を開かないで、おっぱいの下の方へと器用に滑らせなくちゃ。そうすると、お乳が乳桶にピュッと流れて、すごく勢いのいい音が上がる。それって、ダーシャにも楽しいくらいよ、ここで働いているよりも。

　ここじゃ、なんていったって、あの子一人だけが女の子で、残りはみんな大人ばかり。それに誰もあの子を好いていない、あの子には大声を出さなきゃならないし、あの子は耳から漏れてるからね、肝油の臭いがするからね、あれは普通のダーシャが無理やり呑ませてるのよ、面白半分にそうさせたんだわ、笑い者にするために。で、しまいにはみんなと変わりなくさせるだけのために。

　まだある。よその人の部屋を掃除するなんて、ほんとにつまらないことよ！　それに汚い仕事だし、それに……みっともないくらいの仕事よ……

おまけに、ここは都会(まち)だわ、でも田舎ならば馬が、茸が……木がある、木登りもできる……だめだめ、ここは、ダーシャに向いていないにきまってる。

乳搾りねえ――ダーシャには向いているわ。そりゃ、もちろん、牛があまり多すぎると、疲れちゃうわね。あの子は身体が弱いもの、しじゅう病気をして、ゴキブリの出るあの廊下の片隅でひとりで寝ている。それにしても、どうして怖くないのかしら？

ああいう子たちは怖がらないんだ！　普通の子たちってゴキブリを怖がらないのよ、普通の子たちって、茸を取りにいくのに馬に乗って行きたがらない。それに木登りもしたがらない……普通の子たちって……ああ、そうだ、それに、あちらにはあの子のママがいるんだ、だからあの子もひとりじゃなくなるわ。だけど、普通の子たちって……あの子たちって、自分のママが好きなのかしら？

ダーシャはママを好きなのかしら、恋しがっているのかな？　私はそうじゃないと思う。

私は一日中計画を練っていた。夜になると勉強部屋の戸棚に身を潜めた。自分の身の回りの物がしまってあるその戸棚は、私にはおなじみの隠れ家だった。そこで私は空想したし、そこで泣いたりもした。そこは、叱られたり、見つかったりしないための避難場所だった。

その戸棚の隙間からは私の机と開いたままのキャンディの箱が見えた。ダーシャの方は私が食堂にいるものと思っている。私はエレーナ先生に全部話したうえで相談したのだった。先生の方が最初にいい出した。

「もしあなたがまちがいなくあの子に罪があるって思っているのなら、誰にでもはっきり分かるような確かな証拠がなくちゃ、だめよ」

「それって、どういうこと？」

「あなたは見てないのでしょ？」

その時にこうしようという考えが浮かんで、先生にいった。するとエレーナ先生はやってみたらと励ましたが、質問もした。

「そして、その後で、いったいどうしたいの？」

私は分からなかった。途方に暮れた。

「私……そうだ、飛び出して行って、びっくりさせる。あの子はそれっきり一生……」

「だめ、だめ、だめです！　あの子は病弱で、神経質な女の子よ。そんなことしたら、危険ですよ！」

『神経質？　うちのママなら神経質だけど、あの普通の子が、つんぼのダーシャが神経質なんてこと、あるの？』

「そう、それなら、後で飛び出して行って、あの子に追いつくわ、そして……」

「そして、いったい何をするの？」

「うん、あの子とお祈りをするわ！」

「廊下で？」

「うん、そう」

「だけど、あそこは、あなたの苦手なゴキブリがいるんじゃない？」

私は考え込んだ。不意に胸に何かが燃えあがり、私はつぶやいた。

「いいの、ゴキブリがいたって。私がゴキブリを怖がったりする？　神さまがいらっしゃるのに！　私たち二人でお祈りをするの。二人でひざまずいてお祈りを始めるの。『我らを誘惑へ導きたもうな』って……」

「我らを？　あなたはキャンディを盗んでないじゃない？」

私は当惑して、胸の灯はすっかり消えてしまった。

「うん、じゃあ、どうしよう？……私はただ、あの子に教えたいだけ、あの子がこれからもあんな箱を見て、思わず……」

エレーナ先生がよどみなく大笑いしているので、私はいたたまれなくなり、怒ったのを見せつけようと時々ドンと床を踏んづけながら立ち去った。とはいうものの叱られた場合にそなえて、口実は用意してあった。〈ひとりでにこうなった〉だけで、わざとしたのじゃない……

戸棚の隙間から覗いていると、私の机のそばにロバみたいな額が見えて、机の上の辺りでつんぼのダーシャの心臓がどきんどきんと鼓動するのが聞こえた……それとも、あれは私の記憶の中で、戸棚にひそんでいた自分の心臓の鼓動が混じったってことなのかしら？……そして、冴えない水色のぎょろ目が伺うような表情を浮かべ、いつもながらひびのある白い唇がキュッと閉じられるのが見えた。汚れた赤い手が延びて、獲物を摑むと素早く戻った。その後で、もう一回……そしてダーシャは子山羊みたいに跳ねると、一度も見たことがないようなおかしな格好で部屋から駆け出して行った。

小間使いの見習いが、走ったりなんかして！

でも私は慌ててあの子の後を追った。廊下の端でようやく追い付いた。私はダーシャの肩に手を置いて話しはじめた。声がとぎれとぎれになって、その声も自分の声らしくなかったのを覚えている。聞きながら、とても馬鹿げた、心のこもらない偽りの言葉を口にしているような気がしていた。

「どんな罪も最初は小さくても、やがて大きくなるのよ、ダーシャ……」

この子はつんぼなのだ。こんな話し方では、声が小さすぎる。私は大声を上げはじめた。

「あんたが最初に盗んだのはキャンディだけど、そのうちに私の乗馬鞭を盗むようになるわ（これはだめだ、ダーシャは乗馬はしないもの）、そうだ、あのボールを（だめ、ダーシャはあれで遊ばないもの）、なんでもいいけど、盗むようになるのよ。それからお金を取るようになって……しまいにあんたは牢屋に入るのよ！」

これでいいわ。私は牢屋というところに、凄みをきかせて叫んだ。でもダーシャは相変わらず黙ったままだった……まばたき一つせずに、ずっと私を間近で見ていて、白いひびの入った唇から肝油の匂う息を私に吹きかけていた。これ以上いったい何てどなったらいいのよ？

「見たのよ、ダーシャ。私、この目で見たの！　私は戸棚の中にいたの……」

不意に顔が赤くなる。ここは暗い、だから顔は見えない、だけど、どうして私が赤い顔になるのよ？

「ダーシャ、お祈りしましょ！」

そして膝をついて、ダーシャのスカートを引っ張る。いつもはつんぼのダーシャに触れまいと避けているのに。ところがダーシャは木彫りの偶像よろしく突っ立ったままで、膝をつこうとしない。

お祈りするのをお母さんに教わらなかったのかな？　きっと、普通の人たちは自分の子どもたちにお祈りすることを教えないのね。それは、躾ができてないってことだわ。

私は祈った。

『我らを誘惑に導きたもうな……』

そして、いった通り繰り返すようにと、ダーシャにしきりに頼んだ。

「そうすると、あんたのためになるわよ、いつだって助けてもらえるわよ、可哀そうなダーシャ、また他人の物を取る気になった時にね……私も分かってるの。私ね……」

私は口ごもった。私は何をいったの？　私は何をいおうとしたのよ？　私がそんなことをこの子に、このダーシャにいえる？　そんなこと、この子に何の関係があるのよ？

そんなことって、どんなことよ？　ほら、私が泥棒をしたってことよ、自分が泥棒だってことが、辛くてたまらないってことよ！

だってお姉さんの婚礼のときに、キャンディが詰まった絹の袋をまるごと盗んで、自分用にとっておくつもりで、箪笥部屋に隠したのだもの！

ダーシャが不意に赤い骨ばった両手を顔に当てると、わあっと泣き出した。ちょうど厩舎でルスランが死んだことを知った時に、私がしたのとそっくり同じ動作だった。そしてダーシャの泣き声のせいで、私は心臓が止まりそうになった、胸の中でまさしくそうなった。

「おお、神さま！　おお、神さま！」

私はダーシャのスカートの裾を放した。ぶるぶる震えながら摑んでいた私の指から、あの子が裾を引き抜いて、ぱっと膝を立てたからだ。二人はゴキブリの出る廊下を別々の方向に走り去った。

恥ずかしい！　恥ずかしい！　恥ずかしい！　私は再び箪笥の中に座り込んでいた。でも、潜り込んだのは、自分のものがしまってあるあの戸棚ではなくて――あの内緒の隠れ場所は、もう自分の口からエレーナ先生に漏らしてしまっていたので――絹の舞踏会用のスカートが息苦しいほどぎっしりと吊るされた、箪笥部屋の大きな箪笥の中だった。そんな箪笥のいちばん隅っこに、いちばん小さい女の子が、追われる獣の子が、動転してしまった獣の子が身を潜めていた。そこで私は泣きもせず、身動きもせずに座っていた、大きく目を見開いて、身動きもせずに見つめていた。箪笥の中の真っ暗闇を、私の鼻先に垂れ、鼻に押しかぶさってくる真っ黒な絹地の皺を。

恥ずかしい！　恥ずかしい！　恥ずかしい！　獣が猟師に追われるように、私は屈辱感に追い立てられていた。良かったわ、静かで。良かったわ、暗くて。なんとしても、見つかりたくない、絶対に見つかりたくない。

何時間もたったのか、それとも数分だけだったのか？　せわしない足音が通り過ぎ、戻ってきて、また、ばたばたと駆け出したりしていた……その後で、何もかもが静まり返った。鍵穴の向こう側で灯りが消えた。その後で、また足音が響いて、再び灯りの輪が見えて……

そして箪笥の中が明るくなり、古い戸がきしみだして、開けられた。

手探りされ、絹のスカートがかきわけられて、見つかってしまった……

私は一言も言い訳をせずに、しぶしぶベッドに向かった。顔も洗わずに横になり、ふてくされて、黙りこくっていた……

眠れない。

もう夜中だ。私は灯りももたずに、忍び足で廊下を進んでいく。箱を、残りのキャンディの入ったあの私の箱を握りしめて。

あそこのカーテンの向こうでダーシャが驚いて、灯りに火を点す音がする。つんぼのあの子は夜中にとつぜん足音を感じて、怖がっているのだわ。

そこの汚ない灰色の寝床には、蒼白くて痩せた体のダーシャが腰をかけたまま、頑なな目付きでロバのようにそっぽを向いていた。そして唇を動かしてなにか音のない言葉をつぶやいている。

ダーシャの肌触りのよくない毛布が、私の着ている薄地のシャツの上から肌をちくちくと刺す……

「ほら、これ、とって！　これは私のじゃないわ」

私は寝床にいるあの子に箱を投げる。

「それ全部、私が盗んだものなの。私はこれまでずっと盗みをしてきたの。私はあんたより悪い子なの。聞いて、ダーシャ、ねえ、ダーシャ、私は良くない子なのよ。ダーシャ、ねえ、ダーシャ、許してくれる？」

ダーシャは黙っている。それとも私の声が小さすぎるのかしら？

私ははっきりと言葉を区切って、ちょうどあの子の耳の真正面からささやこうと努める。今日の私にはこの子の病気の耳が怖くない。いわなくては、いわなくてはいけない。愛の奔流のように思いがけなくこの胸にこみあげてきたもののことを。音なきものが、心を満たしたのよ、まだはっきりとはしないけれど、もはやこれ以外にはないというものが、もはや真理が、ただ一つにして永遠の真理が、燃えはじめたのだもの。

「ダーシャ、あんたは女の子で、私も女の子よ！」

ダーシャは黙って、頑なな眼差しで、小さなロバのように見ている。

不意にささやき声が聞こえる。

「いいえ、私はそんな女の子じゃないです」

この子は話してくれるのね。この子は私のいうことが聞えるのだ。

「ダーシャ、あんたにはママがいて、私にもママがいるわ。ダーシェチカ、ねえ、怒らないで、信じてよ。私ね、ダーシェチカ、あんたの寝床で寝て、台所であんたと一緒に食べたいわ。私、あんたと一緒に働きたいわ」

私はダーシャの身体中に指をはわせ、その痩せた両腕を、両肩を、首をしっかりと押さえつけていた。ダーシャの身体が柔らかくなってきた、木彫りの偶像みたいじゃなくなってきた。するとダーシャから魚の匂いが、それに、汚れた下着の匂いもただよいはじめた。

「ダーシャ、私、あんたの下着を洗ってあげるわ。ダーシェチカ、ねえ、私はもう、一人でいられないの！　ダーシャ、あんたには手と、ほら、その目がある……分かるわね……私にも同じものがあるのよ。見てよ。見てよ。私、あんたが好き、私の妹！」

私はまだ何かたくさん、早口で、聞き取りにくい声でささやきつづけ、泣いていた。ダーシャも泣いていた。あの子は頑固そうなおでこを不意に私のうなじにのせて、私は涙で濡れた顔をあの子のうなじにうずめて、こんなことを思っていたのをはっきりと憶えている。

『私たち、私のあの二頭のロバにそっくり』

そして不意に私の胸の中に何かが燃えはじめた、エレーナ先生にお祈りのことを話したあの夜のお茶の時のように。それで私はもう誰はばかることなく、大きな声でいった。

「ダーシャ、『我らの父よ』のお祈りを知ってる?」

「知ってます」

「誰に教わったの？」

「ママに」

　ということは、この子はママにお祈りを教わったのだわ、私は、これまでこの子のママのことは何にも知らなかったわけね。

「祈るのよ、ダーシャ、『我らの父よ、天にまします父よ』」

　ダーシャも祈った。

「天なる我らの父よ。そなたの御名は称えられよ、そなたの王国は来たるべし……」

　私たちは膝をついて並んでいた。ゴキブリの出る床にむき出しの膝をついて。そしてダーシャは額が床に届くほど深くおじぎをし、ひたむきに十字を切りながら、早口で、熱心に祈っていた。けれどもお祈りの最初の数語は、私にはもう聞こえなかった。聞くことができなかったのだ……その数語が心全体にひろがって、あふれだしてしまって……

「そなたの御名は称えられよ、そなたの王国は来たれ……」

「ダーシャ、ダーシャ、あんたはお祈りの意味が分かってるの？」

「分かってます」

「だれに教わったの？」

「学校で教わりました」

「ダーシャ、分かって……聞いて、ダーシャ、ダーシェチカ、私がいおうとしていることを分かってね。たとえ、誰も信じないにしても、とにかく、真理なのだもの、私のいいたいことは……」私は早口になり、息も切れ切れだった。「それは来るのよ、『そなたの王国』は、来るときには来るのよ。今私たちが望んだようにね……」

そしてふいに私は立ち上がった。二人で寝床に腰かけ、私は急いでこれまでのことを全部話してしまおうとした。

「ただね、私たちはあの二頭のロバじゃないわ、ダーシャ。二人は二人だけじゃなくなるのよ。私たちはみんなを好きになるの。プロコーフィイも、イリヤも、料理番も、エレーナ先生も、御者のフョードルも、兄弟たちも、あんたのママも、それに……普通のダーシャも、皿洗いの女も。いつも一緒に眠ったり食べたりしましょ、そして一緒に働きましょ……そして……一緒に馬車で……そんなの要らないわね。馬車なんてなくたって、すごく愉快になるわよ、その方が手間がからないもの。それに、第一、私たちは、盗みをはたらく必要なんかなくなるわよ」

そう考えて私は吹き出した。私は楽しくなって笑っていた。

ダーシャはその時私を見ていた、それで私は不意に分かった、あの子のぎょろ目の顔は、私には頑固に聞き取ろうとしていると見えていたものは、本当は驚愕の表情だったのだということが。あの子は私を見ながら、私のいうことに驚いていたのだ。ダーシャは信じていなかった、まだ信じてはいなかったのだ。そこで私はまだ涙にぬれているあの子の両目にキスをした。湿っぽい、ごわごわした巻き毛にも。そしてもう一度見てみた、あの子が怖がっているかしらと。

ダーシャは私の両手にキスをし、私もあの子の両手にキスをした。その手の皮膚は、なんと荒れて、かさかさしていたことか！

つんぼのダーシャの手を覆っている愛しくて神聖な、かさかさした皮膚！……

今の私はこれまでとは違う人間よ。私の何もかもが、私の血の一滴一滴までが、すっかり、すっかり違う人間なの。私は初めて目を向けたの。人々と社会の仕組みに初めて目を向けて、気づいたの、とても素朴に気づいて、とても素朴に理解したの。人々が作り上げてきたこんな仕組み全体が、ちっとも真実のものではないってことを、人間としての私の血の一滴一滴が理解したの。このままにはさせない、私はこのままであってほしくはないもの。

怪物

K・A・シュンネルベルグ[5]に捧げる

春のこと、沼地で私の網に怪物がかかった。

他の生き物もまじっていた。私はその怪物を小さなバケツに入れて家に持ち帰り、採って来たものを全部、ジャムの入っていた大きな空き缶にあけて、部屋の窓際にあった円テーブルの上に置いた。

そこなら缶の中に陽が当たったときに濁った水の中をのぞき込めば、小さな沼の世界を見わたすことができた。ほとんど透き通るような薄っぺらな体に、頭とひげが付いていて、なんだかくるくる回ってばかりいる小魚たちが、威勢よく上へ下へと泳ぎ回っていた。細い小枝のかけらみたいで、ざらざらした小さな棒切れそっくりの小魚たちは、体を揺らしながら移動していたけれど、それが時々とだえた後でふいに毛のもしゃもしゃした頭がぬっとのぞいた。小さな蛇のようなその生き物は烈しく身をくねらせて、体をバラ色の塊に縮めたり、細い糸になるまで伸ばしたりしながら濁り水を鋭く切り開いて進んでいた。

そしてさらに、生命がめばえかけているのに、目立たないので信じられないような幼生がいっぱい——私には覚えがなかったのだけれど——空き缶の底にある小さな水草の間で揺れていた。

びっしり実をつけた房のような形で、重なり合って沈んでいたのはゼリー状の蛙の卵だった。ぼうっと緑色がかった粒の一つ一つに、黒い核がある——卵核だ。

まもなく黒い核が生長して、粒状のゼリーが融けてどこかへ消えはじめた。そしてふいに私は見たのだった、どの核にも尾っぽが生えているのを。

私はこの缶の中の沼にしょっちゅう近づいては、沼の暮らしを見守りつづけ、待っていた。さあ、あいつを見るぞ、いよいよ始まるぞと。ところが、変わったことは何も認められなかった。私はずっとあの怪物がまた姿を見せるのを待っていた。私がそいつを見たのはあの一瞬だけだった。あの朝、水の上に引き上げかけて、完全に上げ切ってはいなかった網の中に、ふいに太陽の光が射して沼の濁りを透き通らせてくれたので、あいつの姿が浮かび上がり、そしてまた影の中へと沈んでいったあの一瞬。

そいつは、夢ではありえないような、それこそ実際の出来事ならではの、くっきりとして鮮明な姿形で、私の目に映ったのではなかったか。あの怪物は、全体がいくつもの平たい節に分かれた黄褐色の硬い小さな体に、舵になる強そうな尾っぽがついていて、頭には、やけに大きく、がっちりとして丸型で、先がぴたりと閉じたハサミが二本付いていていた。これだけのことを全部、陽光が射した一瞬に私は見分けた、それも、その怪物の身の丈がせいぜい、十一歳の私の小指の四分の一くらいしかなかったというのに。

そいつは三日くらいの間、あるいはそれ以上、隠れたきりだったので、私はしまいにはそいつを捕えたことさえほとんど信じられなくなった。きっと、網のどこかが破けたか、缶の中で死んだのだわ。私はつまらなくなってしまった……

私は怪物を見たくてたまらなかった。そして見たのだった、もちろんのこと。

そいつは、ある時、蛙の卵の抜け殻のかげから、突然浮き上がってきて、あまり思いがけなかったので、私は悲鳴を上げてしまった。

「あれだっ！　出て来たっ！」

家庭教師の先生は震え上がって、厳しい口調でたずねた。

「何なのよ?……びっくりさせて」

私は黙っていた。なぜだか怪物のことを話したいなんて一度も思わなかったのだ。

「何が嬉しいのよ?」

私は嬉しかったの?　はっきり分からないまま、節があって、感じが悪く、ハサミのある平べったい体を私は見直していた。先の尖った威力のある尾を操って狙い定めた方向にゆっくりと泳いできたようすが、不吉な予感をかきたてる。

「私、嬉しがってなんかいなかったわ」ようやく私はきっぱりと答えた。

「それじゃ、どうしてあんな声を上げたの?」

「怪物をみつけたの」

先生は今度はおうように面白くもなさそうにくすりと笑うと、私に近づいてきた。

二人は缶の前に並んで立って、怪物をじっくりとながめた。

そいつは嫌でならなかったけれど、私はまた、そいつがよびおこす恐怖と不快感に惹かれてもいた。

「あの嫌らしい顔!」長い沈黙の後で先生がいった。「放り出しなさいよ。このままにしておいたら、悪いことをいっぱいやらかすわよ」

でも私が捨てずにいると、**そいつ**はまた隠れてしまった。

蛙の卵の入っているゼリーの袋は、日毎にどころか時間毎に溶けていき、はっきりしない卵核に代わって、幅広で透けるような灰色の、私にいわせれば、とてもおしゃれな尻尾があらわれて、そのかたわらに、醜いとしか言いようのない、不格好で黒くて太い頭がしだいにはっきりと見えるようになってきた。

それはまさにオタマジャクシが孵化したところだった。頼りなげで気が良さそうで、どこもかも柔らかそうで、幅広のおしゃれな尾っぽをしきりに揺らしていても、おかしなほどのろい泳ぎ方で、自由な身になって浮かび上がってきた。オタマジャクシはわけも分からず安心しきったようすで、不格好な頭で互いに押し合ったり、モスリンの布切れみたいな尻尾で絡み合ったりしていた。

私は優しい気持ちでそんなオタマジャクシを愛おしく思っていた。

オタマジャクシたちは無邪気に育っていき、無邪気に餌を口にしていた、何を、どうやって食べていたのかは、私には分からなかったけれど。

そのオタマジャクシに私は親しみを覚えていた。羨ましがったり、蔑んだり、優しい気持ちで愛おしんだりしていた。愚かそうで肉厚の頭が——その中のどこかに、まちがいなく背中とお腹が隠れているのだけれど——、それにお洒落で、優美すぎるくらいの尻尾が本当に可愛らしかった。

オタマジャクシは日ごとにどころか、時間ごとに育っていった。

黄褐色のあの怪物は、黒くて肉厚のこの軍勢のかげに姿を消してしまった。

ただ不思議なことに、私のオタマジャクシたちは太って、成長していたのだけれど、群れはなぜかまばらになっていた。

そして三度目に私が**そいつ**を目にしたとき、最初はそれとは分からなかった。

すでに私の小指の三分の一くらいの大きさになっていて、やけに大きく見えた。平べったく固い体は節のある背中を突き立て、威力ある尾っぽは棒のようになって下に垂れ、ゆらゆら揺れる別の尾っぽを絡ませていて、優美なモスリンの布切れみたいなその尾っぽの表皮はぼろぼろに裂けていた。

その時に私はそいつの頭も、ハサミも目にした。やたらに大きく不格好なオタマジャクシの頭がひとつ、怪物の固くて頑丈で、突き刺すような鋭いハサミにかかっているのが見えた。それで、私は合点が行った。

私はそうした恐ろしい抱き合いをやっている沼に住む二種の同胞たちをじっと見つめていた。『あいつがやらかす悪いことっていうのは、これなのか』私は先生のいったことを思い出した。すると不意に私の心臓は止まったように黙り込み、金鉱のように重たいものが、驚いた後の貪欲な好奇心が、奇妙に貪欲な好奇心が忍び込んだ。

私は黙ったまま、長い間眺めていた。缶の中の濁った沼のなかでは、音のない沼の出来事が長い間つづけられていた。

頭の大きい黒いオタマジャクシの体は灰色になっていき、尾っぽの優しい灰色にますます似てきて、体積は小さくなり、皮を剥がれた尾は弱々しげに震えていた……そしてまるきり震えなくなった。缶の底には、薄い膜がゆっくりと沈んでいった。

池には島があって、その島はすごく小さくて、樹脂(やに)の香りがきついポプラの老木に覆いつくされ、枝々が暗いひっそりとした水面すれすれまで垂れていた。

私は水辺の暗くてしんと静まり返った木陰で腰を下ろしている。私の乗ってきたボートは止まったままで揺れもしない。古いもので、明るい色のペンキも剥げ落ちてしまっている。オールが放り出してある。オールを一本だけ深くもない池の底へ突き刺しながら、近くの岸からここまでボートを進めて来た。

そして今、私は島の木陰で水面を前に座って泣いている。水中では小魚たちが、眠たそうに動いている。真昼なので、向こうのポプラの木々が水に影を落としていない所では、水面全体が真昼のものうい日射しを浴びている。

銀色のほっそりとした小魚たちは少し生き生きとしている。頭に厚みがあって、おなかの垂れた、黒っぽい魚たちもいる。その魚はあのオタマジャクシにそっくりだけど、五倍くらい大きくて、不格好なところは似ていてももっと眠たそうで、尾っぽもモスリンの布切れでできているようには見えない。

私は泣きっぱなし。そんなに辛いわけでも傷ついたわけでもなく、真昼のけだるさのせいで。それに、なんだかすっかり気が滅入っている。

「ヴェーラ！　ヴェーラ！　またやったな！」

上の兄さんのしわがれ気味の、怒った声だ。

「早くボートをよこせよ。お前は一人で島に行ってもいいのか？」

「ママが昨日、いいって」

「それは、昨日のことで、今日じゃないだろ」

「今日も、明日も、ずっと、いいの」

声をかぎりに叫び返しながらも、私はボートに乗ると、船尾から左側を勢いよくひと突きして動かす。ボートは舳先を翼みたいに右側に向けて、兄さんめざしてまっすぐに進んでいく。私は元気いっぱいで長いオールにしがみついて、いっしょに右に回ったり左に回ったり。

そーれ右、そーれ左。

そしてボートは熱しやすく堪え性がなくわがままな私の性分そのままに、速くなったり遅くなったり、勝手に突っ走ったりして岸に向かっていく。

もうほとんど舳先が岸を突いていた。兄さんの声は上ずっている。

「どこへやる気だ？　どこへ？　よくも一人で乗るのを許してもらえたもんだよ」

「犬を連れて来たのね！」

毛並みのいいセッターが二頭——ピロンとボヤール、それに長い毛が波打つ羊毛のようなゴードンセッターのベルタが、水辺に来て気が立ち、騒ぎ立てている。

「今頃、気が付いたのか？」

「泳がせるの？」

「ああ」

「私も、いい？」

懇願するようにボートの中を覗き込む。私自身はとっくに板張りの船着場にとび降りてしまっていて、兄さんの方がボートの中の私がいた席に移っていたので。

「だめだ、お前のことをあっちで誰かが探してたぞ。何とかいう音階を、お前はまた稽古してないな」

「ワーシャ、お兄ちゃん、放っといてよ！」

「駄目だっていったら。思い出した、探してたのはエミーリヤ・リヴォーヴナ先生だ。ホールですごく怒っていたぞ。俺だって怒るぞ」

　そして兄さんは不意にいつもとは打って変わった、なんだかすっかり物柔らかな調子でいい添えた。

「どうしたんだよ、ヴェーラ？　泣いてたのか？　すっかり泣きはらしちゃって。叱られたのか？」

　私はかっとなった。

「その正反対」

「叱られるの正反対って、なんだよ？　褒められたのか？　なあに、そんなことは死ぬまでありえないな？　そうだ、聞いてみよう、食事のときにエミーリヤ先生に！」

　ああ、私はあのエミーリヤ先生が、あの怠け者が大嫌いだ。あの人は音楽の授業のためだけにうちの村にやって来て、退屈だから意地悪になって、私の顔を楽譜でひっぱたく。

　でも私は**あの生きものたち**と**あいつ**のことを兄さんに話す気がしない。黙り込んでしまうのも、怖い。兄さんはどっちみち信じないわ、どっちみち、私が叱られたんだって信じ込むんだ。いやだな、恥ずかしい！　今日の兄さんは親切だな、感じの悪いからかい方はいつも通りだけど、声だって優しい、だから何もかもママとよく似ている。

「お兄ちゃん、こうなっちゃったのはね、オタマジャクシのせいなの」

私はまた泣きながら、あの子たちとあいつ——怪物——のことを話して聞かせる。

兄さんは注意深く私の話を聞いている。片方の足をボートの底でふんばり、もう片方は船着き場の高いへりにかけたままで。それから、かなり長いこと黙っている。

そしてふいに、すごくきっぱりと言う。

「それが自然というものなんだよ、ヴェーラ」

私はよく分からない。

「健全な人間は自分のなかにある自然になじむんだ。それがつまり、習性ってことなんだ」

よく分からない。

兄さんは私の愚かなのに気付いている。その愚かさにたいして寛大に、でもなんだか悲しそうに微笑む。

「いいかい、僕らの周りじゃ、何もかもそうなんだよ」兄さんは片手を水平にぐるりと大きく回してみせた。「水の中でも、地面の上でも、いいか、土の中でもな、何もかもが自然のまま生きているんだよ、いいかい、つまりね、そうしないで生きることはできないってことなんだ。だから、そういうふうに生きなきゃならないのさ。人間はといえば、時には、皆ができないような生き方をしたがる。それはね、利口ぶるってことなんだよ、いいか、神さまの定められたことさえ聞こうとしない、神さまの声にさえ、耳を傾けようとしないってことなのさ、分かるね。そら、泣くなよ…… ピロン！ ピローン！ ……慣れるよ…… ボヤール！ ベルタ！ 来い！……助けることはできないんだよ…… 水へ入れ、臆病者め、ろくでなしども！…… 泣くなったら、バカだな！」

兄さんは犬たちの様子をよく観察できるように立ったまま漕いで、両方のオールを静かに動かして、水深のある堰の方へと、池の縁づたいにボートを進ませていた、そして耳をペタリと垂らした犬の頭が二つ、船尾の後ろ近くを泳いでいった。

ベルタだけはまだ、キャンキャン鳴いて、岸で吠えたり、走って行って水中に腹まで浸かったり跳び出したり、長いふさふさした毛からダイヤみたいな水しぶきを振りまいたりしていた。茶色の大きな目で、すまなさそうに、驚いたように、いつまでも懇願するように私を見上げている。キャンキャン鳴く声と、濡れたせいで一変して、貧相で痩せた見苦しい曲線を露呈させた体の細かな動きには、未練がましい、おどおどした願望が感じられた。

兄さんが狂ったように怒鳴った。

「ベルタ！ 来い！ しようのないメス犬め！」

ベルタはピョンと跳びはねると水中に入った。真ん中に黄色い斑点のある白くて長い背中が、まだ不規則にぶるんぶるんと水面で震えている。脚はまだ水底に届いていて、歩いているらしい。

ところがそのうちに背中が沈んで、斑点だけがなんとか見えるだけになった。ベルタは水面にふさふさした尾っぽを頼りになる舵のように滑らせて、苦もなく規則正しく泳いでいく。ほどなく離れた所に白い頭だけが見えて、私の視力が良すぎるせいで、赤毛の耳が臆病そうにぴくつき、波打つ長い絹の毛並みが太陽に当たってきらきらしているのが見分けられる。

「どうだろ、あの缶を捨てちまえよ！」兄さんが静かで声のよく通る水面の向こう側から、大きすぎる声で怒鳴る。「急げ、ベルタ、早く来い！……洗濯桶の中に捨てろよ……ハロー、いい子たちだ、俺について来い！……自分の部屋に置いとくなんて、きたならしいだけだ！」


「どうして、あの嫌らしい幼虫を、缶から捨てないの？」シラーのバラード『酒杯』を説明しながら読んでいた先生が、本当に思いがけなく、読むのを止めて私に訊いた。

　私は先生の目を真っ直ぐ見ようとしかけたのをやめて、返事もしなかった。先生は、同じ質問をくり返した。

「どうしてって……ああしなきゃいけないから」

「どうしなきゃ？」

「ああして……食べさせておかなきゃ」

「どうして、また、そんなことを？」

「神さまがそう定めたの」

「そんなこと、誰に、教わったの？」

「兄さん！」

私の目は、正面に座っている背が高くて筋ばった先生を相変わらず無視したまま、重苦しく挑戦的になっていく。

そして嘲るように、言葉を引きのばしていい添える。

「それが、自然というものだからよ」

「あなたの嫌らしい、ろくでもない缶の中にあるのは、まったく自然なんかじゃないです。ただの気紛れよ」

先生はひどく憤慨している。先生は正しいし、まちがってもいる。なぜなら沼ではあの生き物たちが隠れる場所はもっと広いもの。そのかわり生き物たちに襲いかかる生き物たちももっと多いけれど。

それで私は怒っていう。

「ふん、その方がましよ」

私は今度は、さっきからずっと、生意気にも、見つめないで、眺めていただけの、その目を見ている。けれども輝きがなく、見苦しく見開かれたその目はふつうではない興奮を見せ、驚愕したようだ。厳しくて、公正で、ひどい近眼の家庭教師の先生は、またもや反抗が始まる確かな徴候を認めて衝撃をうけた。何かが私の背中を反抗へと押していた。私自身にも不可解な何かの言葉が、口を衝いて出てくる。

先生はさらに尋ねた。

「何が、ましなの？　なぜ、ましなの？」

「早くけりがつくからよ」

「まぁ！　何のけりがつくの？」

何の「けりがつく」のか私には分からなかったし、何が、そしてなぜ「その方がまし」なのかも分からなかった。けれども、嫌らしい海の怪物の出てくるシラーの『酒杯』を、これ以上読み解いていく気がしないことは分かっていた。私は先生の正面にあった自分の椅子から実にふてぶてしく立ち上がると、えらそうに悠然と勉強部屋から出て行った。

私は池に行くことにした……

もちろん、池に行った後には罰が待っていた。三日間、遊ばせてもらえなかった。

生き残っているオタマジャクシはもう全部で十三匹になってしまい、それと生きている怪物以外には、濁った沼の水の中には何も残っていなかった。

シラーのバラードを読んだ日から少なくとも二週間は過ぎていたにちがいない。死を免れたオタマジャクシたちは、本当のところは、もはやオタマジャクシではなくなっていた。厚ぼったいどの頭からも手足が四本ずつ生えていて、先っちょには水かきのある小さな指がぶざまに拡がっていた。それに頭自体も、もはやただの頭というだけではなく、柔らかなおなかとまるい蛙の背中がくっついていた。

私は、今では尻尾のある蛙たちを見ながら大声で笑っていた。自由気ままに草の中で暮らしている蛙たちには尻尾は無いのに、私の缶の中のには、どうしてあるのよ?

私の蛙って素敵、私のは素敵!

私が沼地で採ってきて缶の中で蠢めきあっていたものたちをすっかり喰らってしまったあの怪物の方も、脂ぎった牝牛七頭を喰らってもまだ飽き足らなかったファラオの七頭の痩せた牝牛みたいに、相変わらずのっぺりとして硬い節分かれした表皮に強くて邪悪な尾っぽと貪欲なハサミを持ったままの姿で居残っていた。身の丈だけが少し長くなっていた。

私は怪物が好きになった。

私の目にはその怪物が鎧をつけているように映った。柔らかな体をして、分からずやでちっとも警戒心のないオタマジャクシたちが群がり押し合っている音のない濁った沼の水の世界で、その一匹だけははっきりと良く見えて、強くて、まっ直ぐに動き、無条件にいくつもの生命を支配していた。

支配しながら、それを食べてもいた。

私はオタマジャクシを蔑んだ。

とはいうものの、私はちょくちょく川辺や池のほとりに駆けて行っていた。そして長い間しゃがんだまま、水の中を覗き込んでいた。そこへ**あいつ**を放そうと考えていたのだ。それは、この先に起こることを見ないため、最後に残った尻尾のある子蛙たちの、せめて十三匹だけにでも憐れみをかけてやるためだった。

池の中には黒くて頭の分厚い、眠たそうな小魚たちが、また見えた。きっと、あいつはこの魚たちに喰いつくようになるのだろうな？　小指の半分まで大きくなって、怖そうになっているのだもの！

そして缶に入れる生き物は何も採らずに戻って来た。そこで私が目にしたのは、缶の底にいくつも沈んでいるしゃぶられた灰色の表皮の間で満腹して動きが鈍くなってしまっている怪物だった。

怪物は謎めいていた。

私はそいつのことで先生とたくさん議論をした。私たちはどんなことでも載っている本を三冊、読み返した。本に書いてある説明と照らし合わせたり、これじゃないかと決めかけたりしたけれど、確信をもつことができなかった。

「ねえ、私はやっぱり思うのよ、この幼虫はゲンゴロウになるのよ」先生がきっぱりと宣言した。

私たちが二人とも窓辺に立って、缶の中を見ていたときのことだ。

「でもゲンゴロウは黒くて、丸っこいわよ」

「だから、どうだっていうの？」

「ぜんぜん似てないわよ」

「まあ、なんて分からず屋なの！　以前に缶のなかで泳いでいたあのおかしな棒切れみたいなの、あれだって蚊に変わったかもしれないのよ、この幼虫が蚊に似てるとでもいうの？　蝶の幼虫はどうよ？」

　私は納得がいかない。

「ゲンゴロウは良い虫よ」

「どうして、分かるの？」

「煙突の下に置いてある桶の中で、いっぱい泳いでいるのを見てるもの」

「それが、どうしたのよ？　あなたはそのゲンゴロウといっしょに泳いだの、ゲンゴロウにでもなって、それとも、例えば、小魚にでもなったの？」

「だから、どうだっていうのよ？」

「どうしてそんなに自信たっぷりなのよ、あのゲンゴロウにあなた、食べられちゃうかもしれないじゃないの？」

「でも、とにかく私は、あれがゲンゴロウだなんて信じられない」

「私だって自信はないわ。変な、謎めいた幼虫！」

　怪物はきっと変態する。でも、いったい何に？　何に変わるのだろう？　あんなに邪悪で、あんな黄褐色の節だらけの体をして、ハサミのあるあいつが、犠牲者の運命を支配する舵のようなあの硬い尾っぽをもつあいつが、何に変身することができるのかしら？

　怪物が変態するって、なんて恐ろしいのだろう！

でも、やっぱり、黒くて、丸っこくて、キラキラしたあのゲンゴロウに変わるのかな、そして……もしかすると、そう、多分、決まってるわよ、良い生き物の、ゲンゴロウに変わるのよ。

そうだとしたら、悪いものは、いったいどこへ行ってしまうの？

悪いものがすっかり消えてしまうなんてこと、ある？　全然どこにも行かないのに、ただ消えてしまうなんてことが？　湯気みたいに……

ちがう、湯気は空では冷えて凝固して雲になって、雨になるのよ……そうでしょ？

子蛙一匹だけが残った。そして尾っぽが、ある時剝がれ落ちた。子蛙はひどく若々しく、活発になった。すごく、すっごくかわいい！　緑色になってるじゃないの！　しっかりした背中になって、手足を不器用に広げて、皮膚はぶつぶつ、それにどんぐり眼（まなこ）だわ。

その蛙は故郷である缶の沼の水の中からガラスをつたって這い上がり、懐中時計が秒を刻むみたいに、ピクピクと速い呼吸を事もなげにしている。厚みのある柔らかなおなかが、短い首筋の辺りでへこんだりふくらんだりする。鮮やかな緑色で、風呂上がりのように爽やかそう。皺だらけの柔かな瞼からとびでた目玉で見つめている。水の中には這い降りていかない。

手に乗るわ！　ペットにしよう！

怪物は？

私は、怪物をいったいどうしたらいいの？

川には放せない。池もだめ。沼には？　あそこは子蛙たちがいるわよ。

缶の中に入れようと拾ってきた石ころのなかから細長い石を探し出して、子蛙が石の天辺まで這い上がれるように立てかけてやった。子蛙は今ではもう肺があって、鰓じゃなくて肺で呼吸をしている。必要な時には肺も鰓も使っている。先生がそういっていた。

だけど子蛙は石から這い降りないだろうな。水が好きなのだけど。そうなると……

殺そう。

怪物を殺して、最後に残ったペットの柔らかな子蛙を救おう。

でも、あんなに硬くて節だらけの怪物をどうやって殺したらいいの？　押し潰すことはできない。ジャリジャリ音をたてるわ。できない。ぞっとする。

捕まえて、日向にぶちまけてやるだけにしようか。それならバルコニーが陽当たりがいいわ。部屋の横の方にはバルコニーに出るドアがある。本当をいうと、手摺りの囲いがあって、薄い鉄板張りの屋根に出るドアなのだけど。鉄板は、私が人形たちの下着の皺を伸ばしてやるコテとほとんど変わりがないくらい熱くなっている。（私は、そのコテを陽の光に当てるだけで熱くしようとしたことさえある。）あそこは南側だから。でも、やっぱり、それだけじゃ、十分に熱くはならないのよね……

もしもあそこへ怪物を放り出したら、死ぬくらい陽に焼かれる。罰当たりなあいつは、死ぬわ。

そう、ワーシャの言う通りだった。あの時、何もかもいっしょにバケツに空けてしまえば良かった。おお、神さま！　どうしてこんなに苦労をしなきゃいけないの？

緑色の子蛙は夕方まで小石の上にじっとしていた。への字にむすんだ口の周りにびっしりと細かなひげがある。じっと見ている。でないと、柔らかな瞼が目玉の下まで垂れてしまって、灰色の玉が二つとび出すことになってしまう。

私は怒りっぽい、いらいらした気分で歩き回っていた。胸が苦しくなってしまった。

怪物が愛おしくて、憎らしかった。

ちがう、怪物が憎らしかった。

そうして決心がつかないまま、私は寝に行ってしまった。夜が近づいて、太陽はあのバルコニーから消えてしまっていた。

横になり、寝入ろうとしても眠れない。こういう時って、ほんとうに嫌な気分だ。

灯りを点したい。缶の中がどうなっているか見てみたい。夜中にあの怪物が寝ていないとしたら、どうしよう? あいつには目があるのかしら? ハサミの陰になっていて気付かなかったけど。でも、いいのよ、どっちでもいいの。夜中には目は見えないものね。

吸い込んじゃうわ。ああ、朝までに平らげてしまうわ!

でも、あの子蛙は石の上にいる……這い降りちゃう。ああ、石の上からお気に入りの濁った水の中に、生まれ出た沼の水の中へ這い降りちゃうわ。

私はわざわざ深い溝の所まで行って取ってきた草を浮かべた、あそこに生える草はすべすべしているから。新顔のあの生き物がなんとか、あいつに水ごと飲み込まれないでほしいと思って、そうした……

考えているうちに思わず片方の足が床へ降りようとして動きかけた。すると、不意に、腹立ちまぎれに思い出した。『それが自然！　自然なんだよ！』『人間はできないことを望む』『それは――神さまの教えさえ聞こうとしないってことなんだ』

面倒くさい！　それに暗いし！　それに夜中にあいつを見るなんて、とても嫌だ。

もしも、あいつが急に変態を始めたら？　とつぜん、ちょうど今日、この瞬間に変態を始めたら？　もしも変態を始めたなら、殺すのは罪になるのかもしれない。あの子蛙を吸い込んで平らげる前に変態するかもしれないし、そうなったなら、もう何にも平らげたりはしないはず。それなのに私はあいつを殺すの？　殺しちゃいけない、そんな時に殺しちゃうの？……

それに、どうやって殺すのよ？　夜だから陽は照っていない。押し潰さなくちゃならない。あいつはジャリジャリ音をたてるわ。あいつは硬いもの。

頭を枕の下に埋めてしまった。何も聞えないように、心を乱されないようにと。

このまま、なるようになれ！……こうしなきゃだめ。

私は寝入った。

朝、目がとび出していて手足の生えていた子蛙はいなかった。

あいつだ。あいつだ。あいつだけがいる。

私は可哀そうに思わない。泣いてなんかいない。なんとなく落ち着いてしまった。

黙ったまま、唇も一応は噛んでから、さっさと配膳室にスプーンを取りに降りて行く。満腹して眠っているみたいに見える怪物をスプーンで捕まえる。そして、あそこへ、鉄板張りのバルコニーへ運んで行く。

太陽はまだ木の葉に照りつけてはいない。まだ空の端の方にある。

待とうか？　嫌よ、待ってなんかやるものか！

水ごとぶちまけて、あいつを鉄板に振り落としてやった。私は見てみる。

身をよじらせて、嫌らしい黄色い小さな目をくっつけたハサミのある頭をもたげながら、硬い尾っぽで鉄の床を嫌らしく叩いている。私は見ている、今、私は何もかも見ている。そいつのそばまで身を屈めた。そいつは私の小さな小指の半分くらいの大きさだ、でも私はそいつの目を、嫌らしい、黄色い、貪欲で、無慈悲な目をまっすぐに見ているような気がする。

緑色の子蛙が乗っていたあの石を缶の中から持って来た。ハサミと目のついた嫌らしい頭にその石を押し当てた。押し潰す。ジャリジャリと音がした。でも節だらけの体は相変わらずもがくのをやめず、相変わらずくねくねしつづけ、尾はぴんと上向きになっている。

嫌らしくてたまらない。

石を投げつける。頭全体が潰れた。

なんでもない。なんでもないわ。すぐに何もかも終わる。完全に事務的にさっさと自分の部屋に向かう。両手であの缶をしっかりと摑む――そして窓の外へ放り投げる。

缶は腐って死んだ水をまき散らしながら飛んでいって、窓の遥かかなたの、きれいな砂の敷かれた花壇の辺りまで行った。心臓がふいに猫の鋭い爪に襲われて、激しい敵意をむきだしにした。なんでもないわ。私の缶の中の出来事は、こうして「早目にけりがついた」。これでいいのよ。でも、あの沼では続けられているのかしら、神さまが定めた通りのことが？……

羽虫

M・L・ゴフマン[6]に捧げる

私は春が好きで嫌いだったが、春の何が好きで何が嫌いなのかは知らなかった。ただひとつ、数ある石造りの牢獄都市の一つに閉じこめられて冬を過ごすうちに、石の壁を突き抜けてやってくる声なき春の便りだけは、私の血の一滴一滴が感じとっていた。

ぬかるみさえも本物とちがって大地を感じさせず、草も樹々もみんなわざとらしくてうんざりしていた石造りの都市（まち）が、突如として、どこもかしこもそれまでとはがらりと変わって、自然な都市に豹変してしまう。その時の気分といったら、ちょうど、勉強がすっかり終わったというのに、まだ立ったまま家庭教師のお説教を聞かされていて、そんなのは全部無駄って分かっていて、耳にも入らず、入れる気もなく、もうちょっと、もうちょっとだけじっと我慢して、それから部屋から駆け出せば、そんな話なんか聞きもしなかったみたいに忘れられてしまうのだってことが分かっている、といった気分なのだ。

アンナ・アモーソヴナ先生のベッドの枕の下にもぐり込んで、自分が犯した数々の罪を思って大泣きをしたあの春は、凍てついた大地を融かす声なき便りが、待ちきれないほど遅れていた。羊飼いがわが家の前の長い街路を通って、町育ちの家畜の群れを、郊外にある地肌がむきだしの牧場へと追い立てていくのも、遅れていた。その牧場へは私もアンナ先生といっしょに朝食後に、もう何度となく運動がわりに行っていたけれど、でかける時にはいつもきまって、わざとオーバーシューズを履き忘れたふりをしていた。水がたっぷりとある春の舗道を歩いて、水の浸み込んだ靴底で本物の地面を感じたかった。それに羊飼いがとぎれとぎれに鳴らす角笛の音もまだ聞いていなかったし、家畜たちの柔かな蹄が石の舗道をそっと踏んでいく音も耳にしていなかった。ベッドの中で跳び上がって喜んでもいなかったし、目を大きく見開いて田舎の響きに耳を傾けてもいなかったし、心臓がどきっとして、春を迎えるときめきが狭い檻の中からとびたつことも、まだなかった。

都会はまだ冬の軛から解き放たれてはいなかった。未だにがっちりと鋳型にはめられたきり、壁と壁はぴたりとくっつき合ったまま本格的に凍り付いていた。けれども日は長くなっていて、朝早い時刻や夕暮れ前の町は、明るくバラ色ににじむようになってきた。

その春は羽虫が私に春の到来を告げてくれて、待ちあぐんでいた私の胸に突如冬からの解放感をもたらしてくれ、解放の短い一瞬は、左胸の片隅に一つの打撃を、いえ、突然の狂おしい喜びと追われる身の恐怖とがまじりあってひとつになった、めちゃくちゃに強烈な十の打撃となっていたかもしれないのだけれど――そんな打撃を私にもたらして終わった。

食堂で夕方のお茶を飲んでいた時だった。食堂は明るくはなく、大テーブルの上の辺りではもうランプが燃えていて、白いテーブルクロスが鮮やかにその光を放射させていた。真っ白に輝く麻布の上にそれがいるのに私が気付いたのは、その透き通る羽根が、ケシ粒ほどの頭のついた、ちっちゃな体をテーブルクロスの上に降ろしたちょうどその瞬間のこと。

「羽虫だ、羽虫だ！」

そしてちょっとの間、目を皿にして埃みたいな羽虫を見つめていた三十秒ほどの間、私は息が詰まりそうだった。すっかり空っぽになってしまっていた私の胸に、ふいに春がまるごと飛び込んできた。限りなく広々として、良い香りのただよう春が！

その喜びの大きさといったら、叫び声を上げてしまうほどで、駆けだして叫び、また駆けだしては叫ばずにいられない。駆けて叫んでいるのは私だけど、まるでみんなもそうして叫んでいるみたいだ。

私は走って叫ぶ。その瞬間に私の好きな田舎のあの林はもう春のものになった。緑色に息づく若々しい樹影を透して、金色の束が、贅沢で華麗な光線の束が見える！　その光の束は緑の草や湿り気をおびた砂の地面に触れて、金色のたっぷりとした水溜りとなって広がっている。

馬は疾走する。ほっそりしたしなやかな脚が湿った大地を蹄の音高く軽やかに蹴って跳ね、正確で鋭いリズムで再び大地を踏みつける。馬の脚。馬の胴体。頭の中では夢とイメージが、受胎と誕生が、窮屈な蛹（さなぎ）の中から飛びたってきた蝶のように風を受けてくるくると軽やかに渦まいている。それは私の頭。

でも、この私は何者なのよ？　何だっていいのよ。春は豊かで、ほころび始めていて、華かなんだもの！

春の林に花が咲いて、私の馬が駆け回っている間、暗くなるのが早い都会のわが家の食堂のテーブルを前に、私は何回叫んだのかしら。「羽虫だ！　羽虫だ！」って。

一回だと思う。二回かもしれない。そしてその三十秒の間に、春は駆け抜けてしまい、春の車輪が高らかに上げる金属音のせいで効かなくなった私の耳がようやく捉えたのは残響ばかり。華麗な春の馬車は駆け抜けてしまい、欺かれた目をおおう瞼の上には、馬車が運んできた勝ち誇る月桂冠の緑の枝葉の爽やかさがただよい揺れていた。

不意にアンナ先生の声が、妙にくぐもった言葉が聞こえた。

「羽虫？　どこです？」

先生の薄っぺらで幅広の乾いた手の平が、生命のある春の埃をピシャリと叩いて、テーブルすれすれに滑り抜けた。

私は口を開いたきり、叫び声も出なかった。感動の名残りの最後の力をふりしぼり、野蛮な泣き声になるのをこらえてなんとか囁いた。

「先生がつぶしちゃった」

パッと立ち上がると、端っこに先生と私の二人しか座っていなかった長いテーブルをよけながら、私は食堂から駆け出る。そして果てしない廊下をさらに先へと駆けて行く。口から漏らさなかった泣き声がとび出さないように、ヨーグルトを運ぶみたいに用心して、危なっかしい心のバランスを必死でとりながら。

ふうっと息をついたら最後、泣き声が飛び出してしまう！　私は息もせずに駆けて行く。どこへ行こう？　箪笥の中？　あの箪笥のことは、みんなが知っている。真っ先にそこを探しに来るわ。泣き場所になるなんて思えない、新しい逃げ場を見つけなくては。

箪笥部屋をゆっくりと通り過ぎて、用心しながら二番目の廊下に折れる。

気を付けなくちゃ。こぼれたら最後、わっと泣きだして止まらなくなるもの！

さあ、廊下を二段下ったわ。左のドアを開けて勉強部屋に入った。奥へ行けば、あの人、アンナ先生の部屋だ。自分の泣き声を、この部屋の衝立の奥へ、先生のベッドへ持って行け。私は狂いのない勘に押されて進む。

逃げよう隠れようとしてるものがわざわざ近づいてくるなんて、誰が考えるかしら？

先生のベッドの枕元の片隅で、大きな枕を二つもちあげ、その下に身体をもぐりこませると、たちまちすごい静けさがのしかかってきた……

わっと泣きだしはしなかった。

でも私の胸は、薄っぺらで幅広のあの手の平で押し潰されてしまっていた。平手打ちをくらったっていってもいい。私の先生が目先のことしか考えない重たい手でたたいたのは、灰色っぽい埃みたいな羽虫ではなく、この私の心臓だったような気がした。先生はこの胸の中にいた見えないくらい小さな、生命のあるちっぽけな塊、羽虫を押し潰してしまったのだ。

その羽虫は春が近づいていることを、どこかに、都会にはまだだけれど、うちの田舎にだってまだかもしれないけれど、とにかく春が来たことを報せるために飛んで来たのだ。なぜって、もしも飛んで来なかったとすれば、羽虫はまだどこかで蛹のままで寝ていたりして、春を感じとって目覚めることはできなかったはずだもの。

そしてまた私は春のことを考えた。春を思い出しているうちに、私は春が好きでも嫌いでもあることがぼんやりと分かった。でもなぜ好きなのか、なぜ嫌いなのかは分からなかった。

わが家では春に田舎へ出かけるので、おなじみの動物たちに会う。

動物たちはたくさんいる。大きいのや小さいの、野生のや飼っているの……ところがヘリオトロープの香りの染みついた先生の枕の下にもぐり込んだ私の考えごとはぼんやりとしてしまった。それどころかそのときの私には、あの動物たちを見たいのかってことさえ、分からなくなった。

私はああいう動物たちのせいで春が嫌いなのじゃないかしら？　駆けて来たり鳴きたてたりするあの春が？　広々と開けて、馥郁たる香りがして、それに私たちを石造りの町から連れ出してくれる春が？

私は動物たちが大好きだけど、その動物たちは死んでしまう。それも、動物たちを好きになるような時にかぎって、よく死ぬのだ。

それに動物たちは春にはとりわけよく死ぬ、きっと、春には一番たくさん生まれるからなのだろう。怖いくらいたくさん生まれる。

そして生まれた動物の一つ一つを目にすると、好きになってしまう。私はいつも生まれたての動物たちの目を懸命に探すし、ほとんどどんな動物にもキスをすることができる。

枕の下に隠れた私は、動物たちのことを回想しはじめた。

小さな亀のことを思い出した。チッチとトッチの二匹の亀。英語の名前にしたのは、あの頃はまだイギリス人の女の先生がわが家にいたからだ。亀たちにはびっくりさせられどおしだった。まるで石でできているみたいなのに、ふいにその石の中から、蛇みたいにすごく薄っぺらで小さな頭をくるくるさせて突き出すし、それに短い首筋は幾重にもひだの入った分厚い皮でできていた。手足も同じような具合だった。頭にある目はすごく考え深げで、ゆっくりと動く。部屋の中へ運んでくると、二匹ともひよこみたいにピーピーと鳴き出した。

亀たちの小さな甲羅の背中をつかんで、ちょっと反ってまっすぐ前に突き出た冷たい鼻面の口めがけてキスをする。するとイギリス人の先生は嫌そうに背を向ける。

「汚い動物(ダーティ ビースツ)よ！」

こんなきれいな亀を、汚い動物とけなすなんて。

汚いのはご自分の方じゃないの、冬と夏に全身を冷水でこすって摩擦をしておいでだけど。

亀たちが板の下を掘って囲いの中から這い出て、敵もいるし秋には寒くなる林の中へ消えてしまった時に、私は大泣きしてお墓をこしらえ、「チッチ」と「トッチ」と書いた板切れを二つ立ててあげた、ただただ二匹を偲んで。秋に板切れは下の方から腐って倒れてしまった。冬にはお墓全体が――今は土がでこぼこに露出している花壇の奥にあるのだけど――雪に埋もれてしまった。その秋、私たちはまだ町には帰っていなかったので、待ちかねていた初雪を見られて、ウラーって叫んで大喜びしたわ。

あの亀たちのことをあれこれ思い出しても、枕の下の私はまだ泣いてはいなかった。でも私が亀たちにキスをしているのに、イギリス人の先生がいった言葉が不意にはっきりと思い出された。

「汚い動物(ダーティ ビースツ)よ！」

それで私はしくしく泣き出した。

抑えつけられて縮まっていた心臓が初めて涙に触れたせいで、まるで元に戻ったみたいにすごく痛くなり、私はますます激しく泣いた。もっともっと思い出せといわんばかりに。すると、浮かんできたのは、私が負ってきた傷につぐ傷だった。

牝狐(めぎつね)のことを思い出した。狩りで生け捕りにされた狐だ。離れの屋根裏の明るい小部屋に入れられていた。ちょうどその真向かいの部屋には、私の鳩を飼っていたっけ。私は狐の所へ通った。生の肉を持って行ってやっていた。

狐は奥の隅っこに引っ込んだまま、肉に近づこうとはせず、そこから敵意のある怯え切った眼差しをまっすぐ私に向けていた。私の方は板戸にぴったりくっついて、互いに見つめ合っていた。

狐は跳びかかりたがっているんだ、鋭い歯をむきだして私の素足のふくらはぎに嚙みつくぞ、私はいつもそんな気がしてならなかった。

それで全身がぶるぶる震えてしまって、いつもの私とは大違いで怖がっていた。逃げ出したくても、気持ちが引っぱられて逃げだせない。なんだか気がかりで逃げられないのだ。

ある時、その狐が板戸の隙間を食い破って、姿を消してしまった。逃げた痕跡も残っていた。私の三匹のうさぎが、毛足が長くて、耳の垂れた、赤い目のうさぎたちが、内臓を喰いちぎられていたのだ。

私は動物たちのことを思い出して泣くのが嫌になってしまった。あまりにもたくさんのことが思い出されてくる。

灰色の野うさぎの子どもがいた。兄さんたちが狩りで生け捕りにしてきたもので、籠に入れて私のそばに置いていた。それがノミに嚙み殺されてしまった。きっと舐めてくれる母さんうさぎがいなかったから、そのせいね。でも、もしかすると、私が黄色くなるくらいいっぱい振りかけた虫除け粉のせいかしら？

そのあとも次々とおなじみの動物たちの思い出が押し合いへし合いし胸に迫って来て、私の心はなんだか傷ついていた。なぜなのか、誰にたいしてなのかは、さっぱり分からないままに。でも傷ついていたことは、確かだった。

もしかしたら、羽虫のことでアンナ先生に傷つけられたのかしら？

ちがうわ、羽虫があんなことになったにしても……私にはどうでもいいの。

食堂で羽虫を見つけたあの時のように、またうちの田舎の庭の春の林のようすが瞼に浮かんできて、そのおかげで私は泣きやんだ。

あの林を馬になって疾走したい、頭は痛快な思い出に駆られて、彼方へと、いつも自由が、いつもお手柄が、それにたやすく勝利できる力が待つあの遥かな国へとんでいこうとする——すると不意に、ピィピィという、ひどく微かなのだが必死の鳴き声がして、まっしぐらな疾走も足止めをくらい、心臓はぴしゃりと不意討ちをくらって、胸の底まで落ちてしまう。

私はたたずむ。ピィピィ声は近い、そして飽くことなく鳴き続けるその響きには、哀れさとはちがう何か貪欲で、愚かすぎる感じがある。小道から草の中へ折れると、私はもはや幻の馬から降りて、夏の間の速い成長を見越して作られたゆるいサイズの頑丈すぎる靴をはいている。足取りはもつれて危なっかしく、今にも捻挫しそうなくらいだ。

ピィピィ声は木の下から、楓（かえで）の木の下から上がっていた。近くのではなく、向こうの奥の方の木。妙に丈の高い草が生えていて、ふいにピンとはね返ってきては、身体を引っかいたり絡んだりする場所だ。

あんなに離れた所から、私が通りすぎようとした曲がり角まで、どうして聞こえたのかしら？

ここで聞いてもその声は、さっき聞いたより高くも低くもなく、むらなく、愚かしく貪欲だ。

とにかく声の出所（でどころ）を探す。そして見つける。身を屈めて、去年の秋の朽ち葉を突き破って生えてきて伸び放題の草に絡みつかれていた雛鳥を自由の身にしてやろうとする。雛の方も懸命に勇敢に、まるで泳ぐような格好で私の手に胸をぶつけてくる。

　汚い赤い色の体にはみすぼらしい産毛が灰色の針みたいにピッピッと刺さっている。粗嚢（そのう）が逆さまになっていて、その下に何か青いものがあって、ひくひくと動いている、なんだか完全に外側にあるみたいに、青い胸の袋の中で動いている――心臓だ。首筋はぶざまな剝き出しの糸のようで、その上にちっぽけな頭が突き出している。頭は大きくはないのに、嘴（くちばし）だけが大きい。心臓と嘴、それに小さな目が丸っこくて黒い。袋の中の心臓はぴくぴく鼓動し、嘴は大きく開かれピィピィと声をあげ、黄色い縁どりのある二個のちっちゃな黒いスパンコールみたいな目は懸命に大胆に見つめている。黄色の嘴（くちばし）といっしょにその目までピィピィ鳴いているようで、何にも怖いものなんかない、何でも分かっているんだ、ただ頼みたいことがあるだけなんだ、といっているように見える。

　雛鳥を自分の口元に持ち上げる。温めてあげなきゃいけない気がして。すると私はすごく不愉快な気持ちになる。それだけではない。私の手の中で雛鳥がしきりにもがくうちに、嘴を私の口につっこんだとき、嫌な考えがふっと頭をよぎった。

「もしも、私の歯をつついたら、嘴が折れちゃう」

　そんなこと、ごめんだけど、そうなってほしい気もする！

　そこで私は、先生の枕の下でそのときの感覚を思い出して、歯をきしませた。私は長いこと歯を磨いていない、だからきしませた後で舌で舐めまわすと、歯はざらざらしている。私の心臓はすっかり膨らんだままだ。こうして静かに声をたてずに泣いても、心臓を元通り落ち着かせるのに何の効き目もなかったわけだ。

泣いてしまわなくては、どうしてもわっと泣いてしまわなくては。そうしないと、何も終わらない。でも喉が締めつけられ、乾ききって、むずむずして泣き出すことができない。

ものみな素晴らしく良い香りがして、その先には夏が控えているこの緑一色の春が、雛鳥たちによってだいなしになってしまうのも嫌な気がする。私は耳を押さえて余計なものを見ずに、聞かずにすませたくてならない。私の目が嫌らしくできていて、見なくてもいいものを見るからって、聞かなくていいものを聞いてしまうからって、私が悪いわけじゃないわ。

こんな裸ん坊でお馬鹿な雛鳥たちはたくさんいる。林の中でピィピィと鳴きやまずにお母さんを呼んでいるのに、猫やもぐらや野ねずみが駆け寄ってきてしまう。

持ち帰って籠に入れると、体が膨らんでしまって、丸い目は膜で被われ、濡れたような裂け目を残すだけ。ぶざまに倒れて、黄色い手足をぴくぴくさせているだけで、雛鳥の命がもちますようにと、納戸から離れずに祈っている間に死んでしまう。

私はそれを思い出すのが嫌でしかたがないので、考えまいとして香水の匂いのする先生の枕の綿の奥にまで顔を突っ込む。息苦しくて、暗くて、暑くて、おまけに鼻がむずがゆい。……くしゃみをして、それから、聞き耳を立てる。足音がする。

嗅ぎつけられたのかしら？　違う。ただやけになって衣裳箪笥の中を探してみてから、ここにやってきただけよ。足音が近づいてくる。私は枕の下にすっぽり隠れて、穴に潜ったみたいにじっと身動きせずにいる。

おなじみの平べったい階段を、重々しく、ベタベタと足を運んでくる。それから、静まり返った。あの女（ひと）はどこなのかしら？　衝立のこっち側に来て、この自分のベッドを見下ろして、噴火の跡みたいに枕が散らかっているのに気付いたのじゃないかしら？

静かなままだ……コトリともいわない。胸の心臓がまたドキドキし始めた。アンナ先生だとしたら、とっくに枕を引っぱがし、とっくに罰をいいわたして、今頃はいつものお説教をやっているはず……

何かきしむ音がした。キャスター付きの椅子が床の上を動いたのね。アンナ先生が机に近づいたのだわ。先生は自分の椅子に座っている。

そこで私は頭をそっともたげて、呼吸をする。頭を働かせる。どうしたらいいの？　こんなことになるなんて考えてもみなかった。こんな罠にはまるなんて。

そうして自由に呼吸をしながら、じっくり考えはじめた。すると私はこの状態が気に入ってしまった。向こう側には敵。それは死。間にあるのは仕切りの衝立一枚だけ。私には分かっている。私がここにいるなんて、敵が考えてもいないことが。

敵は巨人よ。そいつは食堂のテーブルよりも大きい手の平をしている。平べったくて硬い手の平。私が潜んでいるそばを通りすぎると汚点が、あの灰色の小さな塊が、あそこで……ついさっき食堂で羽虫をつぶした時の名残りが見えるわよ……

でも私は怖くなんかない。私はあの牝狐じゃない。私は、私自身なの。私は馬じゃない。これは私の足――つまり私の馬ってわけ。私自身は頭なの。この馬がつっ走って、この頭を運び去ってくれるわ、あの人喰いにつかまらないように。

巨人は人喰いだ。

でも私の心は誇り高い。座ったまま、蛇が鎌首をもたげるみたいに頭を突き立てて、亀みたいに考えよう。私は急にまた考えを巡らせたくなった。心臓が痛いのだって気に入った。そうはいっても、こんなのは考えているのじゃなくて、本当は、また思い出しているだけ。

とにかく、あの生き物たちはみんな過ぎ去ってしまう、私の動物たちは私の命、私の幸福と一番の喜び、私の別れの痛みでもある……そのことを私は感じ取っていて、その感覚が今こうして私を記憶へと押しやる……そう、ケレルシャの思い出へと。

それはフランス人の女性、といっても、本当はフランス人じゃなくて、スウェーデン人かフィンランド人。でも、とにかくママが気の毒に思って、夏にうちの田舎に招んであげた人。ケレルシャは家庭教師、本当は、あの人は先生じゃなくて……バレリーナ。バレリーナってどういうものなのか、バレリーナだってことがなぜ、あんなに可笑しくて恥ずかしいことなのか、私はあまりはっきりとは知らずにいた、可笑しくて、あまりほめられることじゃないって感じてはいたけれど。

　それが分かったのはドルゴヴォの海辺でのこと。あそこには家の周りの木立からまっすぐ波打ち際へと下って行くちょっとした草原があった。その草原には波打ち際すれすれまで、香りが良くてみずみずしくて、短い熊の毛皮みたいにふんわりした草が、びっしりと一面に生え揃っていた。朝早い時間だと、そこの草には露が降りて、野生の撫子（なでしこ）が乾いた感じで、くすんだ桃色の小さな星のように咲いていたっけ。私は裸足で海辺へ駆けて行った。そこの小さな入江には小舟が置いてあって、私は小さなバケツを両手でかかえて下って行った。

　その小舟によじ登って、中にたまっている水をバケツで汲み取る。バケツには小魚がいっぱい入ってくる。とても小さくて針くらいの長さしかない魚だけど、目があるのは分かる。やぶ睨みで、なんだか両方の目が別々の方向を見ているみたいなのだ。私はバケツを家へ持ち帰って、小魚の入った水を洗面器に空ける。そして張り出し窓の敷居の上に置くことにする。

　私は洗面器を置きながら、ふと窓の外に姉さんと兄さんたちがいるのに気付いた。みんな、古い白樺の木によじ登っていて、七月を迎えて拡がった枝々の間に身体を隠している。どの顔も狡そうに、目配せを交わし合っては笑っている。家の中で起きている何か面白いのだけど、見てはいけないことを偵察しているところだ。

　そこで私も窓からじかに外の階段に飛び降りると、ばたばたと駆け降りていってその白樺の木の下に駆けつけた。

私は地面すれすれの所まで伸びている枝に跳びついた。そして覗いてみる。覗き込んだのはみんなが見ているケレルシャの部屋の窓。小さな部屋の中でおばあさんが、たるんでぶよぶよした顔を真っ赤にして踊っていた。薄い髪の毛にヘアークリームを塗りたくってお下げに編んだ頭はバラ色の地肌がのぞいている。

着古したスカートの裾を高々ともたげて、白いつぎの当たった赤い長靴下にくるまれた、ひよこの足みたいに痩せ細った足をのぞかせて、ほっそりした爪先で立ってくるくる回転している。

私がのった枝からは、はっきりと見える。

ものすごく器用な、ビーズみたいに細かな刻み足でかたわらの壁まで後ずさりして、痩せっぽちな身体がかすかに震えている。前に戻って爪先立ちをしたままで、細い両足首がぴんと伸ばされたかと思うと、片方の足がぽーんと高く上げられた。足は上がったままだ！　身体中の老いて脆くなった骨ががたがた震えているが、足はもっと高く、もっと上へともたげられ、もう片方の足の方は爪先立ちをしたままで弓の弦のようにまっすぐに伸ばされた。私は歓喜と恐怖に襲われて、じっとこらえている――ウラーと叫んでしまわないように息を止めている。

ケレルシャの身体がふらっと揺れて……両手を上に突き出した。私は押しつぶされたような声を上げた。兄さんたちが声をひそめてシーッといった。中にいるケレルシャには聞こえなかった……そして早くもあの人の両手は、軽やかに丸屋根の形をつくって白髪頭の上にもたげられ、重たいスカートがばさりと落ちて、赤い靴下をはいた足をおおい隠した……

でもバレリーナは、またもや窓際でくるりくるりと回転しつづけ、頭のバラ色の地肌だけがきらりきらりと輝いている。お下げは滑り落ちて銀の蛇のようによじれ、頭のバラ色の地肌とバラ色の小さな顔とが交互に見える。地肌になったり、顔になったり、地肌になったり、顔になったりしながら。両方とも丸くて、両方とも素早く入れ替わるので重なり合って、もはやどちらが顔なのか頭なのか区別がつかない、そして私は歓喜と驚嘆の気持ちに駆られて喚声をあげる。

「ウラー！　ウラー！　ブラヴォー！　ブラヴォー！」

　すると、私の歓声に兄さんたちの笑い声の合唱が重なった……

　ケレルシャは動きを止めた。ふいに私たちに顔を向けると、お年寄りの青ざめた唇にけだるくもったいぶった笑みを浮かべて、皺のよった片手で軽やかに素早く投げキッスを送った。

　そしてふいに、私たちには見えていないもの――そんな私たち自身――に気づくとたじろいで、生気が失せて気落ちした老女らしい悲鳴をもらし、年寄りらしく床に膝をついてくずおれ、顔を窓から隠したままで、つぶれたような声で叫んだ。

「私は　おしまい（シュイ・ペルチュ）！……」

　どうしてあの人は「おしまい」なのかしら？　私にはよく分からなかった。聞き取れなかった、あのぞっとするような声の響きには、その言葉が真実だと瞬時に私に確信させるだけの力がこもってはいたけれど。それで私はすぐさま笑うのをやめ、ウワーッと泣き出しそうになったのだが、堪えきれずにただただ笑っているだけの兄さんたちや姉さんの顔を見るとハッとし、そして……

私もやはり大笑いを始めた。けれども胸はどきどきしだした――邪悪でもあり、嬉しくもあり、それでいて驚きがまださめやらないままに。

私は枝からとび降りると、張り出し窓へ駆けて行った。お魚たちを見よう。その時、私はそうする必要があった、それはじつに無口で、じつに優しい生き物だったからだ――あのやぶ睨みのぎょろ目をした、針くらい小さなあのお魚たちは。

洗面器はどこ？　誰が持って行ったの？　誰が持ち去ったの？

するとたちどころに、ぞっとするような考えが浮かんだ……階段に駆け寄りながら、私はすっかり面喰らっている。ほら、たった今、あれが、洗面器がここにあったのを私は見なかった？

洗面器は砂の上に底を空に向けて引っくり返っていた。

踏まれて片側だけがすりへった木の階段が濡れているので身を屈める。やっぱり。思った通りだった。息ができずに死んでしまったあの小魚たちの体だった。

私は台所に水をくみに行き、戻ってきて、拾い集める。

でも私の指は、小魚たちの透き通るような優美さを前にすると野蛮すぎる。私はそんな小魚たちに触るのが恐ろしい。

重たくて、愚かしくて、粗野な女の子。それが私だ、私はケレルシャのことを大笑いするために慌てて窓からとび降りて、洗面器を引っくり返してしまったのだ。私だわ、あの魚たちを殺したのは、息を止めてしまったのは！　私！　私なの！　愚かで、貪欲で、粗野な人間なのは私。

何もかも、何をやっても、いつも私に罪があるの。

私が悪いの。私が罪深いのよ。

そして何も、ちっとも良くはならない。

何の望みもないのよ、私は、この私は、悪い子。

「うわぁーん、うわぁーん」

私は大声で泣き出した。

「私、良い子になります。良い子になるわ、アンナ先生、私、良い子になるわ」

私はわんわん泣いて、頭を衝立にぶつけていた。私は大泣きした、自分の罪を思って。

ケンタウロスの王女

G・チュルコフ[7]に捧げる

1　砂　地

白くて細い木のポールが、半円形のバルコニーの屋根を支えている。いいえ、今ではもうそのバルコニーも半円形ではなくなっている。きちんとした正方形で、コンクリートの床に、煉瓦をすっきりと塗り固めた角柱の立つバルコニーになっている。父祖の代からあった木のポールのうちの一本が、根元が腐っていて、あるとき姉さんの肩の上に倒れかかってきたことがあって、その後で兄さんがこのバルコニーに造り直したのだ。

バルコニーには広い丸テーブルが置かれて、食事の支度が整えてある。コーヒー、生クリーム、紅茶、ミルク壺、発泡性のフルーツジュース、クミン入りのパン、味付けパン、焼き菓子(プリャンニク)、そして早々と森で摘んだ初物の木苺が大きなお皿に盛られてきつい香りを放っていた。

私は十歳くらいだったはずだ。

朝には、いつもの朝と変わりなく、アンナ・アモーソヴナ先生と勉強をしながらいらいらしたり、憂鬱でたまらなくなったりしては、室内に閉じ込められた蜂が天井の下でいつまでも立てつづけるうるさい羽音やら、窓ガラスに小さな体が勢いよくぶつかる鈍い音やらに聞き入ったりしていた。勉強がすむと、夏には人数の膨らんだ家族が勢ぞろいして、そのバルコニーで昼食をとる。その後は、アンナ先生が若者たちの考えることの空疎さに愚痴をこぼしながらプラトンを読むために部屋に引きあげてしまい、私たち——年長の若者たちと私と、それにママまでも——は、ボールとバットと三柱門(ウィケット)を取りに玄関の角燈めがけて走り、影の多い林を抜けて、六月のじりじりと焼けるような陽光の注ぐ広々とした草地のクリケット場へと急ぐのだった。

辺りは暑くて、陽射しがつよく、金色やエメラルド色がまばゆい。鐘の音や、目に付かない翼のたてる鈍い音や、姿の見えないきりぎりすの鳴き声が聞こえる。

赤組と青組の戦いが火蓋を切る。私はいつも赤組で、青組が憎らしい。私は身体が小さい。重たくて長いバットを両腕でしっかりと抱え、どこから湧くのやら馬鹿力をふるって縞の入った大きなボールを狙い打ちして、どこに居ようが赤組に勝利を、敵の青組に敗北をもたらす。

上の兄さんは青組だ。毎回変わることなく青組で、赤組を目の仇にしていて、勝った私に腹を立て、狂ったみたいにバットを逆さに芝生に突き刺して、声を振りしぼって怒鳴る。

「こん畜生め!」

だけど私は上機嫌。じりじり照りつける太陽の下で嬉しくて、跳ねながら味方の戦陣に駆けて行く。打ち負かされた敵の陣から転げ去る私の見事な打球の後を追って。そして炎天下の勝利で絶え絶えになった思考力で考えている。「コンチクショウメって、何だろう?」

私にはさっぱり分からない。

このクリケット場では、年少でもプレーのうまい私は女王様だ。したい放題をし、好き勝手なことを要求し、指図をしている。でも私を罰してやろうなんて勇気のある子はいない。そんなことでもしようものなら、私が気まぐれを起こしてゲームを投げ出してしまうからだ、もしも私が投げ出したら、ゲームはおしまいになる。昼食をすませたあの古風なバルコニーで、今度は皆がお茶に集う時間まで三時間は遊ばなくてはならないというのに。そのお茶のときの光景は今もなお私の記憶に残っている。

そうはいっても、いつのお茶の場面を思い出しているのかは分からない。きっと何回となく体験したお茶の場面なのだろう。夏ごとに、ある時は初物の木苺がテーブルにお目見えし、その木苺からは太陽とパイナップルの香りが初めて立っていた、ある時は……この……まさにこの一回には、何回分もの私の記憶が吹き寄せられているのだ。

テーブルに着くのは私の兄弟と姉妹、フランス人女性の家庭教師、あの人――アンナ先生(プラトンは携えてはいないが、見下すような様子だ)、近隣のお客たちだ。ママが可哀そうに落ち着く暇もないのを誰もが気の毒に思っている。ママは人の世話を焼いてばかりいる、方々からいろいろな人たちがママを頼ってやって来るのだ。

「どうしてあの人たちを、管理事務所で受け付けてやらないの?」

「あそこでも受け付けてますよ。でもあの人たちは私とじかに会いたがっているのよ……これは、まだここでワーシャが……私たちみんなも、ここで暮らしていた頃からの習慣で……今は、ほらね……子どもたちを村にうずもらせてしまうわけにもいかないので……」

ママは内気そうに微笑む、関係のない言葉で隠そうとした思いに心を乱されて。そして何度も何度もぱっととび出して行っては、危なっかしい、不器用な足どりでバルコニーからお気に入りの、絨毯みたいな花壇に通じる脇階段へと急ぐ。階段のかたわらでママは立ち止まった。階段の下の、砂でおおわれ踏み固められた一角に、農婦が一人、その後ろには農夫が一人、さらにその後ろには女たちやお百姓たちが突っ立っている。あれはどういうことだったのかしら？　あの香り高い初物の木苺といっしょに飢饉の年が思い出されるのかしら、それとも多くの年にあんなことが起きていたのかしら、それとも何年にもわたって有ったことのすべてが、ある一年に起きたことのように思い出されたのかしら。あらゆる年の初物の木苺が、一度だけの初物の木苺の香りとして、また、すべての嘘が一つだけの嘘として思い出されるように。

農民たちが立っている。と、ふいに何人かが、金色の砂の踏み固められた地面にひざまずいて、深々とお辞儀をする。するとママはぎこちなく、こくりこくりと頭を下げて挨拶をし、崇拝者たちを引っぱり起こそうとしたり、揺さぶったりし、空いた片手でまた前や横にずれてしまったレースの頭飾りを元に戻したりしている。

「神さまにお願いなさいな！　お立ちなさい。そんなことはしないで！　神さまにお願いなさいな！」

　私は何となく気持ちがよくない。これ見よがしに汚れひとつなく手入れされた他所の土地で、砂地で、深々と二回折り曲げられるあの身体を見るのが、私には恐ろしい。さらにそういうお百姓たちの肩の向こうには、豪華な広い色とりどりの花壇が控え、その先には金色まじりの草原が二方向から林に抱かれて広がり、なおその先には、小島を二つ浮かべた池がまばゆいまでに煌めいているのが見える。さらに遠くの野辺には、自治体の街道に沿って、すでに淡い水色へと色の変わった空を背景に、白樺が一列、衛兵よろしく整然と佇んでいるのが見える。……するとと遥かな遠方が弓の形に、青い弓の形に浮び上がった。あの彼方で青空が青い遥かな針葉樹林と触れ合った。

　私はそっと立ち去った。焼き菓子には手を付けずに。上下二段の窓が連なり、壁際に黄色い古いピアノが置かれ、天井に黄色い大きな星が点々と光る遥かな天空が描かれている広間を駆け抜けて、玄関の控えの間を通って——そこから寝室のある階へは愛らしい狭い木の階段を上るのだけど、私はいつも勢いをつけて一歩で四段ずつ駆け上がる、そこの高い壁には枝を大きく広げた木の幹みたいな角をしたへら鹿の巨大な頭がいくつか飾られていて、ガラス製の横長の目玉がこちらを見つめているのだけど（そのへら鹿は私の夢によく出てきたものだ）——玄関先の明るい角燈のある広々としたバルコニーに出て、緩やかな木造の、今ではやはりコンクリートになってしまった表階段を、砂の敷かれた車寄せの広場へと駆け降りる。その向かい側には、といってもやや左寄りに、ママの好きな菩提樹の老木が二本あって、その後ろは上下二層の屋根の張り出した回廊のある離れだ。兄さんが離れの湿気を除くためにその菩提樹の木を伐った時に、もう子どもみたいなお婆さんになっていたママがどんなに悲嘆にくれ、傷つき、泣いたことか！

車寄せの真向かいには、華やかな花をつけている野ばらの高い壁があって、その下にベンチが、よく曲がる長い板でつくったブランコがあって、両端には座る所が付いている。あのブランコで揺られたい。私はブランコの真ん中に腰をおろした……

野ばらの後ろには幹が白っぽく、飾りたてた感じで気の休まらないやまならしの喬木が何本かそびえていて、裏表が色違いの葉っぱが、照りつける太陽のもとで火花を散らして震えているように見える。

どれか一番具合のよさそうな木によじ登りたいな。木のてっぺんの手前にある枝まで登ると、てっぺんの枝はもうたわんでしまって、自分が重たいのに気付かされるけど、そのかわりあそこまで登れば海が見える。林や野辺や連なる森の向こうに。海まではうちの土地で、ドルゴヴォの領地は海辺にある。そこでは裸足で、一日中でも、まだ湿り気の残る明るい色の砂浜を駆け回ることができる、砂の上に残された優しい曲線の具合を、あの狭い間隔で幾重にも続いている線たちを——押し寄せた波の名残りだ——足の裏で感じとるために。そこでは一日中、真珠のような入り江の波打ち際で、つるつるに磨かれた赤い花崗岩の大きな丸石をつたって裸足でとび跳ねていられる。太陽に当たって、葉の裏や表をきらめかせているあのやまならしの木々の天辺に登りたいなあ。

でも、そこで何かが私の邪魔をする……あるいは記憶が悪夢のように、あるいは凸レンズのように、全ての光線を一点に集めて焦がしてしまったのかしら、この心を火で焦がして火傷を負わせようとして。

農民たちがいる。菩提樹の木々の下には農婦たちが、そして野ばらの傍のブランコにも農婦たちがいる。

もちろん、その人たちは揺られてなんかいない。座ったまま身動きひとつせずに、柱になってしまったみたいだ。布切れでくるんだ赤ん坊を両腕に抱えていて、その子たちときたら薪（たきぎ）みたいにやせ細っていて、自分の目を疑いたくなるほどだ……やがてママがここに来る。すると、みんながしゃべりだす。物静かで活気のない訴えが、長ったらしく言葉数が多く、怒りや希望にふるえることもない訴えが聞こえてくる。

『放牧場を、もう少し緑のある所に、もうちっと近い所に定めちゃ、いけませんか？　家畜どもは夕方に、長い道のりを戻って来るもんで、乳は出ないし、畑を踏み荒らしてしまうんです、たいそうな罰金を取られるんで、弱ってるんですよ……

管理人にいっても、追っ払われるだけ。聞こうとせんのです。

土地を請け負わせてもらえませんか、お金を払ってでも。ライ麦の束ででも払いますから。

大麦が大斎期の半ばまでもたないんです、きちんと一年間持ちません。管理人はお屋敷のライ麦を使って、畑という畑に種撒きをやっとるんですよ。売りさばく心積もりで。それに新しい畑を開拓しようってんで、森で根起こしをやっとるんですよ……話そうたって、聞こうとせんのですよ……

建材用に木材を分けてもらえませんかね？　火事で家が燃えちまったんです。野っ原に放り出されて、どうやって食べていったらいいんだか。百姓にわりあてられてる木材は、寸足らずで節がある。とても家なんざ建てられたもんじゃない！　管理人がいいくさる、建材用の木は大量の注文を受けたんで、これから全部浮送するんだ、伐採できる木は全部だ、と、こうなんですよ。聞いちゃくれんのですよ……

この女(ひと)は亭主に追い出されたんです。亭主は町でよその女と暮らしているんですよ。子どもらは腹を空かせている、家はボロボロに荒れちまいました。農村共同体(ミール)が土地を取り上げちまったんです。未亡人からは、きまって取り上げるんですよ……もしも助けてやらなけりゃ――三人の子を連れて物乞いをして回るしかないんですよ、四番目の子は牛飼いに出してね、あの子はもう八歳なもんだから』

ママは耳を傾けている。お財布を引っ張り出した。銀貨が詰まっている。農婦に銀貨をわたした、焼け出された人たちにわたした。放牧地と畑のことは上の息子に話をしてみると約束をした。

「ただねえ……もし管理人がそういっているのなら、きっと、本当に駄目なんでしょうね……きっと、もしも、できるのだとしたら……もしもお百姓も主人たちも貧しくなっているのだとすれば……農業は、そりゃ、農業ですから……ここじゃ、管理人の方がよく分かっていますものね……」

ママの声は出口のない考えにつまりがちで、困惑していて、勢いがない……

屋敷の使用人が表階段から夕食だと呼んでいる。そして並木道に賑やかな蹄（ひづめ）の音が威勢よく高らかに先を争うように響いてくると、私の心臓は期待に息をひそめた後でたちまち喜びを、たちまち自由な野性を取り戻して、ドキンドキンと打ち始めた。

姉さんが兄さんたちや近所の若い人たちといっしょに馬を飛ばして来たかと思うと、がむしゃらに走ったせいで汗にまみれて、荒い息をし、野性を取り戻した馬の背から飛び降りた。

「ママ、私たち、おなかぺこぺこ」

私の姉さんの青白い細長い顔では空色の目が火のように激しく燃えていて、小鼻が呼吸するたびにかすかに膨れている。

ママはきまり悪そうに微笑む。ママは私たちが幸せなのが好きなのだ。ママは私のいる所でもよく兄さんたちにいっている。

「生きるのって、恐ろしいわ！」

いってから黙ってしまう。恐怖にとらわれたママの目は、とても見られたものじゃない！

「楽しみなさいね、子どもたち！　可哀そうな、束の間の子どもたち、楽しむのよ！」

そして私には、なぜ私たちが束の間なのか、白目が大きくて瞳の青いあのママの目から、なぜふいにぼろぼろと、胸を突かれたように、涙がほとばしり出るのかが分からなかった。

温室育ちの植物と、高い支柱で半分に仕切られた大きな食堂での夕食の間、私は他の家族たちと仲良くしないし、化け物じみた赤いハサミのあるザリガニが山盛りにされたすごい大皿を見ても「ウラー！」とは叫ばない。じゅーっと肉汁の滴る、良い香りのローストビーフも嫌な感じで、金茶色のこってりとしたスメタナ風の酸乳（ワレネーツ）さえも口にしない。

「この子、どうしたの？」

私は黙っている。そして考えている。考えているのだ。どうして、こんなふうにできているのよ？　どうして？　どうして？　いったいどうして、ちがうふうにできていないのよ？　どうして人にあげないの？　どうしてよ？

「ママ、どうして、人にあげないの？」

「何をあげるの？」

「全部、全部よ！　夕食が食べられるように！」

ママは分からない。何かいう……それから不意に分かって、言葉がつかえて、黙ってしまう。すまなさそうに身内の人たちの顔を見回す。

でもその人たちは笑っている。

「もしも夕食をあげたら、そんなことをしたら、夕食がぜんぜん食べられなくなるじゃないの！」

あの人たちは分からなかったのよ。私は泣き出して、出て来てしまう。

夜に、もう眠りかけている私の耳に姉さんの話し声が聞こえ、ママがおそるおそる反対しているのが聞こえてきた。

「さあ、どうかしら、紙製のは？　私はあなたたち子どもには、何ひとつ惜しむつもりはないのよ。でも外国じゃ、多くの人が紙の下着をつけているわね。でも、私は本当にどっちでもいいのよ……それに余計にかかるお金といったって、僅かなものよ……貧しい人たちに使っているお金はね……」

2　森

森の中で私はわざと迷ってみた。

左の肩に太陽の光を受けながら茂みの端を沼のへりづたいに進んで、野焼きをした後の小さな草原を横切っていくうちに、口に手を添えて「おーい！」と呼ぶ声ももう聞こえなくなり、枝ががさっと落ちる音や小鳥の鳴き交わす声、それに高い梢が歌う声だけが聞えるようになった。

帽子はうなじにずり落ちて、ゴム紐にぶら下がってゆらゆらしている。大きく重たい籠はもう茸でいっぱいになっていて、くくりつけたエプロンもやはり茸が詰まって重くなってしまって、膨れた大きなポケットみたいにパタンパタンとお腹をたたく。自由に大地を放浪したいという夢が叶わずにいる私が、靴と靴下を脱いで肩につるすまで歩き回ってもまだ思うことはただひとつ、たくさんの地面を見たいということばかりだ。私は放浪の民の王女。茸は私が手に入れた獲物ってわけ。私はありとあらゆる危険に打ち勝って、どんなに疲労困憊しても耐えている、食べ物を手に入れるために。

ほうら、森の中の草地（ポリャーナ）に出た。あそこで一休みしよう、重たい荷を下ろして。

　やまならしと白樺の木々がびっしりと何列にも繋ってこの草地を取り巻いている。ここには柔らかで、華やかで、色鮮やかな草が生えていて、草の中にいると、野生の蜂のうなり声と羽音がして、甘い蜜や、ぴりっとした薄荷や白樺の葉の匂いがただよってくる。でも、のどかな草原の快い香りには、もうひとつの匂いが混じっている。私の鼻はその匂いを嗅ぎつけると、落ち着きを失い、休息はどこかへふっとんでしまう……もっと見つけなくては、もっと手に入れなくては。

　ほうら、ね、やまならしの幹と幹の間、根っこの近くにあった！　見たこともない宝物が誰にも触れられずに真っ赤に輝いている。あんなに大きいのが、中国のあずまやみたいなのが、ライラック色がかった赤いのがある。あれはもうひねていて、虫食いだわ。足で押しのけたりなんかはしない、下品だもの。自由な森の中に放っておこう……そうら、あっちのは若い、まだ地面に頭を出したばかりで、しっかりした傘が灰色の丈夫そうな軸の上にのっかっている。あれは生まれたてのほやほやね！

　せっせと指で掘り出して、水分を含んで腐臭のする柔らかい秋の枯葉の下に潜んでいた、まだ完全に黄色とバラ色まじりの頭やら、すごくがっちりして、刻み目もまだない軸にうっとりと見惚れてしまう。これが香りを立てているのよね。私は腐臭のする秋の落葉をかきわけてこの茸を見つけ出し、抜いたのだ。王女は嗅覚が鋭いの。

　でも、これをどこへ入れようか？　そして帽子を取る。しばらくすると、その帽子も若いやまいぐちでいっぱいになってしまった。

　あそこの茸の上に、白樺の木々の端の方に、もう、明るい栗色のあみ茸を見つけた——金色っぽい、亜麻色のこめすすき茸の傘が、優しくすっきりした白い柄の上にのっかっている。あれも取らなければ。残しちゃだめ……どこにしまおう？　スカートを脱いで、集めた茸の山を入れて括（くく）る。どうやって運ぼうかしら？

　少し離れた岸辺に、狭いけど平らな場所がある。

　おやまあ、紅茸（べにたけ）がなんていっぱいあるのよ！　そりゃ、私だって、この茸のことは気にもしていない。でもあの紅茸の清らかなこと！　鮮やかな黄色やら、青っぽいバラ色やら、ライラック色や紫色やらの艶のある肌に、白樺の黄ばんで刻みのある葉っぱがくっついている、お臍にはまだみずみずしい露の滴をのっけているじゃない。どこへしまおう？　ああ、どうしよう、どこへ！……　靴下の中だ！　でも、どうしてよ？　王女は足がきれいなのよ、大地を歩いたって、ちっとも陽焼けなんかしなかった。大地はきれいなんだ。だから靴下なんか履かない。王女は池で水浴びをしていて、靴下なんか履いている暇もないほど大慌てで、馬車にとび乗ったのよ。

　気をつけて片方の靴下に新しい獲物を押し込む。森が実り豊かなのが分かったから、もう片方の靴下は別のときのためにとっておくことにしよう。休息なんて、もう考えられない。休んでいる場合でもないし、それに心に火が点いてしまった。

　そうら、またチャンスだ。チャンスが巡ってきた。あそこの草地（ポリャーナ）の真ん中にそびえている三本の高い松の木を、沈んでいく太陽が赤々と燃やし始めた。あの松の木の根元には、からはつ茸（だけ）が出ているにきまっている！

　そこへ駆けて行く。地べたに落ちた枯れ枝に情け容赦なくたたかれて疲れた足には、ビロードみたいに優しく撫でてくれる草の葉が柔らかくて、気持ちがいい。

　からはつ茸だ！　血みたいなのよね、この茸の汁は。それに、軸は清らかで、真っ赤な色をしていて割れやすい。靴下の中はいっぱいで、私の心も満足でいっぱい。心は森の豊かな宝物のおかげで安らいでいる。広大な自然の自由な森の、果てしない森の、あり余る恵みのおかげで安らいでいる……

　温もりがあって樹脂（やに）の香りのする針葉の落葉の上に私は倒れる。背中とむき出しの頭を針葉にこすりつけ、それから顔を埋めて、息をしてみて、嬉しくなる。

滑りやすい針葉の敷物のうえを野生の小さな獣のように、草のある所まで這って行く。今の私は獣たちの王女よ。きつね？　野うさぎ？　穴ぐま？　ただの獣よ、だけど特別な獣なの、放浪の王女が人々から遠ざかるために化けるような獣。人間たちって退屈で、放浪の民を理解できないのだもの。

木苺だ！　野生の木苺。野生の、森の木苺よ！　獣たちの王女はなおも這って行って、森の香りを放っている木苺の茂みにたどりつく。あの獣たちは森の木苺を食べて生きている。私が今やっているみたいに、後ろ足で立って、前足で実を摘んで、口に詰め込む。

「おーい！　おーい！」

とび起きる、心臓がひっくり返りそうなくらいドキドキする。

あの声は、どこから？

太陽はどこ？

あっ、大変、もう太陽は出ていない！　もう夕焼けが赤々と燃え上がって、緑の森の上空を覆ってしまっている。

「でも、どっちから聞こえたんだろう？　左？　右？」

なるようになれ——じゃ、左に。もし、駄目だったら、右に行けばいい。

私はどうやって草地に来たのだっけ？　思い出せない。どっちからこの草地に出たのだっけ？　思い出せない。すべりやすい針葉の上を思いきりぐるぐる回ったので、方向なんてさっぱり分からなくなってしまった。きっと、ずいぶん前にこの草地に戻ってきていたのだ、茸を採りたい一心で、太陽を左の肩ではなくて右の肩に受けながら。それで、ほら、ああして、みんながここの近くにいて、何度も何度も叫んでいるのだ。

「おーい！　おーい！　ヴェーラー、おーい！」

返事をしない。森の中では人に返事をするのは好きじゃない。でも夕方だわ、もちろん、昼間と変わりのない白夜が一晩中つづくでしょうけど。

呼び声に向かってしぶしぶ歩いていく。

悪魔の沼のそばにある広い草刈り場で、焚火がくすぶっている。馬にたかる蠅を煙で追い払っているのだ。みんなの夕食と、それに汚れた下着を入れる空っぽの籠を五個、いっしょに家から運んで来た荷車の所まで、私はなんとか歩いて行く。籠は今は並べて置かれ、どれもいっぱいになっている。自分が採ってきたあり余るほどの茸をどうにか籠の中に収めることができた。

家族が二つ目の焚火を囲んで夕食をとっている。干し草の山から去年の干し草が引っ張り出してあって、兄さんたちが家庭教師の先生といっしょに手足を伸ばしてうつ伏せに寝転がっている。上の兄さんも同様で、少ししわがれ声でママに何かしゃべっている。姉さんは仰向けに寝て、青緑色になって眠ることのない空をまっすぐ眺めて、黙ってなにか考えごとをしている。瞬きもしない。そばにはママと家庭教師の先生がいる。上の兄さんの奥さんのナージャは、乳呑み児のコーリュシカとその乳母と一緒だ。焚火は燃え尽きてしまっている。もう煙は出ていない。大きな、完全に燃えきった後の炭が輝きを放っていて、しだいに青白い灰の薄膜に覆われていくところだ。

私は叱られる。なぜ履物を脱いだの、蛇がいるのよ。だけど、私は蛇が好き。蛇は私に触ったりなんかしないわよ。

ママが悲しそうなのが私には分かる。上の兄さんが途絶えた会話を継ぐ。

「茸や木苺を採っても罰を受けないことになったら、農民たちには所有者がいるんだっていう意識がもっと薄れてしまうよ。そうなったら、地主の森の伐採をやりかねないだろ？　しまいには我々の穀物を掠奪しかねないだろ？　自分たちの分を食べ尽くしてしまったときに。そんな施しじゃなくたって、農民を助けることはできるよ。歴史的に培われてきた考え方をないがしろにすると、農民を破滅に追いやることになるぞ……」

「ママ、茸や木苺は、誰かのものなの？」

私はなんだかびっくりして、ばかみたいなことを訊く。

放浪の王女は自分たちの宿営のために収穫してきた茸を、盗んだことになるの？　知らない獣が木苺の実を食べるのも、盗んで食べてたことになるの？　やっぱり。これは愉快ね。どうしてみんなは盗まないのよ？　みんながそうすれば、何もかもがみんなのものになって……もしもみんなが心を決めて、盗み始めるならば、どう？……

私たちはもう大型馬車に乗って、森の中の道を、沼地の轍の跡を越えながら森の外れへと移動して行く。夕闇が密生する森の木々の上空を覆ってしまったかのようだ。私はふいに暗い夜と眠りとが、欲しくてたまらなくなる。

村はずれの百姓屋の前で馬車が止まった。若者たちが農民の作った酸っぱいクワスを飲みたいといいだしたのだ。戸外ではそういうクワスの方が、屋敷で飲む瓶入りの、甘くて黒く、シユーシューと泡のでるクワスよりもおいしい。老人が水差しを引っ張り出して来た。私はママにつづいて軒が低くて暗い百姓屋に入った。

ガラスの覆いのないランプが煤をあげていた。ベンチの上に女の人が横たわり、呻き声をもらしている。その隣りに汚らしい襤褸（ぼろ）の入った揺り籠があって、息の詰まりそうなすえた匂いが私の鼻を衝いた。でもその匂いにもめげずに、背を屈めていた私の視線はぴたりと止まった。揺り籠の中に黄色い老人みたいな子どもが、骸骨みたいな子どもが寝ていて、やけにひょろ長い両腕の黄色い皮膚の上では煤けたランプの影が踊っている。その子の頭、というよりも頭蓋という方がぴったりするが、その上の辺りでは、細長い足の上にちっぽけな体ののった蜘蛛たちが房のように固まり合って、静かにふらふらと蠢いていた。無数の手足を全て動かし、ランプのくねくねする火影を捕えて遮りながら。

ママは問いただしている。農婦は病気になったのだ、過労のあげくに。おなかの中で何かがぐうっと鳴った。揺り籠の中の子どもは養育院から連れて来た子だ。

「お乳が？」

「奥様、何をおっしゃる！　亭主が消えちまって、もう二年も行方不明なんですよ」

「牝牛は？」

「奥様、あれは乳を出さんのですよ、きっかり大祭近くまで冬を越させて、肉屋に売りました。洗礼祭までも、うちの大麦がもたなかったもので。もう、どうしようもありません、分からんのです……こうなっては、農業もどうやっていけばよいのやら、分からんのです。そのうえ、爺さまにもパンを食べさせなけりゃなりません。奥さま、優しい奥さま、医者にはこのことは内緒にしておいてくださいまし。知ったなら、取り上げられてしまいます。私は養育院から三ルーブリもらっておるのです。自分の四人の子どもを養うために！」

そして農婦は呻き声を上げる。

「そう、あの人はあなたと一緒じゃないのね」

「その通りで、奥さま。一緒に暮らして、ぼろぼろの身体にされちまいました。あの人だって、病んだ私を看るはめになっちまって。やれやれ！　どれだけ酷い目にあわされたことか。未だに、ほら、起き上がれんのですよ。この子は大事にしてやります、自分の子らにもしてやれなかったくらい大事に……」

私は揺り籠の中の老人みたいな子どもにだんだんに慣れてきて、見つめ始める。

「ママ、ママ、この人、うちのコーリュシカと同じくらい小さい子だよ、痩せてるけど。ママ、ママ、ナージャはお乳が出るわ。きのう器械でしぼりだしてたわ。コップに半分」

「さあ、さあ、帰らなくちゃ。呼んでいるわ。コーリュシカを寝かせるのが遅くなってしまう。ナージャが心配しているわ」

「ママ、このおばさんにいって。この子を家に連れていくって。ナージャがこの子のことも養ってくれるわよ」

「馬鹿なことを。この子は病気かもしれないわ。私たちはこの子の両親も知らないのよ。そんなことができますか?……」

　そしてママは顔を赤らめ、ぎこちない手付きで財布を引っ張り出して、慌ただしく銀貨をじゃらつかせる。

「これを、とっておいて……この子にミルクを買ってあげて。それに……あなたには、お腹に塗る膏薬を届けさせるわ」

3　片耳の葦毛の馬

　もう早めの夏がやって来た。草は高く伸びているし、花が咲いているもの。

　もう私は大きくなって、そのせいで自分をさすらう民の王女だと思うことが少なくなったのだろう。もしかしたら、王女だって思うのは、忘れかけている時なのかもしれない。そのかわり、いっそう情熱的に、懐かしさに駆られて、あの空想を呼び戻そうとする。

私はうちの小庭園の林がとぎれる先の溝の端っこにある小高い場所に立って、遠くの方を眺めている。

ずっと向こうにあるのは、海。野辺や森をいくつも越えて、さらに野辺や森をこえた彼方に、海がある。あそこまで駆けて行けるといいのに！　走って、走って、たどり着けるといいのにな。あそこには小舟があるもの。あそこの海辺の葦の間には漁師の、灰色の小舟がある。うちにあるような屋敷風のペンキ塗りのボートなんか好きじゃない、重たいもの。漁師の小舟に乗って、櫂（かい）で突いて岸から離れる。小舟は初めのうちは、舟底が海底の砂地に当たってきしんで、海底の丸っこい大石にぶつかってガタンといって、それからぐらっと揺れて、揺れ戻されて……そうら、進みはじめた。私は二本の櫂を手にして、そっと漕いでいく。海底に立つ巨人たちのような岩々の間を抜けていく、おなじみの内緒の水路に小舟を操って行く。そこの岩は二列の岩礁になって延びていて、広々とした海に出るまでは、油断のならない場所だ。点々と連なる岩々を、低く横にのびた大波が乗りこえて駆けていく。泡をたてて暴れながら、列なる赤や黄色の花崗岩の背中を、舐めたり、覆いかぶさったり、退いたりして、一瞬だけ露出させたかと思うと、たちまち怒涛となって、さらに先へと、岸辺の砂州へと駆けていく。二列の岩礁の間を抜けて遮るもののない広々とした海上に出ると、私の空間は広がって、四方八方に道が開ける。舟底には小さな帆が置いてある。その小さな帆を、小舟の真ん中にある高い竿に、その竿に絡めた細い鋼のロープに巻き付けて、鉤に通してロープで甲板に結わえる。私が座るのは、舵のそば。風が帆を押した。帆がはたはたと鳴って、風に逆らうまでもなく降参。帆は弧を描いてふくらみ、揺り籠みたいに揺れやすく傾きやすい。ほうら、あそこが、空が海とが触れ合う遥か彼方が、しなやかで、幅広く、弾力のある弓の形に、ぴんと張った弓のようになった。遠くへ！　遠くへ！　どの道もはるか彼方に通じている。海は遮るものがないから。海は道だわ。海は、どこもかしこも道なのよ。

　すぐ近くで嘶きが聞こえて、私はふるえ上がって声を立てた。私の左側にある野辺の白樺の老木の幹のかげから、大きな金茶色の目の上に焦げ茶の斑点のある葦毛馬の顔が、農民の使う幅広い頸木から、ぬっと突き出ているのが見えた。馬の金色じみた目は私のことを用心深く、瞬きもせずにじっと、完全に獣の眼差しで、大人しく頑固な眼差しで見つめている。その横のどこか草むらの中から笑い声がひびいた……かと思うと、途切れた。

　私は、花をつけた背の高い草が生えている溝の中に、あの笑い声を上げた女の子がいるのに気づいて、ぷりぷりしながら近づいて行った。その子は少年みたいにすっくと立ち上がり、細くて、頑丈そうな身体付きをして、顔の色はあの葦毛馬みたいに浅黒くて、沸騰したクリームの表面にできる薄膜がかすかに焦げたみたいな色をしている。そして怒った私の顔を、あの葦毛馬の顔についているのと同じような金茶色の目がじっと、しつこく、瞬きもせずにみつめている。その目には期待も恐れも浮かんでいない。太陽に当たって熟れすぎた木苺みたいに黒ずんで赤いふっくらした唇だけが、かすかに震えている。

二人とも、じっと見つめ合ったまま、互いに探り合っている。ふいに何かが、あの遥か彼方の光景(ビジョン)を、あの引き絞られた弓弦(ゆづる)の光景を、私のもとへと運んで来てくれる。怒りは過ぎ去って、耳の中にはふつふつと湧きあがってくる——泡のようなものが、甘いワインの銀色の細かな気泡のようなものが……

「なんで笑ったの？」

優しく朗らかな言葉が思いがけなく口をつく。

「葦毛っ子が嘶いたら、あんたがびっくりしたんで」

「なんて名前？」

「ターニャ」

「ここで何をしてるの？」

「あの……父ちゃんが管理事務所から戻るのを待っているの」

「ながいこと？」

ターニャは西の空を見た。すでに太陽が見える。暮れかけている。

「朝、出かけてきたの」

「遠くから来たの？」

「ザボローチエから」

「お昼ご飯、食べた？」

「ううん。葦毛っ子もお腹を空かせている」

「草を食わせなさいよ」

「そんなことくらい、あたいだって、引き抜いてやっているよ」

「ねえ、いっしょにやろうよ」

私たちは溝に生えている水気の多い草を引っこ抜きはじめる。私は膝をついて這って抜く。膝は緑色になって、両手も緑色だ。溝に生える草は、たっぷり水分を含んでいる。葦毛っ子に食ませると、むしゃむしゃ食べては、金色の目でウィンクをする。赤い太陽がまっすぐに大きな馬の目を覗き込んでいて、その深い、奥深い目はどこかへ突き抜けて、金色に光っている。はみを外してあるので、草をまとめて鼻面の下に置いてやると、もぐもぐとやりだす。若い馬で、鼻面がほっそりしていて、かすかに震えている。額の毛とたてがみはターニャの髪の毛に似ていて、太陽を浴びて黒ずんだ銅みたいに、褐色に輝いている。

「ターニャ、葦毛っ子はあんたにお似合いね、あんたに似ているわ」

「あたいは父ちゃん似なんだよ。葦毛っ子は誰にでも似合うの。栗毛とは違うんだ」

「ターニャ、この馬の耳はどうしたの？」

「片方しかないんだ」

「どうして？」

「去年、仔馬の時に、群れの中の大人の馬と喧嘩したの」

「喧嘩っ早いんだ」

「この馬はあたいと気性が似てるの、負けん気なんだ」

ターニャは白い歯を全部見せて笑う。

「でも歯だけはあんたと違うね」

私は黒い草の食べかすがこびりついたままの、馬の若くて、黄色い歯を覗き込む。荒々しい息を吐くバラ色の口腔を大きく開けてみた。

私はターニャもお昼を食べていないのを思い出す。

「おなかが空いてる？」

「朝、母ちゃんにはパンがなかったんだ。きのうですっかり食べきっちゃってさ。父ちゃんはあんたの所の管理事務所に粉をもらいに行っているんだ。うちの人たちはあんたの屋敷に草刈りに雇われてたの。でもさ、分かんないよ、もらえるか……前わたしでね……父ちゃんの仕事は終わってるはずだし、ほんとに。父ちゃんはザボローチエ中で一番腕のいい草刈り人なんだよ、ほんとに」

私はじっと聴きながら、考えを巡らす。この時間だと、あそこじゃろくなものが手に入らないわ。夕食に間に合うように支度中で、食事係と料理番はどっちも意地悪だし、皿洗いや下働きの女（ひと）たちは仕事に追い立てられどおしで、盗み食いする隙もないくらいだもの。

それでも私はびっしりと茂った木立の中の最短距離を、かなり速い小走りで駆けていく、半円形のバルコニーの純白に輝く木のポールから目を離さずに。私の気持ちは晴れない。なんだかぼんやりとした恥ずかしい感情が淀んでいて、私はそれを追い払っている。太腿(もも)の下を手の平でピシリピシリと叩いたり、舌打ちしたりしているうちに、いつしかこんな気持ちになってくる――私は馬に跨っているのよ、鞭を握りしめているの。今は枝をはらいのけたりしている暇なんかないの。

炊事場に通じる木の階段をこっそりと降りて行く。炊事場は大きくて古い屋敷の地階にある。

今の私は放浪の民の王女。人間たちの所に、野生の自由な仲間たちの仇である人間たちの所に、馬を飛ばして来たところだ。この王女は、本当をいうと、完全に人間てわけじゃないの。完全に馬でもないの。王女は半分は馬で、半分は人間なの。ついこの間、私はそのことを、ケンタウロスのことを本で読んだ。ギリシアのお話だって。分かったの、放浪の民の王女がどんな獣なのかが――若いケンタウロス、ケンタウロスくんなの。あの葦毛馬とほとんど同じで、それにターニャともほとんど同じなんだ。

ことりとも人の動く気配のない恐ろしい、謎めいた宮殿の中。私は今、死の危険を冒して、仲間の陣営のために食料品を略奪しようと潜入したところだ。白衣の料理番が首筋を真っ赤にしてコンロの脇に立ち、大きなフライパンをかき回している。フライパンの中では魚がシューシューと音を上げたり、唾を吐いたりしながら、赤くなっていく。料理番のうなじに三本伸びた皺の上を汗が流れて行く。皿洗い女が鼻水をこらえてすすり泣きながら、まだ死なずに痙攣している頭のない雛鳥の羽毛をむしり取るのにてこずっている。

「頭のないこいつをどこに出したものかねえ？　野鳥じゃなくて、雛鳥だものね。首を落としちまうなんて、とんでもない娘だよ！」

　ぶつくさこぼす声やたちこめる煙の中で他にも誰か二、三人、寄り合って暇つぶしに良くない相談をしている。私を見てはいない。テーブルの端に大きな黒パンの切り残しがある。

　それを摑みとる。

　王女は狙ったものを手に入れた。王女は素早く駆け去る。そう、ああいう若いケンタウロスは、石の階段を駆け上がれるの、木の階段も……

　追いかけて来る声が聞こえる……ケンタウロスの王女はもう敵の追い付けない所まで来て、今やしきりに出くわす幹を長い体で巧みにかわしながら木立のなかを疾駆して行くところ。ケンタウロスの王女は蛇のようにしなやかなのだ。

あそこに、ターニャと葦毛っ子がいる。ターニャに黒パンの塊りを見せて、草の中へと誘う。

　溝の端っこに来る。ここに生えている草は背が高くて、私のウェストまである。薄紫のまじる青いつりがね草も揺れていて、バターみたいに黄色い馬の足がたがきらきら輝き、ピンク色のクローバーの花が蜜の香りを放ち、きんぽうげの華やかな真紅の頬がその芳香の強さに耐えかねて、私たちの方に顔を傾けてきて、私たちの頭上には蜘蛛の巣の銀色になったたんぽぽの大きな球果がいくつかすっと伸びている。草ふじいつもこんがらがっている、所かまわず這いずり回り、何にでも絡まりやすいヒゲで巻きつき、薄紫の鋭い歯並の形の花を草むらからのぞかせて、私たちに微笑みかけている。

二人は座って黙ったまま、香ばしい焼き立ての黒パンを噛みしめている。草原に咲き競ういろいろな花の蜜がパンといっしょに口の中まで浸み込んできて、私たちはかぐわしい花の蜜の口直しにパンを食べているような気がしてくる。

二人は食べながら、ふたたび目を見交わす……今ではもう、愛しく撫でるように、信頼しきって見交わしている、軽やかな背の高い草の茎たちに頭の上の辺りを取りまかれて。草の葉は薄紫と金色の透ける羽根のような手の平をしきりに下げてきては、そっと二人の額を撫でる。私たちはおなかがいっぱい。ふわりとしてくすぐったい草の紫の手の平に触れられる甘美な快感が身体につたわって、ターニャの目には潤んだ輝きがあらわれた。

ターニャは私を見ている、すると不意にターニャが両手を私のうなじに巻き付けたかと思うと、陽射しのもとで熟した木苺みたいな深紅の唇を私の唇に、柔らかにしっかりと押し当てた。すると不意に、これまで知らなかった新しい感情が私の胸を、脳を衝いて、血の一滴一滴が私の生きた血管の一本一本にあたって、周囲の草たちや花々が動き始めた、小舟が浜辺から海に乗り出すときに、海辺の葦の茂みが揺らぎ始めるように。じっと動かず、丸くて柔和で、人間のものとは思えないほど頑なで瞬きをしないターニャの目が私に向けられているのが間近に見える。その目には恐れもなければ、期待もなかった。その目ばかりがすごく間近に見えていた

――そして私たちはつりがね草や馬の足がたやきんぽうげや、たんぽぽ、それに草ふじのすべすべして丈夫なヒゲをくぐり抜けて漂っていった。その間、絶えることなく、背の高いしなやかな草花たちが、柔らかな、透ける羽根のような手の平で額をくすぐり、甘くて良い香りのする乾いた花粉を撒き散らしていた……それともあれは、甘い薫風が、蜜と爽やかな薄荷の素敵な香りを漂わせながら、私たちに触れたり、くすぐったりしていたのかしら？　それともあれは、青銅色の細長い体をしたとんぼが、私の額に触れたのかしら？……

こうして草の中で並んで仰向けに寝転がっていると、目の上の中空に静止して、陽炎のように霞んでいるとんぼの虹色に透き通る羽根越しに、日の入り前の青緑がかった空を見ているような気がしてくる。太陽はまだ沈んではいなくて、いくつもの草の茎から透けて見えている。草を茎や葉は互いに重なり合って、切れ目だらけの込み入った影をうっすらと落としている。草はつたって、お洒落でよくしなるおひげの持ち主、甲虫が這い込んでくる。草はたわみ、甲虫は私の立てたむき出しの膝の上にぽとんと落ちる。私は身体を振るわせて笑う。ターニャのなんと痩せていること！　なんて関節のごつごつした身体なのよ！　私は今でも時々、野蛮な馬車ごっこをする従兄弟のペーチャを思い出す。

まるはな蜂だ、まるはな蜂が来たぞ、全身をビロードで、分厚いビロードで包んで、お洒落で肥っていること！　蜜をもつクローバーの華やかな丸い玉のような花のそばで、ブンブンと喧しい羽音を立てている。

「威張りん坊の旦那みたいだ！」そういってターニャは黒く陽焼けした片手を花に伸ばす。

「これは刺さないんだよ！」そしてもう、クローバーの花の小さな管から甘い汁をすすって、なおもつぶやく。「ほら、ごらんよ、こっちは小さい蜂だよ、でも触らないで、刺すからね！」

「ターニャ、あんた、海のそばに行ったことがある？」

私たちは今はもう、手をつないで立って、海の方を見ている、太陽が大地の果てに沈んで、輝く縁のように崩れて広がっている海のある方向を。

「ううん、海って大きい？」

「大きいよ。果てることがないの」

「小舟で、ずうっと行っても行っても？」

「遠くまで行けるのよ」

「果てまで？」

「果てまでは行けない、果てでまた始まっているのよ、地球は丸いからよ、ボールみたいに」

ターニャは分からない。

「でも私、ずっと小舟で行きたいわ。ずっと行きたい。遠くまで行ってしまいたい。そんな遠くでも、まだ陸地はあるの？」

「あるのよ」

ターニャの目に何かの火が、混ざりけのない完全な火が燃えはじめた。馬が他の馬を追い抜こうとして走る時の目のように。私はそれを知っている、自分が走る時に、自分がケンタウロスとして走る時に、一人の時でさえ、自分の目にそういう火が燃えることを。その火は譲歩はしないし、どんな期待とも無関係だ。

「ターニャ、あそこにはまだパンが残っているよ……葦毛馬のぶんが」

そういった後で、不意に私は思い出す。この人たちには、ターニャには、あっちのザボローチエの家には昨日の晩からパンが無くて、お母さんが粉のくるのを朝から待っているのだ、他の子どもたちも朝から……。でもターニャはけちん坊じゃない。パンを受け取って、平べったい痩せた手の平にのせて何切れか、葦毛馬にやる。

「ターニカ！　ターニカ！」

邪険な声がして私はまた胸を締め付けられて、友だちからパッと離れた。ケンタウロスは溝をとびこえて、林の中から街道を見る。お百姓が近づいてくる、葦毛馬にはみを嚙ませ、轡(くつわ)をとり、ぶつぶつ悪態をつきながら。ターニャは目を落とし、青ざめて聞き耳を立て、深紅の唇を嚙んだ。

そして私の耳には、自分の知らない言葉がとび込んで来た、人を辱めたり呪う言葉が、自分の頭や自分の身内の頭に向けられた言葉が聞こえてきた。憎しみがずしんと重苦しく私の胸を衝いて、恥かしさが、今でははっきりとした痛みを伴う恥ずかしさが、一滴また一滴と血を滴らせてゆっくりと浸透していった、私の身体中の血管を痛みでひりひりさせながら。

葦毛馬はお百姓とその娘を、飢えた彼らの家へと静かに運び去って行った、十露里も彼方のザボローチエへと。

私は恥ずかしさに釘付けにされたように、長い間たたずんでいた……それから白樺の幹にもたれながら、考えをまとめにかかった。いったい何が起きたのだろう？　ところが私には何一つ理解できない。私たちは三人でパンを食べていた、あの子と、葦毛馬と、私と……それからあの子が私にキスをした、ちっとも腹が立たなかった、そして、キスされた私は、どこからか思いがけなく、よその人の大きな愛情をもらったような心地がした。今ではあの子は去ってしまって、そして私はまたいつもの人たちと、あの身内の人たちといっしょだ……あの子のお父さんの呪いや罵りの言葉によると、私はあの身内の人たちと切り離せない人間にされていた。でも私はターニャが可哀そうではないし、私と身内との繋がりを恐ろしいとは思わない。この私は完全に女の子じゃないもの。私は、年齢も性別も女の子にきまっている、でも私はケンタウロスでもあるのだ。

この考えが、ぼんやりとした子どもの直感から初めてはっきりと頭脳に登場したこの考えが、どれほど烈しい衝撃だったかを私は憶えている。

でもそれは真実だった、私は本当にケンタウロスだったし、今もそうなのだから。ケンタウロスはバルコニーや、炊事場や、死んだへら鹿の頭がある父祖たちの家を愛することができないし、母たちや兄弟たちを憶えていることができないいし、地面を測って草刈り人を雇うことができない。ケンタウロスに必要なのは、必要なものだけ、それ以外は要らない。必要なものは自由と草原だけ。ケンタウロスは誰にも執着しない。もしも愛しい相手に出会ったら、その相手を愛して、それで幸せになる、でも相手を想って泣いたりはしない、なぜならケンタウロスは泣くことができないから。それに広大で豊饒な地上には、愛しいものがたくさんあるから。放浪する自由な身のケンタウロスにも、自分たちにも、みんなにも等しく愛されるこの広大で豊饒な地上には。

それがはっきりしたのは、その日の夜だったのだろうか、それともその日の夜に、この考えが明確になる種子が芽生えたのだろうか。けれども何かの奇跡によって、人々の間に少女ではなくて、ケンタウロスの王女が生まれたのだということを、私はその時に知ったのだし、それを忘れはしなかった。

そしてそのケンタウロスの王女は人々を捨て去るのだ、もちろん、違う生活を見出すために。

悪魔

K・A・ソモフに捧ぐ

1 反抗

聖像箱におさまった聖像画(イコン)の下で、ママと並んで祈禱を唱えていた。ママが部屋に立ち寄って、おやすみをいって祝福してくれる時にはこうするのが決まりだった。

お祈りのはじめは――

「主よ、ママ、パパ、おじいさん、おばあさん、おばさんたち、おじさんたち、兄弟姉妹たち(これは従兄弟(いとこ)たちのこと)を助け、守りたまえ、そして私の兄弟と姉さんと全ての人々を助け、守りたまえ、そして私がお利口さんになれるように助けたまえ」

その後は『我らの父よ』に、『聖母さまを』のお祈りだ。

お祈りの意味を考えずに済ませてしまったので心臓の鼓動がなんだか落ち着かなかった。

ママはせわしなく祝福をしてくれた。兄さんたちがいっしょに三頭立て馬橇(トロイカ)で出かけようと待っていたのだ。いつもと違って急いでキスをすると、若い女の人みたいに駆けていった。私は横になった。すると何もかもが遠く、信じられなくなってしまった。神さまもママも。

急につまらなくなって眠る気がしない。お祈りの仕方が悪かったからだろうな、きっと。寝床の上で、膝をついて身体を起こす。だめだ、こんなだらしない格好じゃ。床の上にひざまずいて、聖像画に顔を向けなければ。

恐ろしい。

燈明の灯りがかすかに揺れている。影が震えている。私は身震いしながら寄せ木張りの床を踏んでいく。膝をつく。お祈りをする。

向こうの離れている部屋は騒々しく、せわしなさそうで、人が集まっている。

もう一度お祈りをする。

「主よ、ママ、パパ、おじいさん、おばあさんを助け、守りたまえ」などなど。

だめだわ、おじいさんのところでもう気持ちが逸れてしまった。

もう一度。

「おじいさん、おばあさんを……おばあさんを……おばさんたちを……』

おばさんたちって誰のことよ？　クラウディヤおばさんなら、好きじゃない。あの人は正直じゃないもの。どうだっていいわよ。神よ、我らに負債を許したまえ、我らも債務者を許すがゆえに……我らも債務者を許すがゆえに」

これは許しなさいっていう意味だわ。あのおばさんはママに私の悪口をいっているくせに、私の前では平気な顔をしている……あの人は、私も、ママのことも愛していないのよ……よくない考えだわ。身体が震えだした。寒くて、どこかで衣擦れの音がする。

ああ、マダム・モーホワってなんて嫌な先生だろう。昨日、ブルコーヴィチがメモ用紙に書いた。

『マダム・モーホワの鼻の中には虫けらがいる！』

ぞっとする。マダム・モーホワが近づいてきたとき、メモは私の所まで回ってきていた。私は自分が書いたのだっていってやった。女の子たちみんなに英雄扱いされたっけ。マダム・モーホワには二時間、書き写しをさせられたけど。ターニャが学校の玄関ホールで待っていてくれて、私を見ると、家までついて来た。マダム・モーホワにママへの苦情を書いたメモを届けるようにって渡されていたのだ。家に帰ると、ママに、ヴォロージャとは遊ばずに、すぐに寝なさいっていわれた、おやすみもいってくれなかった。

ブルコーヴィチは昨日、一時間目の間中、机に顔を伏せたきり泣いていたわ。私の隣の席で。あの子が顔を上げた時に、机の上の、目と鼻が当たっていた所に水溜りができていた。ぽっと上気した顔には赤い斑点が浮かんで、目が腫れて、睫毛のない重たい瞼になっていた。私はあの子を慰め、むりやりキスをした。あの子はうす汚いせいで、みんなに嫌われていたからよ。私もむかついたけど、みんなに当てつけてやりたかったの。

「けれども私を悪魔から免れさせたまえ……」

いったいどうして私はあの学校へ行くことになったのだろう？……その前はどうだった？　考えたことがあった？　なかった？

明日は朝早くから一日中学校、また夜の八時まで。つまらないな。

「我らの父よ……」

廊下に足音がする。姉さんが部屋に駆け込んでくる。私はもうベッドの中に戻っていて、黙りこくったまま。姉さん、何か忘れたのかな……それともママに用で？　ほら、手探りで見つけて、明るいドアに向かって駆け去っていく……

馬橇に乗るのは楽しい。年上の兄さんたちは楽しんでいるんだわ。そしてママはあの人たちのものなんだ。それなのに私だけは明日は七時に起きる、小間使いのターニャが姉さんを起こさないように小声で起こしに来て、私は連れて行かれる……洗面器の置いてある離れた勉強部屋へ。そこは、あの嫌な学校に通いはじめる前は、アンナ・イワーノヴナ先生と勉強をしていた所、その前はアンナ・アレクサンドロヴナ先生と、そのもっと前はカテリーナ・ペトローヴナ先生と、もっともっと前は……。

どの先生も私に教えるのが嫌になってしまったのだ。一人また一人と教えるのを断られた、私がでたらめなふりをしたり、怒らせたりしたものだから。

「主よ、ママとパパを守りたまえ、憐れみたまえ……」

とにかく終わりまで祈らなくては。

パパを愛している？　パパはほとんど家にいない……私はパパが怖いし、パパの匂いが好きじゃない。ママは好きだ。

ほら、ミス・モードが廊下を歩いてくる足音だ。今日、私がコートを脱いでいたときに、ひどく怒らせてしまって、あの人、すごく急いでいたので、わあって泣き出しちゃった。イギリス人の女の人って滅多に泣かなくて、辛抱づよい。アンナ・アレクサンドロヴナ先生にしたって、私が絵を描いていたときに、わざと歪んだ線を書いたら、溜め息をついていっていた。

「いやです、あの娘にはイギリス人並みの辛抱が要るんです」

ヴォロージャは、あの先生がエゲレス語を話してたって、いい張ったけど。でも私にはそうとはいいきれない。ヴォロージャは私より二歳年下。私よりも分かるなんてこと、あるかな？　万が一、本当なら……

ほら、またあの人の足音、鍵をじゃらじゃら鳴らしている。お茶とビスケットの後片付けをしていたんだ。冬になって私が寄宿学校に通うようになってからは、主婦の役目を引き受けている……あの人は家事が嫌いで、冬はいつも意地が悪い。夏になるとエンマ・ヤーコヴレヴナが家政をとりしきるようになるから、助かる。

「ミス・モード、私、いい子になるわ！　いい子になります！　私、いい子になります！」

私はね、本当に、お利口さんになりたいの。あの人は信じようともしないし、答えてもくれない。私がなにか約束したって、みんな知らん顔している、誰も私を信じてくれない。

「私がお利口さんになるのを助けたまえ！」

そして私はとつぜん熱心に祈る、すると神さまは私の祈りを聞いてくださる。

家にいられたら！　学校に行かなくてもいいのなら。あの学校は馬鹿げていて、退屈……

ミス・モードの足音だ。

「ミス・モード！　グッド・ナイト！」

黙っている。近づいてくる……

もっと大きく、呼び込もうとしてどなる。

「ミス・モード！　グッド・ナイト！」

足音がそそくさと通り過ぎ、ミス・モードが怒って鼻を鳴らすのが聞こえる。

「ミス・モード！　私、いい子になります（アイル・ビー・グッド）！　アイル・ビー・グッド！」

信用しない。信用していない。私だってお利口さんになんかなる気はない、もちろん。そんなこと、とても無理。私には、そんなことはできない。死んだ方がまし。廊下に飛び出していって、あの赤い頬のイギリス人のおばあさんに噛みついてやりたい。

家中静まりかえっている。もちろん、出かけたきりなのだ。ミス・モードはみんなが戻らないうちに寝に行く。そうなると、全員がまた食堂でお茶を飲む……その後、あの人たちは寝て、私はもう早々と起きて、学校へ行く。そして一日中、学校にいて、夜は眠るだけ。

そしてまた、同じことの繰り返し。

どうしてママは分からないんだろう、私が、学校が大嫌いだってことが。それに何のために祈らなきゃいけなかったのよ、どっちにしたって、何の助けにもならなかったじゃない。

私は頭をもたげて燈明を見た。消えかかっている。輝きが薄れて震えるようになると炎が赤い舌のようにぽっぽっと上がって、消えて、また舌のように這い上がってくる。私も舌をそちらへ、聖像画の方へと突きだした。そしてわっと泣き出してしゃくりあげながら、ひとり寝床の中に潜りこんだ。


長くて幅の狭いその部屋には二段がまえの引き出しが壁沿いに並んでいる。どの引き出しも鍵付きで、通いの寮生はみんな、自分の鍵を持っている。

私は自分の引き出しのそばで両膝をついてひっそりと泣いている……。毎朝そう。

通いの寮生たちは他の生徒よりも早く登校する。復習をするために。お祈りも寄宿生たちとは別々にする。

私も通学生になれるといいのに。あの子たちは自由だわ。登校して、下校して、自分の朝食の入ったバスケットを持っている。家でもあの子たちは楽しいのだ。私たちは朝から夜まで学校。家では寝るだけ。家に帰って、一人で寝て、行ってきますっていいたくても、いつもママが居るとはかぎらない。

細長い部屋の中はまだ暗い。ランプが燃えている。表では雪のかわりに雨が降っていて、寒くて、つまらないだけ。

ひどく凍えて、なんだか湿っぽくなってしまった！　涙もちくちくと肌を刺す雨の滴みたいにしたたり落ちるし、心臓も凍った雪玉みたいに、胸のなかで固まってしまった。

あの先生が、マダム・モーホワが入ってくる。優しそうな顔つきだ、あのメモのことは忘れたんだわ、ひどいぼんやり屋なんだから。

「どうして泣いているの？」

「私……足が痛くて」

「足が？」

「膝なんです」

「ぶつけたの？」

「はい、下の引き出しに……」

学校が嫌いだから泣いているなんていえない。なんだかいいづらいもの、それに嘘をつくことができて嬉しい……そしてなぜ、とっさに、自然に、マダム・モーホワに向かって嘘がとびだしたのだろうって驚いてしまう。

大きいリクリエーション・ホールはがらんとしている。何かのために設けられた演壇の上には、椅子が何列か詰めて置いてある。その間に潜り込んで、背もたれの一つに歯を立てながら、人のいないこの部屋の果てしない長さを余す所なく、見えすぎる遠視の目で見ていく。あそこの壁に丸い時計がかかっていて、文字盤の上を針がゆっくりと這っていく。うんざりするくらい良く見える。病的なくらい良く見える目でその針の動きを追っていく、針が分刻みに盛り上がった一点から次の点へとずれて行くのを目で追う。針ってあんな風に進むのかしら？　私は一分まとめていちどきに進むとばかり思っていた。

そして考える。『この埃、どっから来たのよ？　背もたれを噛んだから？　それとも歯を磨いてないので、こんなにざらざらになっちゃったのかなあ？』

シュリッツだ！　シュリッツよ！

狭い通路をはさんで私の右隣の席にいる女の子だ。顔はバラ色がかった色白で、黄色い髪の毛に水色の櫛を刺している。バラ色の胸当て付きのエプロンを着けていて、幅のない胸の上で胸当てを留めている。あの子は几帳面な子、あの子はドイツ人の女の子、パン屋のシュリッツの娘。

私はこの子のことが大好きなふりをしてやった。この子は、レクリエーションの時に私たちが買うパンを届けるパン屋のシュリッツの娘だというので、みんなに好かれていないものだから。

ブルコーヴィチはシュリッツの頭にはシラミがいるっていってる。でもそんなことをいうのは嫉妬のせいよ。私が前から持っていた自分のシャボン玉用のパイプをシュリッツにプレゼントしたから、妬（や）いているのだ。私はブルコーヴィチには、あのパイプはわざわざ玩具店まで行って買って来たんだっていってやった。

私は嘘をつくのが好き。ますます好きになってきた。嘘をつくのって、なんだかわくわくするし、どういうことになるのか、しまいに何が飛び出すのやら、まるきり分からないもの。

休憩時間になると、最初にシュリッツが教室を出ていった。次の授業はドイツ語の訳読。

あっ、あの子のノートが机の上にある。つやのある青い紙のノート。開いたままだ。ノートには青い色の吸い取り紙が一枚挟んであって、忘れな草の大きな花束が白いリボンでノートに結わえてある。私の目は水色の紙の上の水色の花束に釘付けになってしまった。

私は身動きもせずにいた。

「行かないっ」

「私、誰と行けばいいのよ？……みんないっしょなんだもの。私はひとりぼっちになっちゃう」

「なって当然よ」

ブルコーヴィチは怒って、行ってしまった。

私は立ち上がる。辺りを見回す。教室は空っぽだ。私はノートを忘れな草もろとも掴む。自分の机の中から分厚い下書き用のノートを引っ張り出す。その中に艶のある青い紙のノートを突っ込んで、教室を出て長い廊下を一目散に走って、レクリエーション・ホールを駆け抜ける。二人、三人、四人と優しく群がっている女の子たちの間をくぐり抜けて、あちらへ——引き出しが置いてある細長い部屋へ駆け込んで、自分の引き出しに忘れな草の花束のついた戦利品をしまい込む。

ドイツ語の訳読の授業にみんなが揃った。シュリッツも自分の机の中をかき回して、探し物をしている。顔を赤くして、力んで、もう泣き顔になっている。私は隣りの席に着くと、二人がかりでシュリッツのきれいなノートや、傷もなければ汚点ひとつない本なんかを調べる。

「ほら、あった、あったわよ！」

「違うわ。それじゃないわ。私、机の上に置いておいたの。ちゃんと用意して……」

「それなのに、まさか。あなた、家に忘れてきたのよ！　見て見て、そこの右の奥の方に何かあるわよ」

先生が入ってきたので、シュリッツはすすり泣きながら席に着く……

「次の授業までにノートを持ってきなさい。今までのノートが見つからなかったら、最後までの十二の段落を新しいノートに訳して、見せるのよ」

その晩、家ではママはお祈りに寄ってくれなかった。ママはおよばれで出かけてしまっていた。それでその日はママにには会わずじまいだった。

翌朝、私は登校すると、自分の引き出しからつやのある青いノートを引っ張り出して、長い時間をかけて一ページずつ引きちぎった。

お利口なシュリッツったら、なんて几帳面に一字一字そろえて書いているのだろう。きれいなままの、つやつやしたページをちりぢりに破いてやった。リボンと絵のついた水色の便箋入れは取っておいて、一週間後にそれを自分のノートにくっ付けた。

シュリッツがそれを目にした。シュリッツはおずおずと、ひどく驚いた目を私に向けて、くぐもった声で言った。

「それ、私の……それは私の便箋入れよ。私のノートに付いていたのよ……そんな風に……」

「あれはね、あなたのお父さんがね、メレンゲ菓子を焼くのに、下敷きに使っちゃったのよ」

私は教室中に聞こえるほど大きな声を出し、挑むような傲慢な眼差しでシュリッツを睨み付けて圧倒してやった。彼女は黙っている。私のノートがたまたま自分のと同じになったなんて奇跡さえ信じているらしい。

教室では笑い声が上がっている。

「シュリッツ、そのノートを使って、私たちにピロシキを焼いてもらってきてよ。シュリッツ、シュリッツ」

「シュリッツ、あなた、私を侮辱したのよ、その水色の櫛を私にちょうだいよ！」

私は騒々しい周囲以上に大声を張り上げて、きつい口調でいう。

シュリッツは驚いて髪油のついた黄色い髪から丸い櫛を抜く。私はそれを掴むと、めちゃくちゃに壊してしまう。そしてぽーいと遠くへ投げ捨てた。

今日は日曜日だから、ようやくヴォロージャの子ども部屋で一緒に遊べる。でも午前中のミサが済んでからだ。

廊下を隅から隅へとうろつき回る。勉強部屋では片方の足が脱臼してしまった黄色いカナリアと遊んだ。私の頭や指に飛び乗ったり、手の平にのせたビスケットをついばんだりする。

ママは教会に行くと、いつも泣いている。私は教会ではいつも背中が痛くてお祈りができなかったり、どうしてもみんなのお祈りの言葉から遅れてしまったりするので、たえず神さまに許しを乞わなくてはならない。司祭様が出て来て、『平和とともに巡らん』につづいて『主の御名のもとに』といって、祈禱書を読み上げる——私は慌てふためいて、司祭様のお祈りに追い付こうとする……でも、そこでも……

ママが悲しそうなので、みんなは悲しい気分で教会を出る。ママは私たちのために生きている。でもママには辛いことがあるのだ。私たちにはそれが分かっている。

ピローグ*を食べる間はやるせない。ママが泣きはらした目をしているものだから。それに、ママはぴくっと驚いたみたいに微笑む。

今日はパパは食卓にいない。それで食卓は静まり返って沈んだ感じで、私がびっくりすることなんか起こらない。

ようやく朝食が終わって、私と従弟のヴォロージャは子ども部屋で一緒。

大きな防水布で覆われたテーブルの、幅の狭い端の方が壁際まで寄せてある。これはまだただの御者台にすぎないけど、私たちの旅路のわが家でもある——御者の私と、車掌のヴォロー

＊肉や魚などを素材にした料理をパイ皮でくるんだ伝統的なロシア料理。祝祭や儀礼に際しても用意され、大勢で切り分けて食される。

ジャの家。壁の向こう側には本物の乗合馬車があるわけ。何十人もの乗客がのっている車両がまるまる一台。もちろん、私にはそんなお客たちは見えない、でも車掌は乗客たちとしょっちゅう言い争いをするはめになる。そんな時、車掌は顔を壁にぴったり寄せて座って、すごく緊迫したシーンを身振りと会話を使って描いてみせる。もちろんヴォロージャにとって何週間もの長い道中の間、二十頭もの馬の引くこの旅行馬車の乗客全員を上手にさばいていくのは楽じゃない。なのにあの子ったら、だいたいからして頑固な性格なものだから、いつもきまって車掌になりたがる。

椅子が馬たちの替わりで、どれも全部、背もたれを前向きに引っ繰り返して頭ということにして、どれもがうまくテーブルの脚に結わえてあって、私の両手は上手に寄せ集めた手綱の束全部と、ゴムの先端に長い細紐のついている御者用の太い鞭とを握りしめている。

ヴォロージャは黄色いキャラコ地の燕尾服を着て、塗料の匂いのする煤けた角燈を胸の上に掲げている。

この遊びをやっていると幸せな気持ちになる。遊びにすっかり心を奪われてしまう。

奥地の山道だと、どれほど恐ろしい目に遭うことか。ときどきは旅路のわが家にあたるこの御者台の下に板を何枚も敷いて、馬どもに歩かせて急流を渡らなくてはならない。あるときは何日もかかって、山のトンネルの底なしの深い地下道を通り抜けたりもする。時には野生動物と出くわすこともある。嵐で道が崩れていることもある！……馬たちが病気になったり死んだりすることだってある、乗客たちが反乱を起こして、裁判にかけられることもあるし……

夜が近づいている。日が暮れていく。今にも午餐(ディナー)のために着替えをしなさいって呼ばれそう……

家では日曜日ごとに下の階に住むおじいさんの所で、みんなが揃って食事をする。それはもう別のことだけど、いつまでも変わることなく続けられている。乗客みんなを運んでいく乗合馬車ごっこと同じように。

おじいさんの所は私たちには学校。ヴォロージャは男子生徒、私は女子生徒、でも私は女王様。私は男子全員が、みんなの中で一番勇敢で一番美しいって認めた女子生徒だから、私は男子生徒たちの女王様。ヴォロージャはチャーリーって名前。私はルーシー。おじいさんは学校の生徒たちを招待してくれているお年寄りの将軍、ってわけ。

おじいさんの所のディナーは美味しい、四皿目のデザートとは別に、ときどき二皿目にも甘いデザートが出る。サバイヨン・ソースのかかった何か柔らかなものだ。

私たち子どもたちの学校組が座るのはテーブルの一番端っこ。そのそばに嫌な従兄(いとこ)、クラウジヤおばさんの息子がいる。あの子は私を憎んでいて、何が何でも私を怒らせたくて、じっとようすをうかがっている。

あの子は本当のところは従兄なんかじゃなくて、私たちの敵が通っていて私たちに馬鹿にされているよその学校の先生だ。私はヴォロージャに告げる——この子は私のいうことをいつも信じて、いうことを聞いてくれる――校長先生のミスター・チャーリーが私たちの学校のジャックを罰するために骸骨のある部屋に閉じ込めたのよって。そこが私たちの学校の懲罰室なのだ（もちろん私の勉強部屋のことだけど）。あそこの壁の中には人骨が埋め込まれているのだって教える。ところが話の最中に私はとつぜん跳び上がってしまう。そして、しようがないいたずらっ子のアンドリューが、またテーブルの下へもぐりこんで、私の足をつねったのだと、ヴォロージャに説明する。

「なんで跳び上がるんだよ、お転婆？　悪戯をした罰で、ミス・モードにスカートに留め針でも刺されたのかい？」あの嫌いな従兄がひやかす。

「あの人は、いないよ。日曜はいつも自分の教会に行くんだもの」

「戻ったのさ、君は悪さばっかかするから、罰をくらったんだ」

「戻ってからは、あの人はお客さまの相手をするのよ。あんたってばかみたい」

従兄は勇ましいしっぺ返しにどぎまぎして、赤い顔をして黙っている。

「見てろよ」と、つぶやくだけ。

私たちは温かい料理を断って、四皿目に期待する。私はチャーリーに、ルーシー、つまり私のことを話し聞かせる。ルーシーとジェラルドが、一本半の足でする駆けっこで一等賞をとったという話だ。

「みんなが一本半の足で走ったの？」

「それはねえ、子どもたちみんなが二人一組で、片方の足を結わえるから、それで、どの組も三本足になるからよ。三本を半分にしたら、いくつになる？　それとも、あんたはまだ一・五ってことをイワン・イワーノヴィチ先生に習ってないの？」

またまたアンドリューがテーブルの下に来た。それで私は大声を上げて、跳び上がる。

「ほうらね、あんなに行儀が悪いんだよ！　おばさん！　おばさん！」

気の善いおじいさんとお行儀のいいおばあさんが居るテーブルの向こうの端に座っていたおじさんやおばさんがいっせいに漏らす不平の声にまじって、復讐心を秘めた私の敵、あの従兄が、ママに、私のママに言い付けるなり口をつぐんだのが分かった。私は顔を真っ赤にして、恐怖に正気を失いそうな状態でじっとしている。

「おばさん、ヴェーラを追っ払わなきゃ。あの子、ふざけて跳びはねてるよ！」

ママは恥ずかしくて、やはり赤い顔をしている。

「ヴェーラ、いったい、どういうこと？」

私は黙っている。

「あなた、どうしたの？」

「テーブルの下に男の子がいるんだよ！」ヴォロージャが泣きながら叫ぶ。

「何いってんだよ。どれもこれもヴェーラの思い付くアホらしい遊びなんだってば」敵がみんなにばらしてしまう。「ああいう遊びをやってるせいで、気が変になったのさ。あの子はどこに行っても、男の子たちがついて来るんだよ」

従兄弟たちが面白がってわっと笑う。

「ヴェーラ、席を立ちなさい」

「あそこじゃ、何ごとだね？」みんなが興奮して喧しいなかで、おじいさんが弱々しい声で尋ねる。

「またヴェーラがひどい悪戯をしたのよ、ママを悲しませて」おばあさんが厳しい声でいう。

「あれあれ、ヴェーロチカ！　こっちへおいで」

みんなに見られていて、私は動けない。ヴォロージャが弱気になって、私を押し出す。

「おじいさんの所へ行けよ」

ああ、私はおじいさんの後ならどこへでもついて行くけどなあ！　おじいさんは日曜ごとに私たちが別れる時には立ち上がって、象牙の握りのついた古めかしい杖にもたれて、柔らかなゴムの先端で寄木の床を軽くつつきながら、長い広間を通り抜けて私とヴォロージャを自分の書斎へ連れて行ってくれた。その書斎にはガラス張りの小さなバルコニーがあって、通りの上におなかみたいに張り出している。おじいさんはそこに置いてある引き出しのどれかから、大きな四角形の砂糖漬の果実が底にくっついている丸いチョコレート入りの焼き菓子（プリャンニク）を二枚取り出して、私たちに順番にくれる。

「それ、二人にな。あんたたちのママを大切にするんだよ」

柔らかなおじいさんの声はふるえて、皺の寄った小さな丸顔に垂れかかる白髪が震えていたっけ……。

おじいさんについていくのがいつも嬉しいのは、焼き菓子が欲しいからではなくて、焼き菓子をそんなふうにくれる、そのくれ方のせいだ。すごく善い人なんだから。

だけど今という今は！　敵たちが挑むように目をすぼめてじっと私を見守っている今は、どうやってこの場を離れたらいいの？　それに、おばさん、おじさん、従兄弟たちの居並ぶ長い列のそばを、どうやって通り抜けるの？　おまけにみんなが私を見ている、みんなが笑っている。それにみんなが同じことを思っているのだ。

『あの子はまたお母さんを悲しませている』

私は立ったまま。

おじいさんは困った様子だ。繰り返し私を呼ぶ。

私は立ったまま。

私の目はテーブルに着いている人たちの顔から顔へと移っていき、歯はむき出しになっている。ふとそんな自分の顔に気付いたのと同時に、声が、ママのよそ行きの声が聞えた。

「フェージャ、あの子を連れ出しなさい」

するとフェージャが、あの憎らしい敵が、私の両肩をつかんで連れて行く。

歩いていくけど、夢を見ているみたい、他人のいいなりになっているみたいだ。

玄関の控えの間に来た。さらに先へと連れて行きながら、なんだかヒヒヒと笑っている。逆らわないで歩いていく。

暗い廊下に来て、私は暗闇の中でハッと我に返る。

わあっと喚きながら、ふいにうまく身をかわして、敵に突進する。膝につかみかかる。靴の先とこぶしで身体を殴る。爪先が狙ったのは相手の足の骨、こぶしが狙うのはおなかだ。狂ったように殴りながら、よけようとする相手の腕に歯を立てる。

フェージャが叫び声をあげて助けを呼ぶ。誰かがもう来ている。年寄りの従僕らしい。一緒になって私をどこかへ押し込もうとしている。

暗い。

納戸だ、がらくたが置いてある。遊ぶときは、ここは悪魔の棲む所。私たちが食後に廊下で馬車ごっこをして遊ぶとき、いつもこの納戸の前は、くわばらくわばらと大慌てで駆け抜ける。御者は喚きたてるし、馬は思い切りいななく。

だけど、今の私にはどうでもいい。放り込まれたまま床に座っているけど、泣いてはいない。隙間の一つをじっと見ている。瞬きはしていないみたい。隙間からは弱い光が漏れてくる。

明るかろうが暗かろうが、何の関係がある？　何もかも終わった、何もかもこれでおしまい！　で、私は死ぬんだ。おじいさんを、おじいさんを傷つけてしまった。ママを恥ずかしい目にあわせてしまった。だから絶対に許してもらえない。それに許されるべきでもない。私には分かっていた、いつも分かっていた、こうして、こんながらくただらけの納戸で死ぬのが、私の運命なんだって。だから怖がって、野蛮な細い声でヒヒーンっていないなないては、前の廊下を駆け抜けていたのだわ。

私が死ぬしかないのは、はっきりしている、自分を絶対に変えられないって、分かりきっているもの……こうして考えてみたって、こんな風に、唇をぎゅっと結んで、額に皺を寄せて、瞬きもせずに、隙間をじっと見つめながら考えたって、最後に分かるのは、改めることなんかできないってことだけ。もしも誰かを、すごくさっぱりした身なりの、髪もすべすべの子にさせたいのなら、その子の着ているものを剝いで、髪をくしゃくしゃにしてやることね。もしも弱い子を強い子に変えたいのなら、痛い目に、もっと痛い目にあわせて、ひいひい泣きだすような、死にそうな思いをさせてやることよ。以前に貯蔵室で絞め殺されたあのねずみみたいに……それに、汚れた靴からソックスがはみだしてるようにしなくちゃね。去年の秋に、池から戻ってきたときの私みたいに。

これからそっと食堂に駆けて行って、テーブルの下にすばやく潜り込んで、テーブルクロスを引っ張ってやりたいわ、お皿もコップもグラスもフォークも全部床に吹っ飛ぶぐらい力いっぱい引っ張ってやる。皆があっと叫ぶ、ママは泣きだす、おばあさんは指を立てても、誰を脅かしたらいいのか分からない、おじいさんは……おじいさんは可哀そう、でもあの人、私の味方をしてくれなかった……そう、その後、私はテーブルの下から飛び出して、力いっぱい壁にぶつかってやる。

　聖書に出てくるサムソンみたいに。

　壁がぐらっと傾いて揺れだして、通りに倒れる、天井が落ちる、みんなが叫び始める、逃げ出す、フェージャは死ねばいいのよ。おじいさんを救えるといいな、そうしたら神さまは私を許してくださるわ。

　ながいこと息を止めていれば、死ねる。

　笑っているのは誰？　それとも、あれは何？　暗闇でごそごそと低い音がする。私は急に怖くなる。そんなの幻覚よ。それともあれは、ここに住んでいる悪魔？

　呼吸をながい間止めていれば、死んでしまって、もうあの嫌な音を聞かずにすむ。

　でも、もしもここで死んだら、たちまち悪魔の餌食になるだけだ。

　逃げ出すとしたら？　フェージャはドアに鍵をかけなかったじゃない。かける勇気がなかったのよ。試してみる？　どうして、こんなふうに囚人みたいにじっとしているのよ？

　恥さらしだわ。侮辱よ。こうなったら、みんなの前にどうやって出ていけばいいんだろう？　今はみんなに顔を見られるのが耐えられない。誰にも見られないようにするには、どうやって逃げればいいの？

　ドアをそっと押してみる。動く。頭を突き出してみる。納戸にいたから、廊下が明るく見える。でも明るいのが暗いよりも恐ろしい。そのことが、もう今でははっきりと分かる。そしてドアを引き寄せる。納戸では悪魔ががさがさと音をたてている。でも私は気持ちがいい。暗いせいで気持ちがいい。悪魔にだってちっとも恥ずかしくなんかない。悪魔自身が、私と同じようなことをいつもやっているのだもの。悪魔のことも、やはり神さまは食卓から追い出されたんだ。つまり、私とあいつは仲間なのよ。どちらも良い子になりたくないのよ、それでどちらも追い出されたんだわ。

だから恐ろしくなんかない……

新年からはもう私は通いの寮生としてではなく、通学生として登校している。家にはアレクサンドラ・イワーノヴナ先生がやって来た。新しい家庭教師の先生で、勉強部屋のつづき部屋に住みはじめた。何人もの私の先生たちが仕事を投げだした勉強部屋に、また活気が戻ってきた。私は毎日学校から帰ると、寝るまでそこで過ごしていた。寝る時間になると、衝立の奥に置いてある自分の洗面器で顔を洗って、部屋着で妹の寝室に駆けて行って、ママがお祈りに来るのを待っている。とにかく学校では私は厄介者になっていた。

私は自由なのをよいことに、したい放題をやっていた。教室でやらかしたいたずらは学監や先生方の激しい怒りをかっていた。春までに私は校則違反を犯したあげく、退学させられてしまった。私はシュリッツの店で白パンを買って来て、それを寄宿生の一人でいつもお腹を空かせている年少のソーニャ・スミルノワにあげたのだ。ところが寄宿生が白パンを食べることは厳禁だった。現場を見られたソーニャは、私を裏切った。私の行為は公然たる反抗と受け止められて、全学年が集まる大きなレクリエーション・ホールでのダンスの授業のときに、私は校長先生に呼び出され、全校生徒を前に、校則違反を叱責された。家には手紙が送られて、私に悔い改めると誓ってもらうと書いてあった。でも私は悔い改める気になんかなれず、かわりにママを相手にさんざん悪態をついた。

ママは私を鞭で打って、泣きながらいった。

「今日は痛くはなくて、恥ずかしいだけよね。次の時には、恥ずかしくて、痛い目にあうわよ。恥ずかしいうえに、痛い思いもするのよ……」

このことを私は忘れずにいた……長い間……

翌日、ママは校長先生に面談に行って来て、その後はもう私を学校へは行かせなかった。それで私の生活はまるで陽が射したみたいになった。

アレクサンドラ・イワーノヴナ先生は面白い人だった。背が高くて厚みのない体型で、とても真面目だった。何か大事なことが分かっているのに、悲しい気持ちで黙っているといったふうだった。何が分かっていたのかしら？　私にたいしては慎重で毅然としていて、ときにはちょっぴり見下すような感じがした……でも初めのうちはそれも我慢できた。私はじっくり観察していた。ドイツ語をたくさん勉強した。アレクサンドラ先生はロシア人だけど、ドイツの地方で生まれ育った人だった。

勉強部屋とわが家の他の場所との間には暗い箪笥部屋とゴキブリの出る暗い廊下があって、家族がいつも居る場所の物音はこの部屋までは届かなかった。勉強部屋の窓は中庭に向いていて、窓の真正面が、うちの台所と召使部屋の窓だった。勉強部屋にはカナリヤのボービクの鳥籠が吊るしてあって、ボービクは一日中、自由気ままに飛びはねては私のノートに座ったり、私のペンをつついたりしていた。片隅には私の洗面器を隠すように衝立と本棚が置いてあって、上の段には科学実験用の缶が収まっていた。私の勉強机は木の表面にインクが染み込んだりナイフの傷痕があったりして、緑色の縮みの油紙のカバーがかかっていた。壁際には寝椅子があった。私が翌朝の授業のために予習をしている間、アレクサンドラ先生は傍に楕円形の小テーブルがある寝椅子に腰かけていた。

　アレクサンドラ先生の顔は大きくて、きれいじゃなくて、目は冴えない色で悲しげで、睫毛のないぎょろ目だった。先生の広い頬っぺたの毛穴には、なぜだかお白粉(しろい)が、まっすぐな栗色の髪の中にはフケが潜んでいた。フケが机の上の油紙に落ちると、私はいつもそれに気づいて憂鬱で、ひそかにむかついていた。潔癖な私は我慢ならなかったのだ。

　授業は九時から一時まで続く。休み時間になると、私は箪笥部屋でボール遊びをした。そこを学校ということにしていた。全ての年齢と全学年の生徒たちが揃っている学校。一時には机のそばに先生と身を寄せあって食事をとり、その後は体育をしに出かける。私は速足で、どういうわけかひとりでにアレクサンドラ先生の身体を決まった間隔で左右から、建物の外壁へ押しゃったり、舗装道路の端の方へ押し戻したりしてしまう。先生は軽く嘲るような口調で私を叱った。そもそも私には、先生に大事にされているのか蔑まれているのか、判断がつかなかった。先生は愛してくれているのかしら、それとも私に冷たいのかしら。

毎晩予習を済ませると、私は勉強部屋の片隅から別の隅へと歩いて戻る先生の一人きりのお散歩に加わって、先生の尖った肘に胸を押し付けて質問をし、見逃すまいと目を凝らして見上げた。

「私を愛してる？」（ジー・リーベン・ミヒ）

先生は謎めいた笑みを浮かべて答える。

「心から……」（フォン・ヘルツェン）

そしていい添える。

「痛みをもって」（ミット・シュメルツェン）

私は叫ぶ。

「よろしい！」

私の心臓はおろかしい幸福感に高鳴る。ところがそれにつづく言葉は、どう見ても微かに嘲るような調子だ。

「ほんのちょっぴり……」（クライン・ヴェニヒ）

私は終わりまで聞くまいとして喚きたてる。それでもやっぱり最後の言葉は聞こえてしまう。

「あるのかないのか、分からないくらい（ウント・ガルニヒト）」

　すると部屋の中は静まり返る。返事が本当だったのか嘘だったのか、私には分からない。でも、すっかり気落ちしてしまう。手を放して、ひっそりと洗面をしに行く。いつもなら、もう夢を見ている時刻だったから。

　昼食の後はヴォロージャと三十分ほど遊ばせてもらえる。でも三十分では二人で馬を繋ぐ暇さえなくて、じきにドアの所に背が高くて、薄っぺらな身体のアレクサンドラ先生が姿を見せる。きらきらしたループ付きのモヘアのプラトークにしっかりとくるまって、黙ったまま私を呼ぶ。

　向こうの見えない部屋では、客間や寝室では、年長の家族の生活がくりひろげられていた。姉さんはその年に家を離れていた。あの家はおじいさんのもので、私たちは一家で住まわせてもらっていた。召使の女が部屋の掃除をしたり、食事を出したり、玄関の控えの間で絶えまない訪問客にコートを脱がせたり着せたりしていた。向こうでは笑い合ったり、みんなで何か楽しいことをしたりしていた。劇をしたり、活人画ゲーム*をしたり、ダンス・パーティの夜会や、三頭立て馬橇（トロイカ）で丘を下ったり。それに貧しい人々のために縫物をしたり、どこかで貧しい人々に授業をしていたこともあった。ママは日曜ごとに涙を流し、平日は若くあろうと頑張って、

＊名高い絵画や彫刻などをモデルにポーズをとって見せる一種のパントマイム。

家族のために生きていた。父が家にいるのはたまにだったり、ずっとだったり。何日も黙りこくっているかと思えば、興奮してしゃべりまくったりしていた。絶大な権力を握っていて、どこかのごますりどもには嫌われていても、誠実で勇敢なのだという他所（よそ）の重要人物たちについて、いつも聞きづらくて、恐ろしくて、わけの分からないことをしゃべったりしていた……私にはさっぱり分からず、ただ何かというとびっくりしてばかりいた。でも、父の元気な声を聞くのは好きだった。聞いていると楽しくなるし、時には父は優しくて、私を愛しげに見てくれた。昼食がすんで、遅くまでいて邪魔をしないように出ていくときに、父は私の顔を長くて柔らかで絹糸のような顎鬚に押し当てて、ほっそりしたきれいな手を私の頭のてっぺんに置いて、すばやく十字を切って、祝福の言葉を歌うようにつぶやいたものだった。

夏の田舎暮らしには、もっと自由があった。朝は早起きをして、たくさんいる私の動物たちに餌をやって水を飲ませ、棲み家をきれいにしてやらなくてはならない。その後昼食までは、もちろんアレクサンドラ先生との授業。食事の後はクリケットをして、その後は、ミルクとベリーのお茶をすませてからヴォロージャと遊ぶ。

夏の間に二人はまたチャーリーとルーシーになってみたり、あの二人の作業員、ジャックとボブになったりしていた。仕事はいくらでもある。並木道づたいに何時間もかかって辛抱強くシャベルを引きずっていったり、鋤や馬鍬に代わって自分で土をかき集めたり、畑を耕したり、土を均したりしなくてはならない。飼育場ならば、車輪を回転させる必要もある。馬が縄につながれて木の周りを回って、作業員は枝の上に座ってその馬を急き立てるのだ。猟犬の群れを引き連れて野生動物の狩りにも出かけなくちゃならない。そんな時には冒険につぐ冒険！ヴォロージャは天翔ける私のファンタジーが彼に求めることを全て従順に受け入れてくれた。彼は私より年下だから思いどおりにできないことが多く、沈みがちな性分で、やっぱり反抗心を胸に秘めて暮らしていたけれど、希望を持っていなくて陰気だった。私たちの遊びはしばしば野蛮で残酷になってしまって、小庭園の林の中で野蛮で喧しい叫び声を上げたりしていた。ある時には領地管理人の事務所から戻ってきたお客様が、ご主人の庭で誰かが切り殺されるんじゃないかと警告をしに、引き返して行ったくらいだった。

ところがこの夏には新しいことが起きて、私たちは初めのうちはそのことにすっかり驚いて、惹きつけられてしまった。

私たちはどういうわけか、二人とも同時に悟った。縄にでもつかまって草原を散歩しているかのような、この整然として明るくこぎれいな暮らしの中に、その中に何か私たちから隠されているものがあるということを。そしてその隠されているものは、私たちの外にだけあるのじゃなくて、私たち自身の中にもあるのだってことを悟った。私だけじゃなくて、ヴォロージャもそのことが分かったのだと、私は思う。なぜならば彼のうちに大きな燃えるような好奇心が目覚めたから。私はといえば、それが分かってしまうと、分かったことを、もう一つの遊びとして、目新しくてわくわくする、良くない遊びとして受け容れた。そしてその遊びの核心となったのが秘密で、その秘密は私自身であり、悩ましい、じりじりするような秘密を明るみに出したり、元通り幕で覆ったりするのは私の思いのままになった。この新しい遊びに潜む邪悪な権力（ちから）は私のものと思われた。そして知ったからには引き返せず、進み続けるしかない人たちの生活にふいに入り込んでしまった私たちには、何もかもが以前とは全く違ったものになった。もはや新しい遊びは苦痛に変わったけれど、二人はその苦痛にひとりでに引き込まれていた。

その時には私の胸は、私たちを欺いてきた大人たちへの強い軽蔑の念に毒されてしまって、最後まで残っていた親近感は薄れてしまい、愛も消えてしまったような気がした。

友だちのヴォロージャは、秘密の共犯者に変わった。私たちは、自分たちの秘密を知って、それを隠さなければならなかった。そのことが二人をひどく接近させて、私たちはそんなふうに恐ろしく、もう改めようがないほど親密になってしまったせいで、お互いを憎んだ。それは誰にも見えず、私たちだけに見える一つの顔のようだった。その顔は見ていた――私たちも目を放すことができなかった。その顔が善に由来するのか、悪に由来するのかなんていう謎を解くことが、どうして私たちにできたろう。

二人はわけが分からないまま困惑して嫌な気分になり、邪悪な気持ちで長い間自分たちの秘密のその目から離れられずにいたが、不意にある時その目が自分たちの中にあって、自分たちがその秘密の答えなのだってことを理解した。その間、私たちは自分たちのうちに解決の道をもとめて、情けないことに憎しみ合っていた。ヴォロージャはますます無力感を募らせ、私は邪悪に勝ち誇って。

春が近づいたとある日曜日の夜に、おじいさんの所で新しい遊びが始まった。

どういうわけか、どこかへ移っていった一人のおばさんの代わりに、ポポフ将軍がおじいさんの家の下の階に引っ越してきた。私たちが野蛮な馬車ごっこをやって廊下を駆け回ったり、サーカスごっこでロープを跳び越えたりして納戸の前を駆け抜けて遊んでいたときに、頭上で床をドンドンさせないでほしいというポポフ将軍からの礼儀正しい頼みごとが、従僕によって届けられた。

その晩私とヴォロージャはこれを最後とばかりに力いっぱい、悪意をこめて床をドンドン踏んづけてから、正面階段へさっと駆け抜けて、自分たちの階へと駆け上がり、悪ふざけで呼び鈴を鳴らしてやった。留守番でひとりだけ残っていた皿洗いの女（ひと）がドアを開けたけれど、しばらくすると奥まった仕事場の台所へと戻って行った……

ヴォロージャの子ども部屋はひっそりとして妙な感じだった。時計がチクタクと時を刻んでいて、部屋の隅や壁の向こうではカサカサと音がしていて、私たちの声はがらんとした中で遠くまで響いて、胸では心臓がどきんどきんと打っていた……

二人はいつもの旅行馬車の前の部分をこしらえて、馬たちを繋いだ。必要もないのに喧しい笑い声を上げたり、本気じゃない喧嘩をしたりして、不意に黙り込んで、がらんとした感じや静けさや壁や隅々のカサカサという音や心臓の鼓動に耳を澄ましていた……

　車体に繋ぐはずの椅子を放り出し、部屋から廊下へとびだして、目を大きく見開き、鼻孔をいっぱい膨らませて先へ突っ走り、突然襲って来た野蛮な息の詰まりそうな恐怖にウワーッと叫ぶと、玄関の控えの間から階段へ抜け、階段を下る間もずっと喚き声を上げたままだった。控えの間の壁はガラスでできているから、**あの人たち**には見えている、何もかも見えているのだ……**あの人たち**は私たちを見ていて、私たちには**あの人たち**が見えないだけのことなのだ……

　おじいさんの家に来た。

　組格子(トレリス)の奥の、通り抜けのできる客間で止まる。

　おばさんやおじさんたち、従兄弟たちのいる二つの広間に挟まれた、この客間の明るく照らし出された退屈さ——ここの方が良い、ずっと良い。長椅子で息を休めると、遊びを思い付く。学校ごっこだ。

　授業の最中。アンドリュー、ルーシー、チャーリー、他にもみんな勉強中だ。

「ヴォロージャ、ガラスに写ったの見た?」

「誰が?」

「知らない。二人で逃げて来たときよ」

「何がさ?」

「しがみついたくせに……」

「馬鹿いうな。いいか、千プラス千は、いくつだ?」

「二千です、ミスター・チャーリー」

「違う」

校長のミスター・チャーリーのバラ色の頬が不意に怒りに蒼ざめる。

「間違っているぞ、君は復習をしてないな、ルーシー。君は罰を受けるのだ! 君は悪魔の納戸行きだ——鞭で打たれるんだ」

私は泣かない。男の子はみんな、私が泣かないので驚く。私はやけっぱちで開き直ってミスター・チャーリーの蒼白い顔を見つめる。ミスター・チャーリーの鼻はぴくぴくして、空色の目はぎらぎらしている、私にからかわれてかっとなり、やにわに強くて恐ろしい存在になって、ナイフや杖や石を手にして跳びかかってくるときのように。でも今の彼は恐ろしくはない。私は小声でつぶやく。

「あんたは私を鞭打ったりしないわ」

もちろん男子生徒たちが見ていて、驚いて、どうなることかと息をのんでいる。男の子たちは何人もいる。でも私は一人。女王の名に恥じないようにしなければ……でもミスター・チャーリーはボブとジャックを呼ぶ。二人は私を連れ出す。

私は進んで行く。逆らっても無駄って分かっているから。それに叫んだって同じこと。私たちは組格子(トレリス)の向こうへ出ていく。おばさんと二人の従兄弟に出会う。

「なんて怖い顔をしているのよ、ヴェーロチカ！」

当たり前でしょ、この人たちにはジャックとボブが見えないのよ。ヴォロージャが校長のミスター・チャーリーで、なぜ私を連れて行くのか知らないのだもの。

悪魔の潜む納戸は暗くて、蒸し暑い。皆は私を床の上に放り出す。皆は私を鞭打つために、服を脱がせる。かまやしないわ、私は平気、負けるものか。受難者はこんなふうに打たれたけれど、侮辱することなんかできなかったもの。ヴォロージャは小さな手で私を叩く。それは、もちろん、とても痛い。でも私は声を上げない……

そして不意に負けてしまう。自分から負ける。私自身がそうしたいのだ。私はぶたれるのが快い、蒸し暑い暗さも、こんな秘めごとも、悪魔の納戸でのひりひりするような恥辱感も快い……

あの時からというもの、どんな遊びもこんな遊びになってしまった。お互いに何々して遊ぼうよ、という遊びはどれもこれも。でも、いわなくても二人の目にはそのことが分かっていて、目を合わせることを避けていた。

田舎にはテントがあった。本物のテントだった。白地に赤い縁取りのあるテントで、草っ原に支柱の棒が打ち込まれると、テントは周囲に大きく広がる。二人は馬の飼育場ごっこをした。私が馬になって落葉松（から）の木に縄で繋がれる。ヴォロージャがその木の枝の上に座って、長い鞭を振るって私を追いたてる。木の周りを縄がぐるぐる回って、引いている私の頭もぐるぐる回って呻き声をもらして草の上に倒れてしまう。するとヴォロージャが爪先で飼育中の馬の体を蹴って起こして、テントの中に追いやる。

馬は病気になったの。日射病にかかって、目まいを起こしたの。治療をしなくてはならない。テントの中で獣医が馬の治療をする。ヴォロージャが獣医……

「ヴェーラ、なぜ、いつもと違うんだ？」

「いつもと同じよ」

「違うよ」

「いつものようにだってできるわよ。ただ今は、そうしたくないだけ」

ヴォロージャは私の気持ちを尊重してくれる……私は横になったまま山蜂がぶーんと唸り声をあげながら、テントの帆布にぶつかってパタリと落ちる音に耳を傾けている。それと同じように私の胸では心臓がパタリと止まり、頭の中はぶーんぶんと鳴り響いている。草や根っこの匂いのするミルク色の薄明りの中から外へ出てみると、陽射しに目が眩んで、頬に炎暑が降り注ぐ。

「ヴォロージャ、人って、どうして互いに恥ずかしがるの？　私たちは恥ずかしがらないでいようね」

「絶対に、恥ずかしがらないでいよう」

私たちの田舎の屋敷には窓が上下に二列になっている大広間があって、食堂との境い目にソファーのしまってある狭くて暗い部屋があった。その部屋は、右側と左側に、穴が二つ開いているように見えて、古臭くてかさばる油布張りのソファーが一つずつ収まっていて、ほとんど隙間がなかった。私とヴォロージャは幅が広くてひんやりした油布をつたって、暗がりの一番奥まで忍び込む。私が先。彼が後につづく。

鼻を油布に押し当てて、そのまま暗闇を長い間見つめていると、薄明るい小さな悪魔が見えてくる。夜の闇の中にいる狼の目みたいに小さくて光っている……

林の向こうに灌木が茂っていて、小川が流れていた。私たちは服を脱いだ。誰も知らなかったけれど。二人は水浴びをした。二人は眺めていた。私はもっと悪い子になろうとしていた。もっと悪くなれ。何よりも悪い子になろうとして、私は知恵をしぼっては、何もかもが、私がこうなってほしい、こうなるはずと期待するのとは全然違う結果になってしまうので驚いていた。もしも、もっと悪い子になれれば、どうしようもないほど恥ずかしい子になれるならば、そのときは良い子になれるのに。

二人は自分たちの秘密を胸にしまってうろついていた。そんな私は、自分の自由意志で弱い者になれるという点でも、拒否できる権力(ちから)をもっているという点でも強い者であり、ヴォロージャの方は無力さと自己嫌悪に苛立っていた。私たちに欺かれている大人たちと、私たちを欺いている大人たちの間をうろつきながら、私たちは可笑しかったし、嫌な気もすれば、誇らしい気もしていた。そして私は大人たちがどういう言葉にどぎまぎするかが分かると、そんな言葉を使って大人たちを当惑させては喜んでいた。

冬に何かを……何とかいう民族や、その民族の信仰について書かれたものを読んでいた時のことだった。私はアレクサンドラ先生に訊いてみた。

「誰でも自分たちの神さまを信じているのね。それじゃ、どうして私たちの神さまが本物の神さまなの？」

「あなたと信仰のお話はしないって、ママに約束しているの。ママに訊きに行きなさい」

その時に私は先生が隠していることも、神さまがいないのだってことも分かった。

2　鞭

私には欲しいものがあった。

欲しかったのは鞭。馬車の御者席に突き立てる長い鞭だ。

そんな願いがめばえたのは、私がロバのルスランに馬車を引かせて外出したときに、憧れていた女准医さんを乗せたことがあってからだ。

ルスランに馬車を引くように仕込むのは、たやすいことではなかった。苦労に苦労を重ねたあげく、かちとった一大勝利だった。体の大きさからして対等の闘いではなかったから。もっともそれを悟らされたのは、転覆した馬車の下から這い出して身体の自由を取り戻し、はまったどぶの中から、通れずに終わった道を恨めしく眺めて、屈辱をおぼえながら頑固なロバを見上げた後のことだったけれど。ルスランときたら、馬車に繋がれているゴム紐を断ち切ってしまって、落ち着き払ってのほほんと瑞々しい草をむしっては、ムシャムシャと食んでいた。お尻に近づいて、馬車の長柄へと押し戻すのは、気が進まない。ルスランは後ろ足の蹄でよく蹴り上げるのだ。鼻先に行って手綱を掴もうとしても無駄だろう。歯を剥きだして、まだ若い黄色い歯の生え際の桃色の顎骨まで丸出しにして、そっぽを向いたきり首を向けようともせず、ライラック色の斑点のある目を剥いて、怒って私を睨みつけるだけだろうな。

こうなったら、戦闘を開始するしかない。

ルスランの灰色の短い首をかき抱いて、自分の狭い胸と弾力のあるお腹をぐっと引き締め、どぶの底のべとべとした泥に食い込ませて踏ん張っている相手の足がついに動きはじめるまでたえまなく粘り強く敵を斜面へと押しつづけるのだ。

ルスランは足踏みをしたり、蹄をやたらと動かしたりしてどぶの泥んこを捏ねたあげく、ようやく心を決めて、私の脇に身を逸らせて、ゆっくりと道に上がって行く。

私は二回跳ねてそのルスランを追い越して、毛の硬いたてがみにつかまり、尖ってごつごつした背骨の上にとび乗る。そして干し草で満腹になった脇腹を両足で締め付けて、手綱をぐいぐい引いてうるさくかけ声を上げながら、よく揺れる小股の駆け足で抵抗する狭い相手を、お馴染みになった忌々しい厩舎へ通じる道づたいに戻らせるというわけだ。車輪四つを空に向けて引っくり返ったままの馬車を置き去りにして。

でもあの鞭が欲しいという願望が生まれる頃までには、そうしたヒロイックな闘いの時期はもう遠い過去の話になっていて、かつての苦労を繰り返すことなんかありえないと思えるまでになっていた。今ではルスランは森を抜け野辺を越え、村道づたいにとび跳ねながら速足で馬車を引いていってくれる。そして私は司祭の娘さんを乗せたり、領地管理人の娘さんを乗せたり、一度などは私の家庭教師でどぶに落ちるのが大嫌いなアレクサンドラ・イワーノヴナ先生さえも、また一度はあの素敵な人、女の准医の先生さえも乗せるようになっていた。

ヴォロージャは乗せたことがなかった。ロバの引く馬車に乗るのはつまらないというので。でもあの子は怖かっただけなのだ、臆病な性分だったから。

そんなわけで、あの准医の先生を乗せた時にめばえたのが、あの願いだったのだ。

鞭が欲しくてたまらない！

馬車の御者席に突き立てておく鞭！

しなやかで高さのある軸と、ほっそり引き締まった継ぎ目、そこにきつく編まれた細めの長いゴム紐が取り付けられている鞭が欲しい。

私はそれを手に握っているような心地がして、ぎゅっと握りしめている私の指をあの葦を編んだ軸が押し返す弾力が感じられ、目の前に高くすっきりとそびえる直線の柄と継ぎ目が見えるような気がしてくる。もちろん、その継ぎ目からは、私のもっている玩具みたいな鞭がいつもそうなるように、とんがった棒切れが抜けたりしていてはならない。

香り立つ春の緑の大地を、私の初恋の女（ひと）を乗せて行ったあの幸せな朝からというもの、胸のなかに芽生えたこの願望によって、私の頭は霧がかかったようになってしまった。

空っぽのこぶしを握り締めて片腕を、それっとばかりに前へと一振り、たちどころに肘を巧みに後ろへ退いて受け止める。その時、私には聞こえる。憧れのあの鞭が、てっぺんの細いゴムの辺りで絹の刷毛のように渇いた鋭いヒューッという音を立て、巧みに編まれた長いゴム紐がジイーッと鳴り、ビューンと唸って空中を伐る音が。そして満足感と鋭い恐怖に思わずつぶってしまう私の目には見えてくる。音に刺激されたロバが耳をピクつかせ、灰色の体を前へと突進させながら尻尾をパタパタさせ、私も馬車の激しい揺れ方のせいで身体の骨が折れんばかり、今にも放り出されそうになる光景が。

私はその願いを胸に暮らすようになっていた。

田舎で生まれたその願望を、私は都会（まち）へと持ち帰った。それは蜘蛛の糸のように柔らかくて、細くて、粘り気があり、私の脳と心臓を絡め取って餌食にしてしまった。

私はその願望に囚われたまま暮らしていた。

その願いはとても美しかった。とてもしなやかな力で執拗に私を招き寄せた。手が届かないと同時に、避けて通ることもできないように思われた。そして私が何をしていようと、何を考えていようと、何を話していようとも、手は葦を編んだ繊細に振動する柄を握っていて、軽やかですっきりとした継ぎ目の線が目の中でしなり、私の耳は鞭が何かを叩いた時の震動まじりの射撃音のような鋭く乾いた音をとらえているのだった。

その願いは実現が不可能なせいで私の心を煽り立てた。それが必要なものだってことを、いったい誰が、あの人たちのなかの誰が理解できるかしら？　あの人たちはルスランも、本物の鞭も、私のことも理解していなかった。そしてあの人たちの生活が退屈で貧しいものだから、それを嘲笑っていたのだ。

でも、もっと貧しかったのは私だった、自分の願いを実現させるために支払わなくてはならないお金がなかった。私が持っていたのは全部で五三コペイカ。でも鞭は……そこまで素晴らしい本物の鞭は、いくらくらいするのか。

もしかして、五五ルーブリするのかな？

たいしたことではない。私には夢を実現させることが肝心だった。たいしたことではない。私が鞭を手に入れたいって気になったからには。

とにかく不思議なことに、鞭が欲しくなったこの年は、私が神さまと離れた年だった。

神さまはいなかった。でも神さまは正直で従順であるようにと、両親や家庭教師の先生たちを敬うようにと命じている。勉強して欲望に打ち克てと、命じておいでだ。

神さまはいない。でも欲望はある。

それも一つだけじゃない。こうして大きな願いごとを一つ持つと、もっとたくさんの小さな欲望が湧いてくる。もっともっと、いっぱい。

小さな欲望は、どれも鋭くて、けば立っている。マットレスからはみ出したたくさんの馬の毛のようにちくちくと肌に刺さる。たくさんの小さな、けば立って、ちくちく身体を刺すような欲望。

でも神さまはいない。

これは都合がいい。この方がずっと都合がいい。

ママの所へは、むろん行かなかった。神さまがいないなんて、どうしてママにいえよう？　そうだとしたら、何にも無くなるから。本当のことは何にも無い。何もかもが、本当らしいだけで、本当にそうではないのだ。でも、こうする方が、もっと手っ取り早くて、もっと楽しい――

それは、忘れてしまうこと……

でもママがあの大きな悲しそうな目で私を見るときに、私には分かる、何もかも本当で、大事なことで、永久にそうだってことが。

これは恐ろしくて、都合が悪い。

そうじゃなくても恐ろしい……神さまがいないって信じるとしたら、ものすごく怖い、この上なく罪深い究極の罪だから！　私はそんな言葉を誰にもいう勇気なんかない！　ヴォロージャにもいわなかった。私はそれを――その言葉を知っていただけ。それだけでもう、生活全体が、誰もかれもが、何もかもが違ったものになってしまった。

　そして私は全ての人々と全ての物事を新しい驚きの目で、目ざといがつがつした眼差しで見ていた、そして全ての人々と物事のなかに、自分の欲望だけが見えていた。

　でも自分の全ての欲望を突き抜けて、あの一つの欲望だけが見えていた。

　そしてどういうわけか、その欲望は私の新しい世界と結ばれていた。その世界には全く予期しなかった広がりと空白と、とほうもない軽やかさがあった。そこには神さまが存在しなかったからだ。

　この最も奥深い秘密は、もちろん、私の他には知る人もなかった。私だけが知っていて、人には黙っていたのだ。

　それとも誰もが知っていて黙っていたのかしら？　むろん、みんなも同じように、こうした恥ずべき秘密を知っていて、そして黙っていたのだ……

　私はオークションを開いた。

　午餐（ディナー）の後に居残ることをゆるされていた客間に、ありとあらゆる古い玩具や出品物を運び込んだ。

　折れ曲がったブリキ製のウグイス笛があって、その笛をびっこで歌う私のカナリヤ、ボービクのおまけに添えて、まともな競売品に仕立て上げた。どこかの山の景色の痕跡がうっすらと残っているレンズのついたペン軸があった。さらに、私がへたくそに鋸を引いて、いい加減に接着させた飾り棚も、夕焼けの塀のそばにたたずむ美しい娘の描かれた、すり減ったブランドもののペーパーナイフもあった。それは憶えている。他にも、傷がついたり擦り切れたりして、私には要らなくなったがらくたがいっぱいあった。

私には鞭を買うためのお金が必要で、そのためにオークションを目論んだのだ。掛け値を付け、木槌を叩き、兄さんたちに、どの出品物にたいしても同じ値段を二回いった者は二倍支払ってもらうといい添えて、言質をとったりもした。

ママの気分が優れないことや、妹が私のがめつさに呆れていることや、部屋のなかにとげとげしい空気があることに私は感づいていた。そんな空気のなかで、うるさい声や高ぶった笑い声を上げたり、両手をパンパンと喧しく叩いたりしてみても、嫌な気分からは脱け出せず——つるつるして滑りやすくて塩辛い虫けらが、潰したくても潰せず、生きたまま、胸から喉へ、喉から口や鼻へと這い上がってくる気分だった——私は泣きたい気持ちになってしまった。

私の勉強部屋の衝立の奥にある洗面器の石鹸入れのそばに獲得したお金を置いてみると、三ルーブリ二三コペイカあった。

それに私の財布には五三コペイカある。全部で三ルーブリ七五コペイカか。鞭を買えるかしら？

食事の時に、優しくて陽気な真ん中の兄さんに訊いてみよう。あの兄さんなら何でも知っているけど、オークションには来なかった。

でも、もしかして兄さんは今はもう家に帰っている？　兄さんの部屋へ寄ってみよう。私は突っ走る。部屋に着くずいぶん前から呼びかけながら。

「コーリャ兄さん！　コーリャ兄さん！」

ドアに押し入る。

空っぽ。

戻ろう。もう振り返った。ところが遠視で見えすぎる目が何かに気付いた（この病的な遠視は治療するつもりだったくらいだ）。つまり、目に入ったものは、心までは届かず、目の中に留まったままになったのだ。何かはっきりしないものへと押しやられるままに、ぼうっとして眠っているような状態で、大きな机が置かれている窓の方へ向かう。自分でもあっけに取られている感じで、心臓が後ずさりする。

もう机の傍まで来てしまった。青い織物のカバーの上に銀貨が何枚か散らばっている。

それはコーリャの、私の陽気で、優しい兄さんの銀貨だ。

頼んでみよう……

手が伸びた……

すると、ふいに鋭い邪悪な、とはいえ本当に秘かで確かな喜びが胸と頭に溢れた。心臓がどきんどきんと弾みそうに、とはいっても、そうとは悟られないように、こっそりと鼓動して、ぼんやりとした蜘蛛の巣のなかでは、愉快で嘲るような考えが声も上げずに錯綜していた。

　これで洗面台の上には、四ルーブリ十二コペイカ集まった。

　誰にも盗まれないようにしなくては！

　貯金箱に隠して、貯金箱は整理ダンスの下に放りこんでおく。そこはターニャがけっして掃除をしない場所だから……

　こうしてコーリャを待つ。兄さんが私を駿馬に乗せて店に連れて行ってくれて、一緒に本物の鞭を買うのだ！　春になるまで当分の間、鞭は吊るしておこう……（春が来るまで、すごく長く感じるだろうな！　でも、どっちみち鞭は早く手に入れなくては、これ以上は待てない！……）勉強机の上の壁に吊るそう。愉快だろうな、予習をしたり、ヒューッと鳴らしたり……そりゃ、もちろん、先生は鳴らすのを許してはくれないだろうけど、私は頭の中で鳴らすの。コーリャはとてもいい兄さんよ、いっしょに行ってくれるわ。

　いよいよ待望の時が来る！　できないことなんてない、願いさえすれば！

　それに宝物は、どこにだってある。

　母の部屋のものなんて、楽々とくすねられた。帽子のしまってある紙箱の下に、蜂蜜入りの焼き菓子（プリャンニク）のいっぱい詰まった大きな箱が置いてある。私はがつがつせずにゆっくりと、大胆に一日また一日と掠めていって、すっかり空っぽにしてしまった。誰にも気付かれなかった。

焼き菓子で一日が始まって、一分また一分と、切り離された忘れっぽい一分一分が先につづいた。それぞれの一分は通過しながら記憶もなく死んでいって、やって来た一分は貪欲さに溢れて、私の空っぽの満ち足りることを知らない、冷たい、怖いもの知らずに光る目を見ていた。私たちは了解のウィンクをしていた。死ぬまでは時間がある、したことは忘れてしまおう。それが自由ってもの。

私は欺いていた。欺くってことは、人を台無しにする。神さまがいないので私はいっそう巧妙な手を覚えてやけに具合が良くなった。それは欲望が教えてくれたことだった。悪いことがばれることはほとんど無くて、虚ろな目はいつも冷やかな愉快さに燃えていた。輝きの奥は見透かせない目。

私は嘘をつくのが好きだった。嘘というものは、全てを断ち切ってしまう。この世の全てのことは連綿として引き継がれてきた——あるものが別のものを記憶し、あるものが別のものを愛し、あるものが別のもののために死んで、純化させ、死んだものに代わりに自らが生きているると請け合い、途絶えてはいないと知らせ、飽くことなく神聖な繋がりを引きずっていく、という営みによって。その繋がりとは始原から出て始原へと向かう連鎖で繋ぎとめられてきた、畏怖すべき、神聖にして、不易の必然性なのだ。嘘はその全てを、全ての営みを断ち切って、かわりに空虚な自由をもたらしてくれた。

私は叱られることが少なくなった。きっと、私がしじゅう嘘をつくので、嘘をついていない時でも、なんだか変わりがなくなってしまったからだろう。そして勉強のことを考えるべき部屋に囚われていても、おかしな考えが割り込んでくるのを止めることもできず、それを恥ずかしいとも思わなかった。

ヴォロージャとのいろいろな遊びはひとりでに、ほとんど途絶えてしまって、全面的にあの遊び一つだけに落ち着いてしまった。私たちは目と目が合うと、その目は苦しげに輝いて、私は彼に欺瞞を教えていた。

それは内面で起きていたこと。私には騒動になった出来事や、表立った不敵な行為は思い出せなかった。ただ単に内面から、外部へと視線が変わっただけのこと。

ときおり恐怖に襲われた。

私はヴォロージャにたいしても容赦なく悪いことをした。ノートの落書きを注意されると、彼がやったのだと責任転嫁をした。清書用ノートに馬の頭を描いた時のことだ。角があってちっとも馬らしくないのを、自分の血を使って描いたことがあった。私が思い付いて、自分で実行した。

ヴォロージャには知らせもしなかった。あの子はまだおバカさんで、血を怖がるからと、私は侮っていた。

こんな出来事だ。私はきれいな文字を書き写していくうちに、突然つまらなくなってしまった。あまりにも退屈で、希望という希望がすっかり消え失せてしまった。灰色一色で、濃密で、虚ろな退屈さを変えようという希望は完全に失くなってしまった。そして灰色の虚ろさを、灰色の虚ろな大空をくぐり抜け、くすんだ感じで仄見えていたのは朝焼けの名残りの輝きだった……

その名残りの輝きは、どれもあのこと——欲望ばかりだった。でも、その欲望もやはり、叶う当てなんかこれっぽちもないものばかりだった。私が願うことといえば、無いものばかりだったからだ。そんなふうに、鈍いなりにもはっきりと、涙が出るほどはっきりと自覚していたのだ。もはや有るものは何も望んでいない、望むのはこの世に無いものばかりだと。その時私はナイフを手に取って、皮膚のすぐ下に青い静脈が透けて見える片方の手首のちょっと上の辺りを傷つけはじめた。刃が引っかかって、灼けるような痛みが走って、私はなんだか嫌なしわがれ声を上げた。そのしわがれ声に驚いてしまって、ナイフを放り出した。できた傷を圧してみると、血が細く流れだして、小さな滴になってぽとり、ぽとりとしたたり落ちた。

すると私は清書用ノートを汚してやりたくなって、ペンを血の滴に浸しながら、馬を描きはじめた。

馬の頭から描きだしたが、描き上がらなかった。どこもかも、もう一度なぞらなくてはならなくなった。でも血は固まりかけていたので、血で塩辛くなった鉄のペン先をちゅうちゅう吸って湿らせなくてはならなかった。そんなわけでどの馬も、耳だか角だかはっきりしないものの付いた、不格好な血塗りの馬面になってしまった。

あの女が訊いた。

「赤い悪魔たちを描きちらしたのは誰なの？」

私は滑稽だし、楽しかった。それで後先を考えもせずに答えてしまった。

「ヴォロージャよ」

そして目に涙を絞り出して、すすり泣きを始めた。あの女はまだ疑っていた。ぴったり傍まで近づいて、涙のにじんだ私の目を覗き込んだ。

「あの子で、あなたじゃないって約束できる？」

「正直に、心から誓います」

「なんて感じの悪い色なのよ、まるで血の色にそっくりね？」

私は覚束ない言葉で一気に誓ってみせると、明るく、空っぽで、厚かましく貪欲な目付きをして、傲慢に顔を上げた。

私はその時の自分の目を永久に記憶に留めた。ときどき、自分の細いこんがらがった金髪の髪の毛をとかしながら、鏡をちらちらと覗き見したりもしていた。そんな時の私は金髪の輝きに囲まれ、両眼も同じような輝きを放っていて、美しかった。

どうして誓ってはいけないのよ、嘘をつくことができるというのに。どっちにしたって変わりはないわ。私はいつでも何事でも徹底させるのが好きだった。

それに、なぜヴォロージャを裏切ってはいけないのよ、何もかも全然別の人間なのに、それに楽しくなきゃ、いけないでしょ？

なぜ、裏切ってはいけないのよ？

あの子にも、好きにさせれば。私はあの子のことも恨んだりはしないから。

ある時アレクサンドラ先生といっしょにお店でノートを買った。その店の陳列台の上には、小さな木の箱が置いてあって、私は中に何が入っているのか、気になってしかたがなかった。私は陳列台の上にマフを滑らせて、手でその箱を摑んだ。通りに出て、かすかに震える指で探ってみると、木の箱二つに触った。

家に帰ると、私は獲物を分配した。一つの箱は自分に、もう一つは馬鹿にして、面白半分にアレクサンドラ先生にあげてみた。先生は怖くなるほどじっと私を見たけれど、受け取った。

木箱の中にあったのは、中国製の造花だった。水中に落とすと花が開くものだった。

ターニャがお払い箱になった。コーリャが机の上の銀貨がなくなったことに気付いて、それをしゃべった。犯人が名乗り出るのを待っていた。ところが、蜂蜜入り焼き菓子が無くなった。食器棚から砂糖と、それに……おまけに、机の上に置いてあった十コペイカ銀貨が何枚か消えた。整理ダンスの上の貯金箱には五ルーブリ五十コペイカ貯まった。

ついにコーリャ兄さんが連れて行ってくれる日が来た。

狭い橇に二人で乗ると窮屈だった。兄さんが腰を抱えてくれた。鼻の先には幅の広いラシャ地が張ってあって、光を遮ってしまう。頭を脇に巡らせてみれば、刺すような、冷たい雪が馬の蹄の下から目に叩きつけてくる。

痛いけれど、気持ちは勇み立っている。

おまけに皮革の香りに、磨き上げた銅の光沢に、くつわに、馬具に、鞍！

天国にいる気分！

私はわくわくしている、すごく興奮している。何も目に入らないくらい興奮しているにちがいない。

まもなく鞭が手に入る！

その鞭が私の目の前にある。コーリャの両手にのっている。でも私は怯えているにちがいない。いちずに欲しがって、それ欲しさに生きてきたものが、実際に自分のものになった時って、とても恐ろしいものだから。

私は自分の欲望ひとすじに生きてきた。

この先はどうなる？……

鞭は葦でできている。枝分かれする箇所ごとに瘤のある、明るい色に塗られたその軸を、私は指でさすってみた。

コーリャが鞭を私の手に握らせてくれた。軽い。葦でできた軸は高々とそそり立って、てっぺんの所では弾力のある、きつく編まれた何本もの細いゴム紐がすっきりと曲がって垂れる。

ほらね、ゴム紐が絹の刷毛みたいに、頬をくすぐった。

思いきり鞭を振り回せる所へ移動する。

弾力性のある握りを摑んでいる手を、そっけなく振り上げて前へと一振り、すばやく肘をぐいと後ろへ退いて受け止めた！　すると、再び戻ってきた鞭の細いゴムの先端が、絹の刷毛のように渇いた鋭い音を立てて鳴り、精巧に編まれた長いゴム紐がじーっと、そしてひゅーっと鳴って空中を切り裂くのが聞こえた。

人が近づいて来た……私は鞭を誰かにわたした。私は大人しくなり、不安になってしまった。帰り道に私は薄紙にくるまれた鞭を恭しく片手で握りしめていた。静かにしていたのは束の間のこと、橇でのすばやい移動ときつい厳寒（マロース）のせいで、たちまちおしゃべりやら、いろいろな計画やらがどっと押し寄せてきた。

「コーリャ、私が考えていること、分かる？　ルスランの副え馬としてリュドミーラを馬車に繋ぐことができるわよね」

リュドミーラはルスランの奥さんで、毛の色はもっと濃くて、頭部はほっそり気味で、背中には尖った瘤がある。痛む足で頼りなさそうに、躓きながら歩いている。そして春が巡ってくるたびに死産を繰り返している。

コーリャは反対した。

「あいつは、蹄の上の関節で歩いているんだぞ。蹄のところで足が曲がらないんだよ。駄目だって」

「平気よ、そんなの平気！」私はもう欲望の針にちくちく突き上げられて慌てていう。「あのねえ、あれは痛がってなんかいないわよ。ときどき自分の方から、私たちといっしょに走りだすもの」

「誰といっしょだって？」

「私とルスランとよ」

「生意気いって」

私は耳をかそうとしなかった。兄さんたちが相手だと、いつもそうなる。時には腹を立て、時には喧嘩になってしまう。きょうは怒ったりしている暇なんかない。

「分かってよ、もしもこの鞭があれば、ペアで繋いだってうまくいくわ。私はただ繋ぎ足すのが好きなの。リュドミーラを縄で繋ぐわ。自分で。私は革の引き綱は嫌なの」

「なんでまた！　鞭はイギリス製なのに、縄で繋いだんじゃ、荷馬車みたいになって、野暮ったいじゃないか？」

「いいの、ほんとうに、かまわないのよ。ううん、その方がいいくらいよ。本物の鞭に縄で繋いだロバ。私はきちんとしてるのが好きじゃないの。鞭はね、これはね、手に握るわ」

そして私は鞭をぎゅっと握りしめる。まだ信じられなかった。そして……早くも鞭にたいする侮りの気持ちがあるのに気付いて、かすかに悲しみを覚えていた。というのは、鞭はすでに私のもので、私はもうそれを欲しがってはいないからだ、歓喜にじりじり身を焦がして、血潮を炎のように燃え立たせて、自分の命を賭けて欲しがってはいなかったからだ。

「もしもロバたちをペアにしたら、すごく速く走るわよ。リュドミーラはギャロップで。ねぇ、コーリャ、私、リュドミーラの頭を横に結わえよう、そしてギャロップで走らせるの。コーリャ、私たちのロバの馬車、兄さんの馬に追い付けるかしら？　どう？」

「お前も、ギャロップで走るのかい？」

兄さんは冷やかすのをやめない。でもまったく腹は立たないし、いうことが面白すぎる……

「やまどりを撃ちに馬で出かけるなら、私たちも兄さんについていくわ」

「やまどりはな、もう秋のうちに雛鳥を撃つのさ」

「なら春には何を？　春には何を撃つのよ？」

「春にか？　青しぎさ」

「それなら、私、どこでも兄さんについてくわ。空気銃で青しぎを捕まえられるもん」

「お前が撃つのか？」

「悪い？」

「うさぎが捕まると、お前はいつもお祈りするくせに。アンチープに膝をついて、殺さないでって頼んだのを見られたの、忘れたのか？」

アンチープというのは森番だ。思い出すと恥ずかしくなる。兄さんたちにうさぎ狩りに連れて行ってもらった時に、生かしてやってと懇願したのだ。

「なによ、そんなこと！　今の私は全然違うわよ。私だってやれるわよ」

私たちはもうわが家の表階段を駆け上がっていた。控えの間に通じるベルを鳴らした。ドアが開けられないうちに、ふいにまた混じり気のない歓喜に襲われて、兄さんの首っ玉にとびついて、感謝した。

毛皮コートもオーバーシューズも脱がずに廊下を走って行って、箪笥部屋へと折れて、真ん中に突き出している可動階段（私とヴォロージャはこれを使ってサーカスごっこをして遊んでいた）を踊り場へとはねるように上がると、両手に持った鞭を頭上に掲げて高い所から跳び降りた。それからさらに先へ……また曲がり角とゴキブリの出るあの階段に来た。あの女は寝椅子には掛けていない。自分の部屋じゃないのかな？

あの人の部屋はお隣りだ。

やっぱりね。机のそばのあの肘掛け椅子で読書中だった。

「アレクサンドラ先生！　鞭よ、鞭！」

先生は少し驚いたようだった。私がまっしぐらに突進していったからだろう。先生はそんな私にまだ慣れていなかったのだ。おまけに私は毛皮コートもオーバーシューズも付けたままだった……

薄い絹の包み紙を剥がす。空いている方へぴょんと跳ねて離れる。震える指で情熱をこめて握りしめた鞭の柄を、そっけなくさっと前に振り上げ、肘をすばやく、巧みに後ろへ退いて受け止める。戻って来た鞭の細いゴムの先端が、絹の刷毛のように乾いた鋭い音を発して――緻密に編まれたゴム紐がじーっと、そして、ひゅーっと鳴って空中を裂く音だ――私の胸は所有する身の幸福感と誇らしさから湧きあがる烈しい喜びにうち震えた。

私は佇んだまま、たっぷりと挑戦の気持ちをこめて、椅子に沈み込んでいる痩せ細って不幸せな先生を見つめた。寄る辺ない暮らしによって生気を奪われた輝きの乏しい近眼のぎょろ目や、筋肉がしなびて硬くなり、長い口の両端が垂れさがり気味で、頬骨の広い、平べったい顔を見つめていた。

それから毛皮コートとオーバーシューズを付けたままで、先生の前を跳ね回った。帽子はもう控えの間で振り落としてきていたので髪を振り乱して。帰るなりいきなりいらいらさせてしまったこの私にたいして、私の喜びにたいして、先生が反撃をくわえて、鎮めようとするだろうなと予感しながら。

「どういうことなの、それは?」

先生は声にならない声で、ほんとうに馬鹿げた質問をした。先生は見たし、聞いたじゃないの。

返事がわりに私はもう一度、鞭をひゅーっと鳴らした、もはや鞭を空いている方向に向けようともせずに、先生のすぐ傍で鳴らしてあげた。先生はモヘアのプラトークで覆った広い胸をぶるっと震わせて、身体を脇へそらせた。

「頭がおかしくなったのね。それとも、わざと無礼なまねを? それにその鞭、あなた、どうするつもり?」

「ルスランとリュドミーラに使うの」

「いったい、いくら払ったの?」

「コーリャが買ってくれたの」

「いったい、いくら払ったのよ?」

私は思い出した。コーリャは支払いの窓口で、私が貯めたりくすねたりしたお金を取り出しはしたものの、それに自分のお金を加えていた。自分の財布から青い五ルーブリ札をまるで私のお金みたいに取り出して、両方のお金を合わせて支払ったのを私は目撃している。そして兄さんは、私の貯金のうちの一ルーブリと小銭全部を私に返して、こういったのだ。

「半々で買おう。半分は僕が払う」

コーリャ、コーリャ! あれほど親切な兄さんはいないわ! コーリャがあの恥ずかしいオークションに居合わせなくてよかった。

「十ルーブリ」私は素早く考えていった。

アレクサンドラ先生はすわったままで背を正した、するとその穏やかでぼんやりした目が不意に輝きだした、それは私のやらかす無作法や強情な態度や、「みせかけの演技」にたいして先生の潔癖な嫌悪感が燃え上がるときの、いつもの輝きとは別種のものだった……

先生が口を開くまでにはもう少しの間があった、先生はすぐにはしゃべらなかった、両方の目に燃え上がった輝きを見て、私はそれが憤怒であり、その憤怒が正当な憤怒なのだと分かった。

それで私は反抗に出た。

反抗に出たのは、私が初めて正当な憤怒だと受け止めたからだった。正当なことに対して反抗に出た理由はこうだ。正当なものが挑んできた時には、二つの応じ方がある。それを讃えて恭しく従うか、それとも反抗して呪うかだ。私は後の方を実行した。

それに私には、正当なものが突如としてこの先生のなかに、本当のことなんかいつも何にも分かっていない、よりにもよってこの先生のなかに現れ出たことが不思議でもあった。

先生が話しはじめた。その言葉にはふだんとは違って、くぐもってはいても正当な言葉が語られるときの響きがあった。

「あなたは他の女の子のことなんか、一度も考えてみたこともない、ろくでなしの女の子よ。知ってるの？　食べるものがない子がいるのを。そういう子たちは、鞭を買って、ロバに馬車を引かせて乗り回すなんてことは、できないどころじゃないの。心や頭脳が、教育の光を受けられないので蒙昧なままで、いつも思っていることといったら、ただひとつ、何か食べたいってことだけなのよ。空っぽの胃が縮んでしまって、いつも疼いているからなの。あなたは考えたことがある？　思ったことがある？　その十ルーブリがあったら、あなたのような女の子を一か月間食べさせて、あなたがあり余るほど授けてもらっている教育を受けさせてあげることができるのよ、それなのにあなたときたら、勉強には反抗する、感謝しなきゃいけない人たちは、苦しめてばかりいる」

　アレクサンドラ先生はまだたくさん、相変わらず興奮したままで、勢いのある声で、どれもこれも正当で、疑いをはさむ余地のない言葉を話し続けたけれど、私はもう何も聞いていなかった。その言葉が疑いの余地もなく正当であればあるほど、私の絶望的な反抗はますます荒れすさび、踊るやら、口笛を吹くやら、愚かしいしかめ面をするやらして、生きた正当な言葉を、自分の胸から出る鋭い鋼の剣で迎え討ちしていたからだ、その言葉が私の耳まで飛んでくる前に剣でやっつけて殺して、届かないようにしようとして。

「あなたはカナリヤや犬のことを思って泣くわね、でも、あなたの横に、あなたのような子どもたちが、喜びってものがどういうものなのか一度も知らないまま死にかけていても、あなたにはどうでもいいのよ、あなたは気付こうともしない……もしもあなたが知っているなら、経験するなら、一度でも経験したなら、……もしもお金持ちの人たちが自分たちの子どもを心から気づかって、もっと違った見方をするならば……もしも、あなたが、心ってものがない女の子が……あんなものは呪われるべきものよ、あなたの鞭なんか、呪われるがいいわ、あなたの鞭なんんか！　あなたときたら、しかめっ面はするは、お道化顔をみせるは、ただもう、おろかなだけよ」

　こうなるのを私の心は待っていたかのようで、心全体がしだいにふくらんでいって、真理の意地の悪い言葉を迎え討つための鋭利な剣のきらめく鋼鉄の帯と化したかのようだった。そして私の粗野な口は叫んだ。

「あなたの方が、お馬鹿よ」それは私の鋼鉄の剣の一撃だった。

先生は立ち上がり、強張った、情け容赦のない片手を私の震える肩に置くと、私をドアへと引っ張って行った。

「出て行きなさい」

「行かない」

「出て行くの」

「押し出せないくせに」

先生が身体を突く。突いていることさえ感じないほど興奮しきって。いつも抑制され、生活によって馴らされてきた先生の血がにわかに熱くなって、正当な憤怒によって燃え上がったからだ。

取っ組み合いになった。

それは恐ろしかった。

「反抗」と「憤怒」が喧嘩をしていて、「反抗」が「憤怒」の胸から、モヘヤの黒いプラトークをずたずたに引き裂いた。「憤怒」は「反抗」の髪の毛を引っ張って罰をくだし、ドアの向こうに押し出した。「反抗」は握りしめた両方のこぶしで、閉じられたドアを長い間かいもなく叩きつづけ、ひいひいと細い声でしゃくり上げては泣いていた……犬が鳴くように。

3　赤い蜘蛛

惑わしの道しるべ。

この言葉を教わったのは後年の、もう大人になってからで、幼かりし頃は赤紫に燃える曙の翼をさずかった子どもといわれたものよと、私がある女友だちに打ち明けたときに、相手から聞いた。

惑わしの道しるべ！　誰の身にも起こることで、そうして道に迷い込み、連れて行かれてしまうの――その友は語った――さまざまな苦悩の道を乗り越え、いくつもの歓喜や罪や慈悲の道をくぐり抜け、数多くの別れと期待の道を経たあげく、真実へと導かれるの。

私が追放されることを知った春に、そのような惑わしの道しるべとなったのが――愚図な女(チュフャ)の子たち(キー)だった……。

それはこういうわけだ。

家族や医師たちを集めての相談会が開かれた。集まったのはクラウジヤおばさんにアンドリユーシャおじさん（この人はママを愛していたが、私はママの苦労の種なので愛されていなかった）、二人の兄さん、姉さん、あの女、ママ、年来の家庭医、そしてその家庭医が呼んだ二人目の家庭医で、名高い精神科医といった面々だった。

医者たちは最初に私の服を脱がして、胸、胃、肩、膝と、長い時間をかけて聴診器を当てていた。私はいらいらして屈辱感を覚えたのだが不意討ちだったし、仰々しさに圧倒されてしまった。

その後は、ママがびくびくして、つっかえながら、よその人みたいな声で話し始め、家庭教師の誰一人としてこの子を教育することができなかった、アレクサンドラ・イワーノヴナ先生もすっかり望みを捨てたのだと、長々と語った。

その後はアレクサンドラ先生が一本調子で冴えない、とぎれることのない口調で鞭のことと喧嘩のことをすっかり語ってみせ、つづいておじさんが――でも私はもう聞いてなんかいないで、額と鼻のあいだに邪悪な皺が深く刻まれるように思いきり眉を顰めると、その場をさっと離れて部屋から駆け出した。

みんなはこの皺が刻まれたのでは止めることはできないと気付いたにちがいなく、私は追いかけられることはなかった。

もちろん、私は箪笥の中に潜り込んで、姉さんの舞踏会用のスカートのかげでじっとしていた。でもこれまでとは違って、私は泣いてはいなかった。

何かが辱められ、何かが永久に侮辱され、そしてこの永久にという感覚こそがこれまでに覚えのない新しいもので、そのせいで私は初めて自分がまったく本当の自分じゃないのだと実感させられた。

あの人たちが私を探して駆け回り疲れはてた夜中には私は箪笥から這い出して自分の寝床に忍び込み、寝ているところを発見された。つまり私は、いうまでもなく自分から出て行ったわけだ。ママが十字を切ってくれたときでさえ、私は目を開けようとはしなかった。私は何とも感じなかった。丸太みたいに。

アレクサンドラ先生との勉強はつづけられた。一日は相変わらずのろのろと過ぎていった。でも、何もかもが一変して、本当ではなくなってしまっていた。そのわけは、あの鞭の一件で私は罰せられず、生活がこれまでのように本当の生活ではありえなくなってしまったからだ。

私の心はひどく落ち着きをなくして、重苦しく、完全に孤独だった。それは罰を受けなかったせいだ。罰を受けないなんて、あまりにも杜撰（ずさん）な措置で、あまりにも公正さに欠け、あまりにも異常なことだったので、生活において「異常なこと」の方が普通のことになってしまった。

むろん、万事がそうなったのは束の間だけ、一日だけ、二日だけのことで、気が付いたときには、**あの女**（ひと）は前とは違ってしまい、私も違ってしまい、ママもやっぱり違ってしまい、勉強部屋も違ってしまうんだ、何にもなくなってしまうのだろう。

ただただ、きれいさっぱり、何にもなくなるのだ。

あの女はたえず何かを書いていた。これまでママは二人のいる勉強部屋には来たこともなかったのに、なぜか頻繁に立ち寄るようになった……あの女が書かなきゃならないのは何なのかしら？　分厚い辞書が持ってきてあるけれど。

ママは勉強部屋を通りぬけて自分の部屋へ戻るときに、なぜ私にあんなにもおずおずと微笑みかけるのかしら。

従僕のプロコーフィーが食事（ディナー）だと知らせに来ると、あの二人は勉強部屋から出て行った。私のことも誘ってくれた、二人ともお優しいこと……私はすぐには行かなかった。衝立の奥で手を洗うからといっておいた。自分の方から、あの女のしていることに首を突っ込んだのだ。

先生の机の上には大型の便箋が置き忘れたままになっていた。私はその紙に突進した。ドイツ語だ。

見てみる。したためられた何行かが揺れている。なぜかしら？　何が怖いのよ？　謎にたいする答えがあるからだわ。さあ、これから解いてやる、今の生活全体が嘘っぽいのはなぜなのか、そして本当はどうなるのかを。でも解きたくはない。

できない。

消されたり書き加えられたりした何行かのドイツ語の下書きから目を離したいけれど、それができない。意志に背を押され、紙の上から離れられない。

見なくては。必要なのだから。

重たい意志が、謎解きをしろとのしかかってくる……それに逆らって自分から出て行く、意志を受け容れるのではなく、自分の方から摑み取るために。

『敬虔なるそなたの保護下にある、彼女の年齢の少女たちの共同体は……そなたの祖国のより良き気候……そなたのご厚情が、尊敬する姉妹よ……宗教上の諸問題は……神のみが全ての人々の頭上におわします』(原文ドイツ語)

そうなんだ……いくらかは分かった。だけど、もっと分からない方がよかった、でもやっぱり、すっかり分かった方がいい。

仰天して立ちつくしていた。突っ立ったまま……立ちつくしていた……

それから部屋を離れ、勉強部屋を通り、廊下と箪笥部屋を通って、さらに廊下を通って食堂へ向かった……

一つの戸棚が開いていて、ママの部屋のドアの正面にある整理箪笥の下から、ねずみの尻尾が覗いていて、その先にはお尻を嚙まれて死んでいるねずみの体が突き出ているのが見えた――猫の仕業だ。玄関の控えの間の、階段に通じるガラスの間仕切り越しに醜い顔が見えた。その嫌らしい顔はガラスに張り付いていた。私が日曜日の夕方ごとに留守になったこの家でヴォロージャと二人きりで遊んでいると、よく見かける顔だ。配膳室にはプロコーフィーの嘲るような赤い顔が見えた。

「遅れましたね、お嬢様、罰で甘い物は抜きですよ」

むろん食堂には、罰を下したり、待ちかまえていたり、見咎めたりする人なんか、いたためしはない。だから今だって、何もかも変わりはない……

私は食べた、とにかく何かを噛んでいた、何も考えずに。

朝食が終わった後でいわれた。

「きょうは運動には出かけません。箪笥部屋でボール遊びをしてもいいですよ」

喜んでいいはずだった。平日なのに祝日みたいじゃないの！　どこかよそのホールで指図どおりに足やら手やらを前へ、横へ、上へと放り出したり、遊びも芸もない馬鹿げた行進をしたりするおぞましい体操のかわりに、機敏な技の要るボールで学校遊びをやれるもの。

そんなふうに、祝日気分になれるはずだ、もしもこの生活が本物ならば。でも何もかもが嘘っぽい感じの今の生活では、いったいどんな喜びがあるっていうの？

さっき箪笥部屋を通り抜けた時に、箪笥の隙間に気付いておいてよかった。私は今、反対方向に戻っていきながら、そのことを思い出した。

それでこうしてその箪笥の中の絹のスカートの陰に潜んでいるわけだ。

私の愛しい勉強部屋。私の愛するアレクサンドラ先生！

『ママー、ママー、ママーったら、ママー、私のだいじなママー、私のママーったら、ママー……だいじな、だいじな、私のママー……』

リズムができてしまった、それで私は唱えるのは止めにした。

どうしてあの人たちは私のことを追い払うの？

私はどこへ追い払われるの？

今度は誰が指図をするの？

いつでも指図をされるの？

今度はまるきり他所の人たちなの？

私は声のない反乱に、包囲されてしまったの？

箪笥から出た後は、誰もいないママの寝室の窓辺へ行った。通風孔を開けて窓台に飛び乗ると、さらに高い所まで、蜂蜜入りの焼き菓子がしまってあって、私がこっそり食べて空っぽにしたあの箱の上にまで登った。そして窓の外の厳寒に腰のあたりまで身を乗り出すと、烈しい悲嘆にくれながら、声にならない嗚咽で腫れあがった胸へと、外の空気をがむしゃらに吸い込んだ。

そして死ぬことを空想していた。

許してもらうために、それに後悔させるために……

それに何もかもが終わりになるように死んでしまおう。

十分に冷えると窓の所から降りた、冷え切ってしまったから、じきに死ぬんだという気がしたので――心臓が弱ってしまっていたのだ――、ママのベッドの脚に蛆虫みたいに丸くなってもたれたまま、辛くて、思い切り泣き出した。

そんな私をママが見つけた。通風孔に突進して閉じてから、私を叱って、それから向かい合わせに座ると、腫れた顔から両手を外してくれて、さすりながらきいた。

「どうして泣いてるの？　何があったの？」

「ドイツの学校へ、行きたくない」

ママは私が知っていることに驚くのさえ忘れてしまった。自分でも泣き出して、涙を流しながら本当のことをたくさん話してくれた。

「神さまにご覧いただきながら、私は自分の務めをはたしているのよ、愛しい娘」

そして私のどこが罪なのか、どうすれば救われるのかを説明してくれた。

その間にも私の頭には次々と浮かんでは消えたにちがいない。ロバのルスランとリュドミーラ、亀たち、筏の浮かぶ池――その筏は乗って出ようとすると、私のくるぶしの所まで沈んだっけ――ヴォロージャ、ボブ、ジャック、アンドリュー、ミスター・チャーリーとルーシー、それにただのチャーリーも、テントの中のミルク色の明るさとまるはな蜂も、お別れとなれば懐かしい勉強部屋も、モヘアのくすぐったいプラトークもちらりと頭に閃いたにちがいない。それに……香り高いママの木犀草の香水！　それに、あのナージャの室内履き、義姉さんがまだ婚約中だった去年の春に、片方だけ掠めて自分のベッドに持ってきて、愛しくてキスをしたあの室内履き……。

そして不意にシュリツが、不意にシュリツの、そう、あのバラ色の髪飾りと、吸い取り紙に飾ってあった忘れな草が……そして痩せて貧相なブルコーヴィチが机に突っ伏したとき、鼻先にできたあの涙の水溜りが……浮かんでは消えたにちがいない。

向こうではまたドイツ人の女の子たちと一緒なんだ！　またああいうドイツ人の学校に入ることになるのだ、今度は完全に本格的な学校に。

「ママ、どうしてドイツ人の学校に入るの？　どうしてそうしなきゃいけないの？　ドイツ人の女の子たちって、好きじゃないわ」

私はこの町のドイツ人の寄宿学校に、通いの寮生として入学して、すごく不幸な思いをしたじゃないの、それに、あの時はまだ家に帰って寝ることができたけど、こんどはドイツで眠るのよ、それもドイツでひとりっきりで。

あの小さな波！　白い滑らかな砂浜、小さな波が、ぎざぎざの波頭が長い列になって延びていて、絡み合った小さな蛇みたいに、次から次へと私の足元をくぐり抜けていった。私の裸足の足の裏はあの感じを憶えている……。夜明け頃の早い時間に海に出る草原を下って行くと、朝露が降りていたし、薄桃色の撫子(なでしこ)も咲いていた……穴の開いた船底を上に向けた古い平底船もあった。ヴォロージャと私はその船底に開いた穴に足を押し込んだり、長い竿をオールがわりにして砂浜を漕いでみたり、砂を掻いたりした、海の中でやるように……

「ママ、あっちじゃ、裸足はだめなの？」

「裸足？……」

ママは元気になり、ハンカチで涙を拭った。

そして突然、あの愚図な女の子たちの話がとび出した！

ママが私に愚図な女の子たちのことを話した。

断ちようもなく長くつづく別れという悲しみを貪欲な喜びへと、明るい希望へと一変させるのに、ありもせず、現実のものとはならなかったあの「愚図な女生徒たち」には、いったいどういう力があったのだろう？　ママはその子たちのことをどこから知ったのだろう？　そんな子たちのことを、なぜ私に話す気になったのかしら？　ママは話し続けた。

「その学校ではね、ドイツ人の女生徒たちはなんでも自分でするのよ、二週間ごとに当番があるの、ある子は寝室の当番、ある子は食堂当番、ある子は廊下当番って具合にね。でも毎週土曜日は全校をあげて、敷ぶとん（チュフャキー）を草っ原に放り出すのよ（きっと、窓から放り出すのね）、そして葦でできた鞭で叩くの。一週間に二回、貧しい人たちに服を持って行ってあげるのよ……シスターたちは親切で、学校を建てたのは、プロテスタントの女子聖職者教団で……」

私は聞いていなかった。私には見えていたのだ、青々とした草っ原に少女たちの列が、愚図（チュ）な女生徒たち（フャキー）*の列に振り上げられる葦の鞭の列が。鞭で思いきり叩くペタリペタリという音も聞こえて、お日様も照っている。

＊「チュフャキー」にはわらなどをつめた「敷きぶとん」という元の意味のほかに口語で「ぐず、うすのろ」という意味もある。

何もかもが新鮮で、何もかもありそうもない、自由奔放なことだらけだ。私もいつも自分がそんな風に初めて出会うことだらけの、知らないことだらけの人間でいたくてしかたがなかった。それが――自由（ヴォーリャ）ってものだわ。

そうなると、勉強部屋は今ではいちだんと寒々とした場所と化してしまって、元に戻ることもなくなり、古い生活は色褪せてしまった。放浪好きな心は前へと、新たな未経験の、そして突如私を招き始めたことに向かって突進した。

それは裏切りだったし、私は裏切者だった。私は自分自身を自分の浅はかな喜びを通して観察し、理解できないままに自分自身に驚いていた。ママはすごく傷ついて、もはや私を撫でることができなかった。

でも私は撫でてもらう必要もなかった。胸は期待に弾んでいた。だが宗教上の誓約と欲望が私を待ち受けていたのだが。

惑わしの道しるべ。

愚図な女生徒たち（チュフャキー）の件は勘違いだったと分かった。女子聖職者たち（ディアコニースィ）の学校では（この人たちのことをふざけん坊の私の姉は、ママには内緒で、聖職者の妻たち（ディヤーコニツィ）の学校と呼んだものだった）愚図な女生徒たちを草っ原で罰したりなどしなかった。学校は退屈で、煩わしく、陰気だった。

格子付きの窓が下の方に並んでいる三階建ての黒ずんだ煉瓦の建物をまっぷたつに分けてい

る幅広い廊下を、紺色の制服に、糊の効いた裾飾り付きの白い頭巾という身なりの女子輔祭のシスターたちが足音を立てずに、事務的に滑るように行き来し、輝きのない微笑みを浮かべて、静けさと礼儀正しさをあくことなく要求していた。勉強を教えていたのは二人の牧師。足が短くて髪が白く、太いお腹が揺れるのがステファン牧師、栗色の巻毛に青い目をした、若いけれど足を引きずるのがガッテンドルフ牧師だ。

私の年上の女友だちの何人かはこの先生に恋をしていて、先生を慕って泣いたり、先生のことで喧嘩をしたりしていた。

けれどもルチアは、もちろん、違っていた。ルチアは私のものだった……

窓から眺めていたら、美男の青年が黒ずんだ高い煉瓦塀の中にあるくぐり戸の敷居を跨いで、砂地の広場を玄関先の表階段に向かって片足を軽く引きずりながら歩いて来た。長さの違う二本の足の竿と、その竿にぶら下がる皺だらけの、過ぎし日々の動作を立派に憶え込んでしまったラシャ地とが、私には嫌な感じがした。そして腑に落ちなかった、優しい頬と顎を覆ってしまっているあんなごわごわして獣じみた髪の毛が、どうして格別に素敵なのかしら。

私の目には明るい窓辺に並んでたたずむルチアの青白い顔がみえていた。死の運命にある灰色の瞳は薄紫色の光を放っている。そして暗い亜麻色の二本のお下げは銅(あかがね)色を帯びて軽く波打っている。

ルチアは結核を病んでいた。彼女はエジプトのアレクサンドリアの生まれだ。お母さんは彼女を最初はスミルノの、ここと同じような女子聖職者協会の学校で教育を受けさせて、その後で、この北部のライン河畔の学校へ転校させた……。お母さんは、きっと、ルチアが好きではなかったのだ。でもルチアはそのことを打ち明けるのを恐れていた。そして黙ったまま死に向かっていた。

ルチアは私よりも年上だった。「上級生」なのだけど、私と「いつも一緒」で、そのことは私の大きな誇りだった。

私はルチアに恋していた。

彼女が悲しげに、驚いたように優しく、不意にあの細くて軽くて、乾いた熱い両腕で私の首をぎゅっと抱きしめ、身を反らせて潤んできらきらするあの薄紫色の目で私を見つめはじめると、私は何分かの間、混乱して時間が止まってしまう、心臓がドキンと打って止まってしまうように。

それは恐ろしいことだった。氷の山をまっしぐらに下っていくような感じ。死に脅かされているような感じだった。

ルチアは宿命の女（ひと）だった。きっと、ほどなく死ぬ運命だったからだろう。そしてその間近に迫った死は、彼女のうちにひそんでいた——私たちのうちで誰一人として、そしてルチア自身も、そのことを知らずにいたけれど。

私たちが決められた相手から離れてもよい時間になると、私はルチアと庭や廊下で会ったり、散歩を共にするようにしていた。私たちは学年もファミリーの班も違っていたからだ。

私たち女生徒はいくつもの「ファミリー」に分けられていて、十四名から成る各ファミリーには、女子輔祭が一人ずつ付いていた。それぞれのファミリーは、決められた共同の寝室で眠り、食堂でも決まったテーブルに着き、散歩の時は決まった相手とペアで歩くことになっていた。一週間に二度、私たちは高い煉瓦塀の外へ繰り出した。小さな町の煉瓦造りの家々の並ぶ通りを抜けて、自分たちが縫った服を貧しい人々の所へ配りに行った。

当番の義務はなかったが、そのかわりに、私は二週間ごとに寝室の掃除をしなくてはならなかった（でも敷ぶとん（チュファキー）の掃除ではなかった）。きれいな水を階段の上へ運んで、汚れた水を下へ運ぶ、それに、水のはねた長い洗面用テーブルを拭くだけのことだった（私はこれが嫌いだった）。

時々私たちは踊りたい気分になった。ルチアはとりわけ頻繁に踊りたがった。彼女は頭を反らせて、花の茎のようにほっそりとした両方の腕と掌——それはここの庭に咲く、すっくと伸びた透き通るような白百合の花を思わせた——を頭上に高く伸ばし、その場を動かずに静かに小刻みに足を震わせることができた。ルチアがそれをすると、長くて白いシャツの下から、真っ白な雉鳩の小さな翼のようなものが見え隠れするようだった。私たちが踊っていたのは夏の夜更けで、ファミリーの寝室にシスターたちが一緒に眠りにやってくる前の時刻だった。

踊りが始まると、私と仲間たちのために見張り番が配置される。

そうして静寂のなかで踊ったり不動のポーズをとったりするルチアの姿を見ているうちに、しばしば、わけの分からない興奮に誘われたことを覚えている。息をつくのも難しくなってしまって、私の中からありとあらゆる考えが、歓喜の全てが、ありえない、自覚のない欲望の全てが、まるで一気に迸り出るような心持になってくる。そうなると私はルチアをびっしりと取り囲んでいる女友だちの輪から走り出て、彫像とほとんど変わりがなくなってしまったルチアといっしょに、夢遊病の女さながらに踊り始めた。

私の動作がどうだったかは分からないけれど、なにか狂気と解放感を伝染させる病原菌が潜んでいたらしいことはまちがいない。なぜなら一分ごとにびっしり固まった輪の中から、次々と踊る女生徒たちが抜け出してきて、私たち二人がくるくる回ったり、狂おしくあがいたりしている渦の中に引き込まれてしまったからだ。そして踊りのせいで息苦しくなったり、緊張して凝視したせいで潰れそうになった胸からは、叫び声と歌声とがとぎれとぎれに漏れ出て来るので、叫んだり歌ったりすることが破滅に向かっているように意識され、それで、叫び声と歌声全体が筋肉の収縮するたゆみないリズムにのって、息もたえだえに歓喜の呻きとなって吐き出されていた。

階段のまぎわまで廊下中に見張り番が立たされ、踊っている生徒や間近で見ている生徒たちがシスターの来る前に寝室へ駆け戻って、毛布に潜り込む余裕があるように、約束の合図が決められていた。その合図があったときの素足の足裏が床を蹴っていく音と、シャツ姿で疾走する軽やかな身体がたてる微かな響きとが思い出されてくる。

　私は踊った後の夜が好きだった。それはある種の鎮静状態だった。枕に押し付けられた心臓は荒々しい鼓動をまだやめようとはしないが、やがて静まる。そのときに飽かず見極めようとする私の貪欲な魂がすっかり忘却の底に沈むのだ。

　それは安らぎだった。

　そんなことでもないと、昼も夜も安らぎがなかった。いつもいちどきに、いつも別々のことをたくさん要求されるものだから。私はこの学校に入ってからも自分の神さまを取り戻してはいなかった。校内のどの扉の上にも聖書の言葉が板書で吊るされ、壁に刻まれ、私を咎めていたけれど。私たちは主の恵みや主の審判についての言葉や、主の呼びかけと主の威嚇について記された文章にぐるりと取り巻かれていた。

　私はしきりにうろつき回りながら失くした人を探しつづけた。けれども見つからなかった。黙ってはいたものの、恐ろしい気持ちになっていた——ひどく孤独だった。

　ルチアには話さなかった。彼女自身も分かっているのではないかと不安だった。ルチアは間もなく死ななくてはならない人。彼女の滅びることになる目の薄紫色の輝きは、慰めようのない憂いに燃えていた。私たちは皆なぜか、ルチアが死を運命(さだめ)られた人なのだと承知していた。

『お医者様がいわれたのよ、あの人は死の運命だって』

　女友だちの間ではこんな風に、まさにこの言葉どおりにささやかれていた。その言葉が恐ろしくて、謎めいていて、美しかったから。

もしもルチアに神さまのことを、神さまがいないのだといえば、賛成してくれるのは分かっていた。でもそれを聞くことは、私にはきっと耐えられなかっただろう。今にも自分が床に寝て、犬のように爪で床をガリガリ掻いて、犬のように吠え出しかねない気がした。私にはそれほど恐ろしかった。

そしてこの恐ろしい瞬間のことを自分でしばしば想像したりした。

痩せっぽちで、黒い瞳で、信心深いゲルトルート・クローネは親切な女子輔祭たちが無料で養育してきた孤児で、彼女もやはり私の友だちだった。ルチアとは違っていたけれど。

私は痩せぎすなゲルトルートを憐れみながら悩ませたり愛したりし、彼女の方は私にたいして崇拝の気持ちを抱いてくれていた。

私は崇拝されるのが好きで、それを探し求めていた。その崇拝のためならば、勇敢な行為、大胆な行為を、怖すぎるという理由で止めにすることはなかった。私がやってのけた勇敢で大胆な行動にたいして私が罰を受けるのを見て、クラス全員の顔が崇拝と畏敬の念いに燃え輝くのを目にするとき、私のうちには突如として、達成されたもの、必要なもの、本当のもののもたらす静寂が訪れるのだった。

それに、罰を喰らうのはそんなにたいした災難かしら！

教室で私はドイツ人のステファン牧師とガッテンドルフ牧師を困らせてやった。授業中にひときわ鋭く乾いた歓声をあげてみせたのだが、私を犯人として捕まえることは不可能だった。

「何だ（ヴァス）！　どこだ（ヴォー）！　何たる（ヴィー）！　いつだと（ヴァン）！　何だ（ヴァス）！　どこだ（ヴォー）！　何たる（ヴィー）！　いつだと（ヴァン）！」

　侮辱を覚えた先生はクラスに向かって、罪人の引き渡しを要求するけれど、クラス中が黙りこくったまま。ある時、そんなさなかに入室してきた校長先生——全身の体積がやけに大きくて、公正な顔付きをした怖いシスター、ルイーザ・コルテン——が私を咎めにかかると、クラス中の生徒がかばってくれた。初めは校長先生に反感をみせるだけだったのが、そのうちいっせいに涙ぐんだり、泣き出したりした。

　私は月曜日ごとに倉庫から、日曜日に食卓にのぼるシナモンと砂糖をまぶしたミルクとバター入りのパンの残りを盗み出していた。

　もしも見つかったら、とんだ大恥！

　でも獲物を手に入れたら、輝かしい大勝利！　だから私は盗んだパンを恭しくいただいていた。

　当番の生徒が、シスターや牧師さんが来る直前にふざけていた生徒の名前を黒板に大きな字で書くことになっていたけれど、私は書かれた名前を消して、かわりに自分の名を書いたりした……

　教室から追いだされる羽目になった。

　罰として書き写しを命じられた。

　散歩に行かせてもらえなかった。

人気のない三階にも監禁された……

そこは恐ろしい場所だった。蜘蛛もいた。

自分の目で見たのは全部で三匹だけだが、三匹いたってことは、つまりたくさん、いくらでもいるってこと。そのうちの二匹は、かつては共同寝室だった、がらんとしたあの空き部屋の窓に巣を張っていて、三匹目は全然見えない長い糸で天井からぶら下がっていて、私が初めて監禁されて最初に迎えた朝に、目覚めてみると、なんと私の顔の真上で揺れていた。

私は甲高い、けたたましい金切り声を上げげた、私は蜘蛛が怖かったから。むろん叫んでも誰も駆けつけてはくれなかった。私が居たのはわが家ではなく、女子聖職者協会の運営する学校で、人気のない三階に閉じ込められていたのだから。

長いこと叫んだあげく息が切れて口をつぐんだ私は、その時になってようやく頭を枕から引き離し、ベッドの真上に垂れさがっていた恐ろしい蜘蛛から慌てて逃れる気力を取り戻した。

夜になると、私は寝る前にベッドを部屋の真ん中に引っ張ってきた。すでに昼間には、窓辺にくらす二匹の蜘蛛とは十分に親しくなっていた。窓辺にいる蜘蛛たちの粘り気のある巣には蝿どもがかかっていた。蜘蛛たちは一本調子の細くてうるさい音を立てつづける蝿どもに駆け寄ると、事務的にその周りを回りはじめた。二匹の蜘蛛による包囲はもがく蝿どもを静かに、しっかりと糸でくるんでいき、蝿のあげるジジジという音はゆっくりと、まるで消え入るように止んでしまった。まもなく静けさが訪れ、糸にくるまれ灰色の小さな綿の塊りとなった蝿の体には、ひょろ長い痩せぎすな蜘蛛が軽やかに、音もたてず動きもせずに吸い付いていた。その間、私も、息が止まりそうな思いで見つめていた……

一度は、窓枠に止まっていた蠅を捕まえて、自分で蜘蛛の方に押し込んでやった……

ほどなく痩せぎすのゲルトルートが私から悪い感化を受けているのが見つかってしまった。校長先生が私を呼んで、彼女と「二人きりでいること」を禁止した。

そこで私たちは夜ごとに、廊下の奥の方の隅っこで、黒いショールをかぶって会い始めた。その方がいっそう甘い気分になった。

初めのうちはゲルトルートは臆病かぜにとりつかれて、私に会うことを断った。自分の後見人のことをとても怖がっていたのだ。でも、来なさいと命じる私の目の方が、もっと怖かった。それで、最初のうちは黒い目の子山羊みたいに震えながらやってきた。それから安心して、それから恋に落ちて。私たちはささやき合い、キスし合った。お互いにその日にやってのけた手柄や悲しい出来事を報告した（二人は違う学年だった）。そして彼女は泣きながら、ルチアのことを愛さないでと私に頼んだ。

「お医者様がいってたわ、あの人は死ぬ運命（さだめ）だって。でも、知ってる？　私だって結核なのよ。見てよ、私、こんなに痩せていて、黄色いのよ」

私は気の毒になり、同時に羨ましくもなった。運命（さだめ）ってことは、なんて美しいのだろう！私は二人が羨ましくなり、邪悪な感情に駆られて、奇妙な言葉を吐いた。

「ゲルトルート、知ってる？　あなたには打ち明けるわね、私、ルチアをちっとも愛してなんかいないわ。あの人の方が、私にご執心なのよ。あなたにあの人のメモを見せてあげる……ほら、ここに、いっしょに居てちょうだいって、私に頼んでいるメモが……」

私は自分の懐を探す。でも、もちろん、そこにはありもしないメモなんかない。

「あら、失くした。大変だわ！　ゲルトルート、私、どうしよう？　もしもあのメモが上級生たちに見つかったら、可哀そうだわ。だってルチアも『上級生』よ、忘れないでね。ああいうお馬鹿さんたちは、下級生の私と仲良くしてるってことで、あの人を軽蔑するようになるわ」

喜劇は首尾よく運んだ。ゲルトルートは愛する者の黒い瞳の輝きを見せて、心配している。

「思うんだけど、あなたがメモを失くしたのは、体操をした庭なんじゃない？　それなら大丈夫よ、プリンセス。あそこは庭師がお掃除をしているから、誰にも見つかりはしないわよ」

あの子たちはいつも私のことをプリンセスと、追放されたプリンセスと、みなしていた。私が、故郷では雪原の天幕で暮らしていて、蠟燭になる豚脂（サーロ）を食べて、床まで届く長い髪には、溶かした脂を塗っているのだ、と語り聞かせた相手たちでさえもそうだった。

「床まで届く髪って、どこへ行っちゃったの？」

「私がここへ旅立つ前に、身体を洗われて、髪は切り落とされたの……」

学校では朝から憂鬱と気だるさが始まる。

廊下に響くベルの音は脳に突き刺さり、心臓を不安にさせる。

夜の間に身体で温もった毛布を、寒さにふるえる肩の上に引き上げ、心臓の動悸に聴き入って、眠たい目を細める。でも衝立の向こうから私たちのファミリーのシスター、マチルダの声が上がる。いつも良く響く声だから、いつも目が覚めてしまう。

「お子たち（キンダー）、朝ですよ！」

朝なのか？　暗い。鼻を突きだすと、寒い。

衝立の向こうはざわついている……ほら、もうあの人が、のっぽで紺色の制服を着て、あの冴えない、子どもが辛がってるような目をした長い顔の上に、縁（ふち）飾りつきの白い頭巾をのせたあの人が姿を見せた――夜も寝なかったような顔をして。

凍り付いた床に両足で一気に跳び出る。当番の子が壁に吊るされた二個のランプに火を点す。

寝室の中央には、部屋の長さと同じくらい長い洗面用のテーブルが置いてある。そこにある水差しには、夜の間に薄い氷が張っている。

「はやく、顔を洗いなさい！」シスター・マチルダが指示をする。「冷たい水は身体を健康にしてくれますよ」

健康だって！……健康なんて、私に何の関係があるのよ？　ルチアは健康？　神さまが私にも、あの人みたいに死ぬ運命にしてくれたらいいのに。

階下の食堂には全校生が集まっている。長いテーブルの上の方には、幅のある鉄の帽子をかぶったランプが低く吊るされ、朝の白っぽい薄明りのなかでは黄色い光を届けられずに燃えている。縁の分厚い粗悪品の白いティーカップの列、スライスされた灰色のパン……当番たちが座っている生徒たちの間をぬって、背の高いポットから薄いコーヒーと沸かしたミルクを注いでいく。

熱いっ！　夢中でカップにすがりつく。寒さと空腹のせいで、憂鬱な気分はつのるばかり、ますます心細くなる。そして悩みはいよいよ深くなる。

この世に無いものが欲しい。こんな寒さと薄暗さのなかにいると、こんな異国で孤独でいると、有るものは何にも欲しくない、無いものが欲しい。

押し黙って嫌々ながら、やけになってごくりごくりとコーヒーを飲む。ポケットには半分だけ読んだママからの手紙を突っ込んだまま、今日で三日目になる。

ママはどんなことを書いてきたのかしら？　ママになんて書いたらいいのよ？　ママは私のこと以外、何に興味があるのだろう？

考えても浮かんでこない、でも愛も浮かばない。

ルチアはずっと遠くの自分のファミリーのテーブルに着いている。

ゲルトルートは、ここでも席を移されてしまった……私から……悪い影響を受けないようにと。私の中に悪魔がいるのならば、私があの子をダメにしているとしても当然よ。

私はその悪魔を信じるけどな、はい、信じますって同意するけどな、もしも神さまが信じられるならば……

こんなことが起きた——私が悪魔(あれ)に、自分のあれに気付いたときのことだ。コーヒーの後に全部のファミリーが特別に設けられたホールで一緒にお祈りをすることになっていた。そんなお祈りのさなかに、私はしきりにくしゃみをした。実を言うと、私はいつでもくしゃみを堪(こら)えることができる、それはとても簡単だ。胸に少し多めに空気を吸い込んで、呼吸をせずにいるだけでいい……でも、この時はおかしくて挑発的な気分になってしまって、周囲のみんなの気持ちが神さまから離れて、私に向かってしまったのを私はちょっとの間はっきりと感じた。

　私は何度も何度もくしゃみをしつづけた……

　長いお祈りを小言で台無しにしたくなかったのだろう、私はしまいまで注意されなかった。ところがもうお祈りが終わってドアに突進していくと、厳しい校長のシスター、ルイーザ・コルテンの大きな声が響いて、私は肩をつかまれたかと思うほどきつく呼び止められた。

「ヴェーラ、あなたには、いったい、どんな邪悪な霊がとりついたのでしょうねえ？」

　すると私は、まちがった憤怒の激情にかられて、我を忘れて叫んでしまった。私は遠方へ追放された身空で、孤独で、悪い女の子なのに。

「ロシアの霊です」

三階に三日間監禁された。巣を張っている蜘蛛たちの仲間入りをして。

　家には手紙が送られることになった。封筒にアドレスを書くようにいわれた。もちろん、手紙は家には届かなかった。ありもしないアドレスを書いたから。手紙は二か月後に戻って来た。

でもその前に私は列車の事件と、池での事件を起こし、ショールに隠れてのルチアとの密会事件もやらかしていた。

私たちが池を見ることになったのは散歩の時だった。

ある時、私たちは貧しい人たちの所へではなくて、なだらかな野辺へ散歩に出かけた。春になってまもない日だった。私は髪の毛や眉毛の色が白っぽく、人柄の良いアグネス・ダニエルスとペアで歩いて行った。皆に蔑まれていて、ゲルトルートとともにからかいの対象にされている女の子だった。でも私を好いて崇拝してくれるので、私もその子には永遠の友情を誓っていた。

起伏もなく地肌を見せて広がる野辺は所々で何列かに植林された疎らな小さな森によって遮られ、そんな木々の列が、アレクサンドラ先生の髪の疎らで寂しげな分け目を思い起こさせた。

喜びも茸も見出せないままに木々の横を通り抜けると、景色が一変して、秋播きの緑の葉も鮮やかに、黄色い芥子(からし)の花が一面に咲いている畑に出た。

不意に足元が険しい下り坂になったかと思うと、草っ原が始まった。私たちは散らばってもいいといわれた。

地面がそんな風に突然、下の方へ傾斜しはじめたことに、私はひどく興奮してしまった。私は仲間たちを放り出して、駆け出してしまった。心臓が烈しく鼓動しはじめ、呼吸が切れ切れになった。何かをやってのける必要があった。何かやらなくては、何かやってのけなくては。

私は下り斜面にびっしりと茂る背の低い草を片方の足で蹴りながら駆け降りて行った。

草原の中の何かが行く手を断ち切っていた。それは平らな一本の直線とそれに沿った二本のきらきらした線条（すじ）だった。

そこへ突如として狂おしい叫喚が響きわたった——はるかなのどかな彼方までなだらかな広々とした空間が開けたその光景のすみずみにまで響きわたったのだ。それは辺りをつんざいて、長々とつづく野蛮な雄叫びであり、なんだか狂暴化した絶望から発せられた叫び声だった。そしてゴーゴーと唸り声を上げながら大蛇がどんどん突進してくる。私ももはや我を忘れて駆けだした。

いくつもいくつも野辺を越え、平らで整然として果てしなくつづく野辺を越え、いくつも森を抜け、森の縁に沿って、あの先生の髪の分け目みたいな森の縁に沿って、手作りの煉瓦の家々——そこはシスターたちが、女子輔祭のシスターたち全員が住んでいる所、それに憂愁も、平和も、それに窮屈で有難迷惑な厚情もまとわりついている所だ——を通り越して走って行くがいい。どいて、どいてちょうだい、煙のたてがみを揺らせて、轟音を上げる怪物よ、きらきら光る道づたいに私を運んで！　遠くへ、はるかな遠くへ、道の果てへ、最果ての、自由な、たどり着くことの不可能な彼方へと。

踏切の遮断機の前でたたずむ。心臓が死にそうなほど跳ねている胸を、遮断機の鋼鉄の胸に向かってかがめた。

この縞模様に塗られた遮断棒をくぐって潜り込むために――そうすれば私はレールの上だ。ほら、あれが、あの轟音を響かせる機関車の呼吸が、私の耳に、心に、私の呼吸にまで、荒々しく迫ってくる、呼吸を止めるのだ！　と……

「私を連れ去って、それとも殺して……」

旋風が私をくるくる回し、火と煙を吐く音も……

ぎゅっと摑まれている私の片方の手が激しくもがいた。目の前にあるあの滅びる定めの薄紫色の目の光が、一瞬にして暗い薄紫色に変わり、ルチアの顔色は着ている純白のドレスよりも白い。唇が開いて、しゃべっている、叫んでいるのかしら？　でも、旋風の唸りと轟音の中で聞こえるものかしら？　ふわふわの髪の毛が、あかがね色に輝く一片の雲のように頭の周りでひらひらと揺れている。

それから――轟音は遠ざかり、旋風は収まってきた。唸り声はとつぜん号泣に変わり、切れ切れにしか聞こえない。

「……もう、この前の時も、する気でいたのよ。でも、あなたを見て……分かったの、あなたが走るのを見て、あなたも、そうしたがっているのだって……」

私はなんだか不意に分かって、ぞっとした、私たちがたった今、しようとしていたことが分かって……私たち……私と彼女が。そして汽車があそこを駆け抜け、走り去ってしまったことが、そして私たちだけがこうして野辺にたたずんでいて、二人とも死を運命（さだめ）られた者同士だってことが私には分かった。そしてレールは遠くの方で輝いていた……その時、私の口が開いて、ぶざまに、家でやっていたように、わっと泣き出した。

ルチアの全身が震えだし、見たこともない悪意に歪んだ顔付きになると、私の胸を突き離した。そして友だちの方へ駆け戻って行った。

そのあとは、私は黙ったまま、すっかり大人しくなって歩いて行った。ルチアを、それにゲルトルートも、アグネスも避けながら。ところが私たちが池までたどり着くと（あの物憂げで緩やかな傾斜の草原を下った先に、その池があった）、灰色をおびた真珠色の平らな水面に絹のような漣（さざなみ）がキラキラと反射しながら広がっていき、向こう岸の湿地に生えた葦の茂みの方へと、そっと、さやさやと、ひそひそと打ち寄せているのが私には見えた。私はもう、じっとしていられなくなった。それで進んで行った。なおも進んだ。そのまま、前へ前へと。穏やかな、生死を左右する池の水。その池の水位が高まって私の腰を抱きしめるまで、岸辺で最初に長くつづく悲鳴と叫び声が上がるのが聞こえるまで進んで行った……

濡れたスカートを引きずって歩くのは、どんなにつらかったことか！　おまけに短靴はぺたぺたと鳴っていた。ルチアはそばへは来なかった。ルチアは軽蔑していたのだろう。ゲルトルートが近よって来て、おずおずと訊いた。

「どうして池の中に駆けて行ったの？」

「あれは池じゃないわ」

「じゃ、何なの？」

「あれは海なの」

それからさらに一分が過ぎて、重苦しく移り変わる自分の悲しみにすっかり打ち克つと、私はほとんど叫ぶようにいった。

「あれは海なの！　海なのよ！」

ルチアに軽蔑されてしまったかしら？

でも、その日の夜、ルチアは私にいった。

「あなたは、どうして子どもっぽいゲルトルートと一緒にいられるの？　あの子はお馬鹿さんよ」

「それはね……あなたを苛つかせるためよ」

私はなぜか分からないままにこんな返事をしてしまった。

ルチアは腹を立てた。

「私が誰なのか、忘れてるの？　私はあなたよりも面白い友達をいっぱいつくれるのよ」

「そりゃそうよね、でも、あなたが愛しているのは上級生じゃなくて、この私じゃないの」

私は不遜にもそういってしまった、そして、これで何もかもお終いだ、でも、いいたいだけ、いった方がいい……かまわない……という気がしていた。

ルチアは黙った……不意に悩まし気な、驚いたような、優しい顔になり、細くて軽い、乾いて熱い両腕を私のうなじに投げかけると、身を反らせて、薄紫色の潤んだ目の光を惜しみなく私の目に注いで見つめた。私は少しのあいだ混乱して、時間が止まってしまった、心臓がドキンと打ったきり止まってしまったように……それは恐ろしかった。氷の丘からまっしぐらに下って行くようで、死の脅威にさらされているかのようで。

ルチアはその日の夜に、私たち二人（私とゲルトルート）が会う廊下の片隅に来てくれるといった。そこは夜になると暗くなるのだ。

私はゲルトルートも呼んでおいた、朝の合同の長いお祈りの後で、ドアの周りに群がっていたあの子に早口でささやいておいた……ただし、私はこういった。

「いいわね、いつもの片隅じゃなくて、向かい側のコート掛けの所で待ってて」

彼女は向かい側の隅っこで待っていた。ショールを被り、十二歳のわりには背の高い身体を、いつもとても温かくてしなやかな全身をぎゅっとちぢめて……。今日、ゲルトルートはルチアが私のことをどれほど愛しているかを見るのよ。がらんとした片隅にひとり突っ立って見るの。

黒いショールは私が持って行った。そして私はルチアの手を握って向かって行った。その夜、私はショールにかくれてルチアに何もかも話した。そうなったのは、二人が汽車と池のことを思い出したからで、またルチア自身が気がふれたみたいな様子だったので、近づいて行ってもゲルトルートがいるのに気付きもしなかったせいでもあり、私たちが、なんだか死と病気の悩みに駆られて、まるで……死ぬ運命の者同士のように、ショールに隠れて激しくキスを交わしたせいでもあった。

私たちは、もちろん、二人とも滅びる運命（さだめ）の者同士だった。彼女は死の、私は破滅の運命……だから私は彼女に神さまのこともすっかり話してしまった、神さまはいないのだと、できないことなんか、何ひとつないのだと。

ルチアは驚かなかった。当然ながら、私が予想していた通りのなりゆきになった。究極の恐怖。まもなく死ぬ運命にあるルチアは、神さまが存在しないことがもう分かっていた。そして二人はなんだかひどく激しく悩ましい抱擁を交わした。まるでそうすることで、現実を忘れられるかのように。

ゲルトルートのことは、彼女がどこに消えてしまったのか考えてもみなかった。

翌朝になってコーヒーの時間に、ゲルトルートが厳しい罰を受けたことを知った。夜中に彼女の姿が寝室に見当たらず、庭でなにやら荒（すさ）んだようすでいるところを発見されたのだった。あの子は二週間、私たちの前から消えたままだった。監禁されていたのだ。

私の方は池での一件と密会事件を起こした翌日、夕方に教室で自習をしているところを校長先生に呼び出され、厳しいお説教をくらった。私がゲルトルートを駄目にしているというのだ。私の中に永遠の反逆の霊が棲みついていて、私の目の中や、私の動きの内にひそんで、私の言葉のはしばしで大声を上げている。それは悪魔の霊で、私が誰かに近づくと相手はそれを感じとる。弱い者たちはその霊を自分のうちに受け容れてしまう……ゲルトルートの場合のように……もしも、この先、いついかなる時でも二人がいっしょに居るのが見つかれば、もしも手紙のやり取りをしたならば、二人が目を合わせることとさえ許されないけれど、そんなことでもしたと分かろうものなら、ゲルトルートは即座に退学させられ、後見人のもとへ送られることになるだろう。

ゲルトルートを退学させるなんて！　私じゃなくて、あの子を追い出すなんて！　そのことに私は仰天してしまった。そして尊大で信心深げな顔をしたシスター、ルイーザ・コルテンの決然とした目を、いっそう深い軽蔑をこめて見返してやった。

散歩の後は教室で三時間ほど予習をすることになっていた。私の身を案じながら予習をしていた友だちのところへ校長先生のもとから戻った私は自分の席に座ると、わっと泣き出した。そうする以外に何ができただろう？　私の振舞いの一つ一つが私にではなく、ゲルトルートに悪い結果を及ぼすことになるなんて。これからは私があの子を守ろうとして、二人の友情を守ろうとして何をしても、私ではなくて、あの子が被害をこうむることになるなんて。

私は人生には場所を問わず不正が存在することに初めて打ちのめされて、泣いていた。

権柄ずくの重圧が私の背中にのしかかり、頭を机へと押さえつけた。顔をプラトークに埋めて私は泣いて、泣きやむことができなかった。三時間後に夜のお茶の時間を告げるベルが廊下に鳴り響くと、すっかり打ちひしがれ泣きはらして、足に力の入らなくなった私に、友だちが手を貸して寝室のベッドへ連れて行ってくれた……

私はあの痩せっぽちのゲルトルートに憐れみのまじる忘れがたい愛情を抱いていた……だか

らあの子が蜘蛛のひそむ三階から私たちのもとへ降りて来た時には、私は初めて血で記したメモをあの子に送った。その時以来私たちは血の文字で文通をするようになり、死の危険があろうとも私たちのために尽くそうという使者も見つかった。

私はシスターのルイーザ・リノに恋してしまった。この人は信じられないほど大きな丸い目をした人で、瞳の色は澄みきった水色で、子どもっぽいふっくらとした口が、天上界の天使の口にそっくりだった。

私の秘密が裏切られてから私はもう誓ったり約束したりしなくなっていたけれど、私の心はこれまでどおり燃えていた。それで私はこの人にも、神さまについて自分が知っていることを話した。今ではもう、いっそう確信がもてるようになっていた——あの人が存在しないということが。

私は裏切られるのは好きではなかったから、この恋はたちまち過ぎ去ってしまった。この人はよりにもよってシスターの、ルイーザ・コルテンに告げ口をしたのだ。

背の高い校長先生がもう一度私を呼びつけたが、こんどは自分の厳格きわまる執務室で私を隣りの椅子に座らせて、優しくせがむような声で語ったものだった。「あなたの考えたことは、たくさんの人々が、偉大な人々でさえも、経験してきたことなのですよ」校長先生は話を締めくくった。「そういう人々は神さまを疑っていました、けれども、そういう人々には、つねに神の偉大さが明らかに示されて、神の慈愛に引き寄せられることになったのです」

それから校長先生は私に本をわたした。そして私は二日間授業から解放された。読んで、考えることに集中するようにと命じられた。

友だちがドイツ人の牧師と勉強している間に、私は離れたところにある煉瓦塀に沿った人気のない庭を行きつ戻りつしながら、ヴォルテールが奇しき日の出を目にしてひれ伏し、創造主を賛美したという話を読んだ。

私は賛美なんかしなかった。

手洗い桶の汚水を器用に、音を立てずに階段に撒き散らして、その桶の中にきれいな水を入れておき、いつもの掃除の時にその桶を下へ運ばせるようにしておいた。それをこっそりとやってのけた。だから誰も犯人を捕まえることはできなかった。捕まらないけれども、みんなには分かっていたのだ。私の方もみんなが知っていることが、分かっていた。そしてもはや私は必要もないのに、ありとあらゆることを逆さまにやるようになった。

そしてそんな時に、ある夜、私に悪魔が現れた。

私は救われたいと望んでいたけれど、叶わないままだった。心は空っぽで、病んでいた。それまでの私は自分の欲望が公正でないということだけを知っていたが、今では生活のすべてが公正でないこと、そして正義はないということを身をもって経験していた。

私の心は乱れ、焦りはつのった。そしてその時に悪魔が姿を見せた。

夜中に死にそうな憂愁に見舞われた。私はひとりぼっちだった。ルチアは病院に運ばれてしまった。呼吸困難の発作が起きて、血を吐いたのだ。ゲルトルートといっしょにいるだけの勇気はなかった。アグネス・ダニエルスはどういうわけか私が裏切ったと思い込んで、憤慨して離れていってしまった。シスターのルイーザ・リノには憎しみを覚えて、傍若無人な振る舞いをしては、苦しめていた。

私は新しい愛情を欲しいとは思わなかった。愛することは、裏切ること。裏切ることを覚えた心が、はたして孤独から免れることができる？　私は何もかも嫌でたまらなくなって、すっかり絶望的な気持ちでいた。

そして死にそうな憂愁に心を占領されても、私は喜びさえ感じていた。

私はベッドの上でつと身を起こして、窓の外にかかっている明るい靄（もや）を見ていた。月は見えなかったけれど、空間全体が月の光に満たされて、ゆっくりと漂うかのように揺れていた。私の喜びはふくらんでいった。野性的な喜びが大きくなって、心の中で膨らんで漂うように揺れていた。鋭い、邪悪な、誘惑的な喜び。

ひとりぼっち？　神に感謝よ！　邪悪？　神に感謝よ！　裏切り者かしら？　神に感謝よ！

身体中を締め付けられて、完全に蔑まれて、利発で、それに勇敢で、痛みに強く、惨めさにも恥辱にも強い女の子——それが私！　私なのよ！

神に感謝よ！

窓の外のどこかで月が輝いている。月がどこにあるのか分からず、月光だけしか見えないので、私は嫌な気分になった。月光はゆっくりと漂うように揺れている。そして私に襲いかかろうとしている、襲って自分の後に従わせ、そちらへ、窓辺へ、窓の外へ、何かまったく空っぽで新しい、それに恐ろしい空間へ運び去ろうとしているような気がする……

私は月の光が恐ろしくなってきた。もう分からなくなってしまった、自分の身に起こっていることが夢なのかうつつなのか。分かっていたのはただひとつ。しっかりと、しっかりと捕まっていなくてはいけない、全身の筋肉を引き締めて、しっかりとベッドにかじりついていなくてはいけないということ。漂いはじめないように、理解できない緑色のあの波によって、無気味な浮遊する波によって、水銀の波によって、窓辺へ、窓の外へ、新しくて、あまりにも広大無辺で、完全にがらんどうの所へと浮遊しはじめないようにしなくてはいけない。あそこに行ったら窒息してしまう、あそこに行ったが最後、窒息してしまう。

窓の外を見ながらも心は後ずさりする。あそこには悪魔がいる。鉄の爪で窓ガラスをギシギシ掻いている。私は笑い出した、何も怖くないわ。

どうして怖がったりしたの？

そしてベッドから飛び降りると、窓の外で屈んでいるあの影の方へと走る。ひんやりするけれど――裸足で床にふれているので――嬉しい気もする、心を決めたのだもの。

窓枠をドンと突いてやった。あいつをじかには突けないから。あいつは手強い。あいつはとても頑強で、しつこい。つきまとう。

窓敷居の上に、あいつに身体を向けて座る。でも相手は下の方にいる。ほら、あの松の木のそばに、窓の下の、ほら、あそこの松の木の陰にあいつの影が。

それとも私は夢を見ているの？　何もかも夢の中？　だとしたら、どこから夢がはじまっているの？　神さまがいなくなった時から？　それとも悪魔がガラスを引っ掻きはじめた時から？　それとも私がまだ良い子だった時から？　だとしたら、何もかも夢？　何もかもひとつづきの夢？

だとしたら、どうだろうと変わりがないじゃないの？　楽しくても、憂鬱でも、良くても、悪くても、それに、そもそも神さまだろうが、悪魔だろうが……

身を投げろ……

あの下へ。死ねやしないわよ。二階だもの。

あの時、なぜ汽車を怖がったのよ？

「ヴェーラ、ヴェーラ！」

いつもよく響いて、いつもパッと目覚めさせてくれる声が衝立の向こうから私を呼んでいた。きっと爽やかな夜風が、窓から衝立の向こうへと吹き込んだのだろう、窓は開いていたから、私は窓敷居の上に背をかがめて座っている——こうなると、きっと今のがうつつなのね、夢ではなくて。

その翌日に、校長先生がママ宛てにしたため、正しくないアドレスのせいで届かなかったあの手紙が戻って来るという出来事があったらしい。

その運命の郵便がまだ届いていない朝の時間に、私は階段でゲルトルートに出会うと、やにわに激しい怒りに駆られて、あの子に向かって叫んでしまった。

「今日、あの連中を全員、かんかんに怒らせてやるわ、あのブタどもを！」

シスター・リノがその階段の下に居合わせた。

私は三階へ連れて行かれ、家には私の退学を知らせる電報が送られた。

私を迎えに来たのは兄さんで、家族ぐるみで秋を過ごそうとしていたイタリアの海辺へ私を連れ出してくれた。ドイツで転校先が見つかるまで、私はその土地で何週間か暮らすことになった。

私は夜明けに、朝のベルが鳴る三十分前に連れ出された。誰にも知られずに。ゲルトルートも知らなかったし、ルチアは入院中で、私たちの乗った馬車は、白い靄がかかって何も見えない朝に、その病院のそばを通り過ぎて行った。

私は泣かなかった。まるで栓をされた瓶のようだった。愚かしいったらなかった。口まで液体が詰まっていて、しゃべることもできず、その中身が何なのかも見分けがつかないのだから。自分でも自分の心のうちが分からなかった、悪意？　後悔？　恐怖？　喜び？　絶望？　それともたんなる死なのかしら？　私が運命づけられ、ルチアもむろん、「知っていたせいで」運命づけられている、あの究極の死なのかしら？

兄さんもやはりイタリアに着くまでは、私と話し合おうとはしなかった。私と対面した時にもキスはせず、手を握っただけだった。といっても、一度だけ私に尋ねた。私が廊下に汚い水を流したのは本当かと。そしてその通りだと知ると、恥ずかしそうに悲しそうに私から離れた。さらにもう一度、レストランのテーブルではきれいなハンカチを使うようにと忠告した。

それだけだった。

イタリアの海辺で私は、口数少なく、有能で美人の義姉(ねえ)さんと、幼い息子たちといっしょに口数少なく暮らした。時々義姉さんの目を覗き見ては、慌てて視線を逸らせたりしていた。その昔、私がまだほんとうに幼くて、この人が兄さんのお嫁さんになったばかりの頃に、私はこの人に恋をしていた。この人の素早く動く白い手にキスをするだけの勇気はなかったけれど。あるとき、この人が朝に履くざくろ色のビロード地のスリッパを片方だけ掠めてきて、夜になると自分のベッドの枕元で、暖かくて木犀草(もくせいそう)の香りのするそのスリッパにキスをした。

あの頃の義姉さんは町中にある私たちの住まいを風のように素早く動き回っていて、皮肉屋で陽気で勇ましく、清楚な額には軽やかな髪の毛が踊っていた。

今は義姉さんのくっきりした弓型の亜麻色の眉の下から覗く、明るくて大きな目の中に現われるのは指図ばかり。それに、軽やかな睫毛をふいに素早く震わせる「黙って」という懇願ばかりだ。

白い手も頑丈で、動きが鈍くなり、たくましくてすっきりしている。

「働け、働け」その手のごつごつした輪郭は私に告げている。「問うことなく！　問うことなく！　そして耐えること、耐えること！」若くていかめしい額の上にできたいく筋もの細い皺は語っている。「そなたの務めは決められたこと。不平はいわずに黙ること」兄さんの家族は幸せで、仲が良かった。言葉少なめで睦まじかった。上品で厳格で……有能な家族だった。

甥たちと遊ぶのは好きではなかった。私は「小さい子たち」と遊ぶのは嫌い。馬車ごっこをしても、ぶつわけにはいかないから。

それで一人で海辺にでかけていた。

海は紺青で、岩は黒いといえるほど、そして黒くてさらさらした粗い砂粒の広がる浜辺には、打ち寄せる波がつくる白い泡が散っていた。

日光浴をするために波打ち際に腰を下ろして、じっとしていた。

考えごとはしなかった。何を考えればいいの？　考えだしたら、何もかも忌まわしいことだらけになってしまう。

もちろん、みんなの方が正しい、私の方じゃなくて。聖なる輔祭（ディヤーコニツィ）の妻どもは、つまり女子（ディア）輔祭（コニースィ）どもは、泥棒、嘘、キリストの教えに背いたこと、悪魔の霊が棲みついていることを理由に私を追放した。当然よ、聖者たちだもの。

ま、どうでもいい。勝手にどうぞ。

神さまがいないのに、聖者がありえる？

そんなの滑稽よ。誰でも聖者になれるなんて。望みさえすれば。馬鹿げている、輔祭の妻どもが聖者だなんて。あの人たちは本物じゃない。

でも本物になることもできるのよ。望みさえすれば、その人はなれるのよ。それは私にも分かっている。簡単なことよ、今の私がこうして呪われた女になったのと同じくらいに。

誰でも呪われた人になれるわ、望みさえすれば——それは確かで、やはり簡単で、はっきりしている、聖者になれるのと変わりなく。喜びも同じで変わりがないわ。

とにかく私って人間は、どっちにだってなることができる。なぜなら私はいつでも極限まで行ってしまうし、私って人間は、最後まで回転し、旋回しつづけ、踊りやまない人間だもの！

ただし、これだけは分からない。もしも、そんなふうに必ず聖者にも呪われた人にもなれるのなら（そうよ、そうなれるのは、きっと、聖者も呪われた人も存在してきたからだわ。誰でもそう教えるし、知っていることだ）、それならいったいどうして神さまがいないの？

熱いものといえば、火よ。氷ときたら、厳寒（マロース）よ。聖者ときたら、神さま。呪われた者なら、悪魔よね。

もう、やめよう。私は考えたくなかった。どんな聖者も、呪われた者たちもいないのよ。ただ馬鹿げた瞬間があるだけ。こんな風に一瞬また一瞬と、切れ切れに。もしも聖者たちが、せめて一人でも、誰か、たった一人でもいるならば、その一人が本物でありさえすれば、まさしく本物でありさえするならば、たちまちみんながその人と一緒になるわ、すぐにでも、みんなが一緒になるのよ、そして、ずっと、ずっとそんな瞬間のままでありつづけるわ。そして全ての時間が一瞬のうちにあることになるのよ。

つまり、一人もいなかったってことよ。本物の聖者は、いなかったのよ。

それで私も一人だし、瞬間も一瞬なのだわ。ほらね、波が次から次へと打ち寄せるたびに波頭が囁いている。

「私はひとり。私はひとり。私はひとり」

「一瞬、二瞬、三瞬……」

私は家族全員の顔に泥を塗ったんだ。

あそこには私のママがいるんだ。

アレクサンドラ先生はどこにいるの？

ヴォロージャは昨日、手紙をくれた。私は読まなかったけど。あの子は、むろん、一人で遊んでいるわ。

ロバのルスラン……馬鹿なことをした。今ならやれない。

太陽に焼かれそうだ。私は岩の影に入っていく。何かが鳴っている、かすかな、吐き気を催させるような嫌な音がたえまなくつづいている。

まさか、こんな所にまで蜘蛛が？

心臓が警鐘を鳴らしている。止めてくれないかな。あの翅（はね）の音、もっと静かにしてくれないかな！

ああ、あれは蜘蛛ではなくて、せせらぎの音だ。一面小石ばかりだけど、どこかに細い流れが走っているのだ。今、それが分かった。すると私はふいに楽な気分になった、押し潰されていた心臓から、ふいに重たい分銅が除かれたみたいに。それにしても分からない。なぜ、ふいに小さな信念が生まれたのか、こんなことは何もかも夢なのだ、すべてが夢で、家に戻れば目が覚めるのだという小さな信念が生まれた。

家に戻れば……

神さまとみんながいっしょにいる家に。

私は岩の影にいるのに飽きてしまった。ほら、あそこの岩はすっかり水に浸かっている、だから涼しいにちがいない。

新しい岩に移動してみると、紺青一色の水面に太陽が黄金の網を描いて戯れているのが見える。水底にあったいくつもの石が生き返った、金細工とまごう大亀たちの甲羅だった。小魚の群れが泳いでいく——銀色の流れが動きだしたかのように。

遠くはない所で——こういう岩だらけの場所では海は急に深くなる——イルカが丸い顔をした子どもみたいに、嬉しそうに飛び跳ねた。優しそうな丸い顔をしている。

私はさらに水面近くへと身体を屈める。

私のいる岩は、海水に浸かっている下の方は苔におおわれている。違う、あれは苔じゃない、あれもやっぱり生き物だ——縁にぐるりと吸水孔がついた茸で、鮮やかな紺青や赤い色をしていて、打ち寄せる波を迎えて縮まったり膨らんだりしている。あそこの孔雀石色の苔のなかでは巻貝の殻が、満ち潮を信頼しきって口を開ききっている。

陽光の落とす金色の網にからまれた水底の平らな石づたいに、何か黒いものが動いた。蟹だ。おかしな格好の蟹！　横歩きでなんとか進んで行く、脚とハサミだけの丸い全身は、どこへ向かっていくのか、分かっているのだ！　向かっていく先には、長くて狭い隙間がある。蟹はその隙間の中へ潜り込んだ……つまり、あの隙間の内側も空っぽの場所ではないわけだ。その中にはハサミをもつ、黒光りのする丸い蟹が暮らしているのだ。

陽光が海面に描き出す網が揺らいで、いくつもの金色の環に別れて移動していく。私にはその環たちの鳴らす音が聞こえる。それは砂浜に優しく寄せる波の跳ねる音、そして、砕けやすく、めまぐるしく色変わりする波のざわめき。

私はもうかなりの時間、座ったまま、生命のある海の中を眺めている。すでに濃さを増した紺青の海面に描かれる金色の網の目は、新たな淡青色や空色や銀色の黴(かび)に覆われている。

真昼になったのだ。

暑い。岸辺には人影がない。

水に浸かろう。

　水着を取りに家に駆け戻るまでもないな。坊やたちが一緒に行くといって離れないだろう。義姉(ねえ)さんには食事に遅れないようにっていわれるわ。このままでいい。残念ながら、ブラウスを脱ぐのは怖い。

　それとも、かまわない？　深く泳ごう。見えないようにしよう。

　その場所で私は小魚たちや、生きた茸たちや、巻貝たちや、イルカや、蟹と一緒に泳いでいる……ほら、海底に尖っていて、刺さると痛い棘のある黒いウニがいる。

　ウニがいるのは、ガラスのように透けて見える銀色がかった空色の深い所。ウニも、やはり暗い赤紫色に見える、海中では嫌な感じの汚点みたいに見えるあの海藻の茂みと同じ色だ。泳ぐのって気持ちがいい。必要になったなら、海底の砂の上を歩いてもいいわ、あのウニの、石のように硬い棘で足の裏を刺されるかもしれないけど、あの海藻の茂みの中に迷い込んでしまうかもしれないけれど……

　遠くまで泳いでいく。あどけない顔のイルカが見えた辺りまで。ここでは、きらきらする深みを見ていると、水はもう緑色に変わっていて、その中に見える太陽は、琥珀みたいに濃い黄色をしている。そして水に埋もれた岩々の定かでない影が広がっている。

　この岩々の中に鮫はいないかしら？　それともおなかの太い大きいイカは？　柔らかな吸盤で、吸い付いたら離れないあの吸盤で、私のおなかに迫ってくるかもしれない……

でも、しばらくの間、海中に頭を沈めて目を開ければ、ふいにひっそり閑としてしまい、いく筋にも分かれて流れている不透明な水中に包み込まれてしまうから、怖くはなくなるだろう……死ぬのが怖くなくなる……

塩辛い水は何もしなくても浮かせてくれる。くるりとうつ伏せになって、この世に目をつぶっていられる。

目を開ければ、赤紫色の薄闇。しじま全体が赤紫色に染まっている。

動かずに寝たままでいる。

見えない流れは、私をどこへ運んでいくの？

どこへなんて知る必要なんかあるかしら。

でも鮫のことを思うと、愚かしい恐怖がうごめく。

すでに私は岸辺の、肌理が細かく滑らかな砂利の上にいる……濡れた身体になんとかブラウスを着けたい。でも少し待ってみる、のんびりとして優しい気持ちで。怖くなんかないわ。真っ昼間に人気のない海岸を通る人なんか、いるかしら？

暑い。すでにしてすごい暑さ。おまけに頭を守るものがない。朝、馬車ごっこから逃げ出すときに、帽子を忘れてきてしまった。頭の中がうるさくなってきた。きっと、太陽が容赦なく脳髄を攻撃しているのね。

跳ね起きる。黒い岩々の方へ駆けて行く。日陰を探す。もう日陰は無くなっている。太陽は私を追い立て、頭をくらくらさせる、それに混乱した胸のなかでは酔ったような恐怖が、荒々しく鼓動しはじめた。

ほら、あそこの岩の間に隙間がある。考えもせずに這い込み、肩を引っかかれながら少しずつ身体を割り込ませて行く。頭がぐらぐらしてきて、呼吸が止まりそうだった。

隙間の奥深くには洞窟があった。湿っぽくて、静かで、暗い。頭と肩はもう、その洞窟の中にある。つづいて私の身体全体が洞窟の中に入った。

寝転んだまま、静かにしている。幸福だ。

もしかして、さっきの蟹がもぐりこんだ隙間の先が、この洞窟だったの?

目をつぶって、横になっている。微笑んでいるに違いない。涼しくて、しっとりしていて、静かで気持ちがいいのだもの。

両眼が開いた。目の近くには黒くて滑らかな石がある。これは私のいる洞窟の壁ね。私はこんな風に、何かに思いきり接近して見るのが好きだ。

不意に動くものがあるのに気付く。私の目が滑らかな石の壁にこれだけ接近しているので、こんな微かな動きにも気付けるのだ。下の砂のある所から、壁をつたって小さな赤い蜘蛛が這い上がってくる。全身は緋色のビーズ玉ほどの大きさもなかった。でも私にはその蜘蛛がはっきりと見える。その頭には小さな目が四つある。四つの点が突き出して光っている。

それは、もちろん、蜘蛛の目だ。

小さな蜘蛛は私の目と同じ高さまで登ってくると、ふいに止まった。動こうとしない。その四つの目を、緋色のビーズ玉についているその四つの目を、私は見つめる。そして、ふいに私は感じる、赤い蜘蛛のその四つの目が、私の目を見つめているのを、海のように測りしれないほど広い私の目を、岸辺のない海のような、私の二つの目を見ている……。その四つの限りなく小さな目は、私の二つの限りなく大きい目を見ている、見ながら測っている、怖がってもいるし、考えてもいる。

一瞬、二瞬、三瞬……

息をひそめて蜘蛛の決断を待つ。すると赤い蜘蛛はくるりとビーズ玉を下向きに変えて、湿った壁づたいに、這い出てきた砂の中へ転がり込んだ。

そっとそっと用心しながら、私は冷えた自分の身体を涼しい洞窟から外に出していく。

あそこの洞窟には赤い蜘蛛が住んでいるのだ。あの蜘蛛は私を怖がっている。

蜘蛛を脅かす理由なんかあるかしら？　あの蜘蛛の生活と決断を、頼まれもしないのに覗いて探る理由なんか、どこにあるの？

私は静かに座ったままでいた。静かに下着と服を拡げて伸ばしていた。

濡れたプラトークで頭を覆いたくなって、プラトークを洗いに水際に向かった。

素足で、何も履いていない。しっかりとした足取りで、優しい波に洗われてすべすべになり、灼熱の太陽の下で湿り気をおびて温かい濡れた小石を、裸足の足裏で優しく探りながら進んでいった。

小石をひとつ、縞の入ったのを拾い上げ、匂いを嗅いで、舐めてみた。塩辛くて、暖かくて、湿り気がある。

私は、泣き出したことは憶えている、でも、なぜ泣いたのかは——分からなかった。あんなふうに泣いたのは本当に久し振りだった……

そしてふいにわけが分からなくなってしまった……砂浜に寝転んだ。裸足の足を砂の中に埋めて、顔をぴたりと砂にくっ付けた。温かく、湿り気がある……耳の中では血がほのかに脈打っている。暗く、ひっそりと、温かく、しっとりと、どよめいて。この静けさ。

おお、神さま、私は小石です！

この私も、どよめく波に洗われて、湿って、温もっている静かな小石。私のうちには赤紫色の暗がりもある……それに私は小さな赤い蜘蛛——四つの点のような目をした緋色のビーズ玉よ。私の洞窟は湿り気があって、涼しい。それに私は黒い蟹、横へ横へと急いで行く……それに私はあの吸水孔のある茸、水面下で水が流れると、私はそれを感じ取って、吸水孔を開く——遠くの流れを捉える。聞える、聞える、大きな深みが、遥かな、静かな深みが、しんと静まり返った密度の濃い深みの揺らぎが。

小石たちにキスをして、ふたたび舌で舐めてみる。塩辛い。涙かしら、私の？　それとも海水かしら？　それもやはり塩辛いもの。

海も泣いている？

それとも海全体が涙？　小石たちの、蜘蛛たちの、蟹たちの、そして私の、そして大地の涙なの？

もちろん私は良い気分だ、何かが、耐えがたくなっていたものが、ふっつりと切れた。

私はもう長い間、泣いていなかった。余りにも長い間……こんな風に、喜びのあまり泣くのは、本当に久し振り。

自由を求めて

S・M・ゴロジェーツキイ[8]に捧げる

アリョーナ・シムキナにはそろそろ子どもが生まれるはずだった。

子どもの頃に、私は家庭教師のもとから逃げだしてはアリョーナの母親の荷馬車に乗せてもらって、ぬかるんだ秋の畑からじゃがいもを運んだりした。今では二人とも十八歳になっていた。昨年の春にアリョーナはシロコヴォ村に住む同い年で天涯孤独の孤児シムキンと結婚していた。

娘になる頃には会うこともなくなったが、彼女が結婚したことや、今、お産を控える身だということは、私が詩心と崇拝の気持ちをかきたてられながら恋していた女性の准医師、マリヤ・フランツェヴナ先生——倦むことを知らない背の高い活動的な人で、雄々しい顔に明るく女らしい微笑みを浮かべている女性だ——から聞いていた。

その朝、私は何かに肩を押されたように、アリョーナの所へ向かった。生まれてくる赤ん坊にと、産着や敷物にする古いシーツ類を束ねて、自分で厩舎まで引きずって行き、御者のフョードルに急いで馬車の用意をしてもらうつもりだった。

ところがフォードルは留守だった、新しい馬車に付ける馬たちの訓練をさせに、馬丁といっしょに出かけてしまっていた。

私は自分で愛馬コサックを仕切りの中から連れ出してきて、馬車に繋がざるを得なかった。てきぱきと作業を終えて身体の温もった私は馬車にとび乗って、赤ん坊用の包みをポイと中に投げ入れると、コサックの引く馬車を納屋から出動させた。蹄の音高く、車輪はガラガラと喧しく板の敷かれた泥道をぬけて、砕石で覆われた街道へと進んだ。

春の林が青みがかった黄色いレース生地のように透けて見えている。ふっくらと膨らんで肥りぎみの大地には緑の草が萌え、春初めての輝きを見せていた。小鳥たちが高く響く鳴き声をあげて、素早く飛んで行った。なんと広々としていることか。根っこやら、湯気を上げる朽ち葉の腐葉土やらの匂いがただよい、突き出た木の芽は樹脂の香りをたたえ、なんだか奇跡と思えるほど早々と、きんぽうげの甘い香りさえしてくる。

林が途絶えた。きらきら光る銀色の水溜りに沈んだような灰色の村が見え始めた。その先は、一本道の田舎道が狭い直線を描きながら、黒い野面や茶色い休耕地や、背は低いが緑も鮮やかな秋蒔き作物の芽生えの列なる畑を切り開いていくのだった。

遮るもののない広大な空間が広がっていた。薫風がはるばると運ばれてきて、黒々とした大地は素っ裸で息づき、晴れわたる遥かな高みでは太陽がじりじりと焼けるように輝いていた。

私の内には手柄を立てたい、愛が欲しいという気持ちがこみ上げてきた。手綱を下ろし、コサックを操るのを止めると、馬車は軟かい轍の窪みから窪みへと突っ込んでは、よろけながら進んで行った。私はあっちへごろん、こっちへごろんと投げ出されどおしだったが、それが快かった。

私は手柄を立てたい、愛したいと願っていた。手柄とは、自分の生活を犠牲にすること、そして愛とは、情熱だ。そしてその両方を一緒に、今、欲しい。

目をぎゅっと閉じた。上下の睫毛が震えながら出会った。すると春の広がり全体が引き寄せられた、そして青黒い針葉樹林が澄みわたる蒼穹と出会う遥かな目路の果てに向かって、私の自由への憧れの全てが閃光のように走った。するとあらゆることが可能になり、私のものになった。まさしくこの時のことを私は一度も忘れたことはなかった、心が無慈悲になり、自由への意志が、ピンと張った弓の弦のように確固不動となったこの時のことを。

どんと押された……背中を押されたみたいに、私の胸は馬車の前輪にぶつかった。愛馬は泥水のなかに胸まで浸かってあがき、雪解け水の泥が、沈没した車輪の上にいる私の脚を越えて飛び散った。

いく筋もの小川が出合って氾濫している現場にぶつかったのだ。

シロコヴォ村の手前では、毎年春になると、きまってこうなのだ——小川がいく筋も出現する！　昨年春にはここでセミョンが溺れ死んだ。春には氾濫が起きる。大地というものは春には頼りにならない、底なしの湿地のように。大地にひびが入ってしまう。

　コサックはもがいている。私は馬車の中に立ったまま、片足のくるぶしの上まで泥に埋まって手綱を高く掲げもち、荒々しい、喜びのまじる甲高い掛け声を愛馬に向ける。すっかり鎮まった脳の中で、一つことだけが渦巻いている。脱出できる？　できない？……脱出できる？　できない？……

　車輪が動いた。目には見えない。漂っているのか？　それとも底に沈んだのか？　コサックは耳を曲げ、栗毛馬がもはや泥まみれの黒馬（あお）になって、背中を沈ませたり、尻を引き上げたりしている——泳いでいるのか？　それとも底に届いているのか？　……私は意地の悪い春に向かって息を詰まらせながらけしかけるが、底なしの泥水の表面には、じりじりと焼けるような陽光が、目が眩みそうなほど輝いている。

　ガタンと音がした。車輪が固い物に当たった。馬車が反対側に傾いた。転倒する？　ところが転倒はしなかった。脱出した。

　シロコヴォ村では黒ずんだ百姓屋が春のぬかるみに埋まっている。四軒目、五軒目、六軒目……ほら、あの家がアリョーナの家だ。コサックは用心しながら馬車を褐色の滑りやすい草の丘へと引いて行く。

　手綱を生垣の長い棒に放り投げてからませると、私はもう玄関の控えの間にいる。泥水に浸かって濡れてしまった包みは馬車の中に置いてきた。

目の眩むような広がりの中を来た後で、半ば暗闇の中を手探りでなんとか戸の取っ手をみつけた。

摑んで、押した。

家の中には農婦たちが大勢いる。道を開けてくれた。

床の上の藁の上に、身体がある。むき出しの両膝が直立している。頭部はおおわれている。顔は地面のような灰色。口は恐ろしくも大きく開いている。大穴が開いている。

「分からんのですよ、死んだんでしょうか?」

片隅で何かが山羊のような鳴き声をあげた。

「生まれたの?」

「三日がかりで産んだんです。その後、熱がひかなくて。『助けて』って、叫んでました。でもどうしたものか、分からないんで」

女たちは役に立てないまま、疲れ果てていた……

「お医者様は?」

「マリヤ・フランツェヴナ先生ですか?」

「アンドリューシャの牡山羊を町の診療所に運んで行かれて。切るんでしょうが……」

そしてあれこれ分かりにくい言葉が口に上るが、十八歳の友だちがどんなふうに命を落としたのかは理解しにくい……

小屋の中は薄暗く、蒸し暑い。低い窓のそばに女たちがいる。やたらに大きく、部屋の半分ほども占める暖炉のそばにも女たちがいる。戸のそばにも押し合いへし合いしている。ベンチの上の辺りの、窓のそばに、ブリキの枠のついたアリョーナの鏡がある。

あの子の母親のマリヤの荷馬車で、いっしょにじゃがいもを運んだ時には、あの子はひどく痩せていて、肌が白かった……

私はその鏡を黒い口に近づけた。汚れたガラスの表面は曇らない。息が無いのだ。顔は土気色で、年齢が分からない。開いた口は沼地のように黒い。

片隅で何かが情けない声をあげた。

「死んじまった」

女たちは聖像画の方に向き直った。従順な目をさっと見上げ、従順に頭を垂れ、従順に十字架を胸の上いっぱいに、両肩から回して置いている。私の目は従順になんか見ていない、私の中では私の揺るぎない自由への意欲が弓の弦のように引き締められていた。私は自分が手柄と自己犠牲をはたすことを期待していた。

ところが彼女は死んでしまった！

私は藁の上に低く身を屈めると、かぎりない驚きに見開かれたアリョーナの目の秘密に、瞼を下ろした……

「旦那さんのシムキンはどこ？」

「運送の出稼ぎ先から未だ戻っておらんので……」

「小川に出るかわりに休耕地を通っておいでなさいまし」

ええ、もちろん。私ときたら、さっきまでその道筋のことは忘れてしまっていた。百姓屋の裏手に回って、それから土が固くなった古い畑をいくつか通って行く。コサックを進めると、ずぼずぼと、蹄が泥をこねる嫌な音がする。両手に手綱を握ったうえに、産着にしっかりくるんだ嬰児を肘で胸にぎゅっと押し当てて、乗って行く。あそこの村には赤ん坊を手元に預かれる人は一人もいなかった。春の農繁期が近付いていたのだ。

ふたたび遮るもののない、広々とした野辺になった。よい香りのする風が吹いてくる。そして息づくむきだしの黒い大地のはるか上空の抜けるような青空には、じりじりと照り付ける太陽がある。私は手柄が、そして……勝利が欲しい。

私を待っているのだ——手柄と勝利が。私は不自由のない安穏なこの生活を後にする。身近な人たちを棄てるのだ。コサックさえも棄てる……永久に自分の馬はもたずに、自由への意志だけを道連れにしよう。町からマリヤ・フランツェワ先生が仲間の手紙を運んでくる予定だ。その仲間のもとでは準備万端とのっている。その仲間の弟である自殺志願者は既に心を決めた。近々彼はピストル自殺を遂げるのだ。でもその前に私と結婚する。ここに暮らすあの人たちから私を自由の身にするために。

　でもその後で、私は愛する友と合流する、一緒に手柄を立てるために！　どうでもいいことだ、彼の弟は生者ではない。あの人には自由への憧れがない。自由への意欲が彼の人生の弓に、矢を番（つが）えてはいない。私たちが彼に代わって、三人分、矢を番えよう。私たちがみんなのために、全世界のために、弓に矢を番えて引き絞ろう。引き絞れるかぎり……

　あの人の奥さんは！　つまり私の友の奥さんは？……

　奥さんは……そう、奥さんは私たちの仲間ではない。私たちと一緒に生きる人ではない。人生から退（ひ）いているのだ……あの女（ひと）は――アリョーナみたいに、自殺志願の弟のように、手柄を立てることのない犠牲者……

　おお、飽むことを知らない自由への意欲よ、きつく弓を引き絞れ！　たとえお前に生命がなかろうとも、私は生きている。

　もしも死なねばならないのなら、お前のために、彼のために、世界のために私は死のう。

　死よ、ここへおいで！　生と死は私には同じ価値のもの。共に恍惚とさせてくれる生と死は、私には等しく価値のあるものだ。

　私は自分のために生きている。お前のために死のうとしている。

　妹よ……私自身よ……私の世界よ！

　うちの領地支配人の奥さんはお産が一度も上手くいったことがない。三度とも、陣痛が続いたあげく、四日目に嬰児の頭が砕けてしまった。一昨日ももう一度、同じことが繰り返されたばかりだ。

あの人に、私は赤ん坊を運んで行くところだ。あの人のたっぷりと張って、無用になった胸へと。

「おお、愛しい、愛しいヴェーロチカ、私の胸は要らなくなったのよ！」

あの人は昨日、ひどく弱々しい声で私にささやいて、とても切なそうに泣いていた。あの人は私の手にキスをして、授かり物の、皺のある可愛い顔をした乳呑み児を受け取るだろう。

私のかかえ持つ包みの中で、かぼそい山羊の鳴き声がしている。

何かが優しく私の額に触れたかと思うと、頬を温かくくすぐり、吹き飛ばされて行った。羽根だ！　羽毛が二片！　風に拾われてあちらへ、遮るものなき空間のどこかへ運ばれて行く。

どこから来たのかしら？

私は見上げる。

広々とした上空の高みで白はやぶさが煌めき輝いていて、翼は微動だにしない。

もちろん、あの鳥の羽根ではないわ……

あの鳥は蒼穹で火花のように燃えている……

心臓よ、太陽の光線を受けて鍛えられるがいい！

お前は太陽の最強の心臓だ、勝利の意志よ、私の心臓よ、神によって世界に燃え始めた世界の心臓よ！

私たちが小山を下った先は、すでに氾濫したあの小川の向こう側の道だった。私は馬車の中に立っている、赤ん坊をくるんだ包みを左手の肘で自分の胸にしっかりと優しく押し当てて。

手綱を高々ともたげて、掛け声を上げる。

コサックには矢が番えられた。愛馬は速歩を忘れてしまっていた。コサックが、愛馬が矢のように走る。頼りない轍の窪みにはまるたびに馬車を揺すらせて。

乳呑み児は黙っている。腹を空かせて私の揺れる胸の上でまどろんでいる。

憂いの春の酔いのまわった自由への憧れよ、私はお前を忘れなかった！

三十三の歪んだ肖像

ヴャチェスラフ・イワーノフに[9]

十二月一日

今日はとても早く目が覚めた。ベッド脇のテーブルのろうそくが燃えていた。ヴェーラが両膝をついて、私のマットレスにうずくまって泣いていた。どうしたのと、私は訊いた。

「地上のものは、なにもかも頼りないわ。美しさも同じよ。あなたは老いてしまうわ」

泣きはらした顔のあちこちから涙がしたたり落ちていた。目からも、鼻からも、あの口角の深い切れ込みからも。その切れ込みのせいで彼女の口は、悲劇的に見える。

私は言った。

「そうね」

十二月三日

彼女は素晴らしい女優だ。あれほどの大女優はこれまでもいなかったし、今も、これから先もいない。

昨日、私たちが劇場から戻ったときに、私は訊いてみた。

「ヴェーラ、幸せ？」

ヴェーラは返事をする代わりに、私をベッドにすわらせて、私のドレスのボタンを外した。それから一言。

「お風呂の支度ができてるわ。行きましょ。あなたの好きなクリームをいれておいたわ」

「ヴェーラ、あなたって、本当に人を感動させるのね、すごく崇拝されているのね！　あの人たちみんなを、あなたは幸せにしたのよ。あなた自身も幸せ？」

「慣れてしまったわ。行きましょ、さあ。お風呂が冷めるわ。行きましょ」

「私にも慣れてしまうの？」

「いいえ、それはないわ」

彼女は私の目に、唇に、胸にキスをして、私の身体をさすった。

そうよ、私の身体は素晴らしいの！　つまり、だから私は幸せなの。なぜって、私は、美しいから。

慣れてはだめ。私は自分の美しさに慣れはしないわ。

十二月六日

ヴェーラは私の身長と同じ幅のシルクとウールの生地を注文した。それを三アルシン（一アルシンは約七〇センチ〕ずつ切り分けて、私の身体に当てて肩のところと片方の脇から膝の所までをピンで留め合わせる。

これが私のキトン〔古代ギリシア人が常用した衣服〕。

それを素肌の上にはおっている。気に入っているわ。これを着ていると、すごく背が高くて、しなやかに見えるし、裸でいるみたいに楽なの。素足にサンダルを履いている。

よその人たちが来ると、ヴェーラは私の背中に長い布切れを無造作に投げかけて両肩のところで止めるので、両腕にかかった布地はキトンの両側に垂れて床まで届く。

十二月十五日

彼女は午前中に裁縫師の所へ行った。私は残って寝具の羽毛を整えていた。そのうちに、羽毛を辺りに散らかしたまま、胸を枕に乗せた。私は乳房が身体の下にあるときの感触が好き。とても気持ちがよくて、小さくて、堅い。

私の部屋には椅子も机もない。ヴェーラに言わせると、腰かけるのは野蛮人だって。寝そべることだけが美しくて、身体にふさわしいのだって。彼女は壁際にマットレスを置いて、その上に絨毯を何枚か敷いて、枕をたくさん投げ散らした……

頬杖をついて寝そべっていた。そうすると、よく思い出すことができる。ついこの間まであの人たちと暮らしていたのだ。祖母は感傷的で、薄情だった。ヴェーラがそう言った……

ヴェーラって不思議な人。でも私は、あの人の言いなりになってしまいそう。現に、そうなってる……

そうそう、朝、肘をついてあの晩のことを、私の婚礼の予定日が間近になったあの晩のことを思い浮かべている途中だった。あのとき祖母が言ったわ、私の母の連れ合いは、母の夫でもなければ、私の父親でもないのだと。祖母は、私が婚礼前にそれを知るべきだって考えたの、それに……自分の如才なさを私に認めてほしかったのよ。だって、それにもかかわらず、私にお婿さんを探してきてくれたのだもの。それと同時に祖母は、そのことが判ってしまったら、私がショックをうけるのじゃないかって、心配もしていたのよ。とはいっても、いくぶんかは効果を楽しみにもしていたわけね。彼女は胸を撫で下ろすしか……それにがっかりするしかなかったってわけ。私は驚いたりはしなかったわ。私の内部でも、私の周りでも、とうの昔に成立してしまって、誰もが知っている事実を私が知ったからって何の変わりもなかった。それを聞いたからって、私は何一つ考えようとも、推測してみようとさえもしなかった。つまらないもの。私はママのことを思い出そうとしてみただけ。思い出すのじゃなくて、想像してみようとした。ママはお産の間に死んでしまって、生まれた私を祖母が自分の子どもにしてくれた。でも、想像しようとしてみたって、うまくいかなかった。ママのかわりに、もっと若い頃の祖母が浮かんできてしまってね、私には祖母は、どうでもいいの。

今は、今朝は、こうしていると、あの晩よりももっといろいろなことが考えられた。でも、それでも分からなかった。あのひよわな男がなぜ私のママと結婚したのか、なぜ私のママをわざわざ堕落させて（祖母は私にそう言った）、どことかのレストランで他人に引き合わせ、その後で妊娠したママを祖母のもとへ行かせて、自分が虚弱なのを理由に離婚したのか。

ヴェーラでさえ分からないの。彼女の考えでは、生きる力がないことを恨んでか、あるいは無邪気な娘を通じて快復したいという愚かな希望からか、彼にまだ許されていた最後の欲望のせいじゃないかって。それでもあの分別のない人物のことを考えるのは、やっぱりうんざりしてしまった。「嫌らしい上流貴族社会のスキャンダルね！」とはヴェーラの言い草。

ヴェーラは社交界が嫌いで、男性が嫌い。彼女は立派だわ。私の婚礼の前の晩に、私たちのいたボックス席に入って来た時の、あの様子ときたら！

祖母が席を外した直後で、私とあの男（ひと）が二人で突っ立っていたところへ、背の高いあの人が王妃の衣装の上からマントをはおって、頭の冠を外し忘れたままで、ボックス席のドアから勢いよく飛び込んで来た。

彼女はあの男（ひと）に向かって早口で何か言った。彼は全身を震わせると、私の手を肘からはずした。ヴェーラは私の腕をぎゅっと掴んで、連れ去った……

彼女は薄暗くて埃っぽい空間を、なにやら変な器械や舞台装置の間を縫うようにして、上がったり下ったりして、ぐらつく小さな階段を通って自分の楽屋へと連れて行った。片手をしっかり掴んだままで。楽屋につくと、彼女は恋する目付をしたどこかの女性崇拝者たちをぞんざいに追い払って、ドアをパタンと閉めた。

私は彼女が言ったことを憶えていない。まるで毒気に当たったみたいに朦朧としていた。彼女は私の両手にキスをしていて、それで私は分かったの、あの晩、彼女の目には私しか見えなかったのだ、私のために演じたのだ、私を愛しているのだって。頭がくらくらしたわ。

彼女は私をあの……無条件で受け容れてくれる目で見つめていた——その目は私の心に焼きついて、あの夜、一晩中、消えることがなかった——そして翌朝に自分の所へ来るようにって、私に命じたのだった。

そして私を放してくれた。

でも、あそこの小さな階段の下で、あの男が待っていて、私を連れ戻したわ、ひどく自信なさげで、蒼白な顔をして、物も言わずに。

彼女は私のためにあんなふうにボックス席にとび込んで来たのかしら、それともあの人、私の花婿で彼女の元恋人のために来たのかしら？

でも、彼女は自分で彼を追い払ったんだ。わずかな間とはいえ、よくもそんなことを考えられたものね！　あの時は、あの晩は、そんなこと考えてもみなかった。それに一度も考えてみたこともなかったのに。

ヴェーラって！　彼女はちっとも善人なんかじゃない。彼女は……それとも彼女はただ視力が弱いだけで、夢遊病者で、誰のことも見えてないのかしら？　ただ、私には時々そんな風にみえる、私を通して何かを、私自身ですらないものを見ているって気がする。そして、そんな時、私は居心地が悪い。

私は婚礼の日の朝、なぜ彼女に逢いに、ここに来たのかしら？　それまで彼女の寝室だった、この部屋に？

彼女は私を迎え入れてくれた、ベッドに病人みたいに横たわって、夜通し狂ったように泣いた後だった。部屋の中では不快な声で、舞台とは違って虚ろで、むらのある、耳障りな声でしゃべっていた。

「あなたはあの人たちを棄てなきゃだめ。あなたはあの人たちのものじゃないわ。私が自分で分からせてあげる。あなたを素晴らしい女（ひと）にしてみせる、なぜって、私が素晴らしいからよ。私と一緒だと、あなたは女神になるわ……」

彼女は私の片腕をしっかり握っていて、私には分からなかった、悩みぬいて泣きはらした、悪意のちらつく彼女のあの顔が、素晴らしいのかどうか。

だれかがドアをノックした。彼女はその客を邪険にドアから追っ払った。

毛布をかけた彼女の身体の線はごつごつしていた。私は彼女が厳しい人だろうなって、分かっていた。でも青紫色の葡萄みたいに暗くなっていた彼女の目は、無条件に受け容れてくれる目だった。彼女の目を語るのに、これ以上、ぴったりの言葉は見当たらない。

朝、両肘を突いて……（頬杖ついて、身体を延ばして寝そべっていると、考えなくても何もかもはっきりと確実に分かるの）朝には分かっていたわ、決して悔やんだりはしないって。花婿を断ったことも、いちばん古い帽子と毛皮コートを着て（ヴェーラの持ち物はどれもこれも全く風変わりだ、予想していたとおりだけど）祖母の所へ行き、これっきり戻らないといったことも。祖母は最初のうちは若すぎるとか、養女にしてくれた古い家柄の親類の心清きご婦人への恩義だとかって、がなりたてたけれど、それから不意に、憎悪をむきだしに、両手を上げるとおおげさな身振りでもって、自分は母親の権利と相続の権利をあんたから剝奪してやると言って、私を呪った。祖母は誇り高い人だった……

それからもう一度、母のことを想像してみようとした、つまり、今朝のことだけど、でも頭に浮かんできたのはヴェーラだった。

そして、ようやく彼女が行きつけの裁縫師のところから戻ってきた。

彼女がせっかちに鳴らす呼び鈴の音、傘が倒れた音、急ぎ足の、全く頼りなげで、なんだか不安定で情熱的な足音が聞こえてきた。

ほどなく彼女が私の部屋に勢いよく入って来た。彼女は突進してきて私の顎を上げると、私の唇にぴたりと唇を寄せた、それで私は声も出なくて、うっとりして、頭がくらくらしてしまった。

「ヴェーラ、あの人、こんなふうにあなたにキスをしたの？　あなたはこうするのが好きなの？　ヴェーラ、男性ってどんな風にキスをするの？」

「知らない。覚えてないわ。みんな忘れた」

「あなた、誰のことも惜しくはないの？」

「あなたは？　私のために何もかも失くしてしまったのよ」

「いいえ、私はあなたと一緒がいいのよ」

するとと彼女は私のそばに腰を下ろし、膝の上に私をかかえて、しばらくの間、感謝をこめて、ぎゅっと抱きしめてくれた。

「ヴェーラ、母はなぜ、父の名前を教えずに死んだのかしら？」

「決まってるわ、父上があまりにも高貴な人だったからよ」

「祖母もそう言ってたわ」

「その点じゃ、お祖母さんは正しかったわね。あなたには皇帝の血が流れているのよ」そんなことを言うヴェーラは女優になっているみたいに思えた。でも彼女にはそうなる権利がある。大女優なんだもの。

「ヴェーラ、私はときどき思うんだ、私の父は競馬の騎手か馬丁だったのじゃないか、それで母が黙っていたのじゃないかって」

ヴェーラは私を打っちゃって、怒って泣いている。でも私が撫でると、彼女は安らぐ。

「ヴェーラ、どうして、私を好きになったの？　なぜ引き受けてくれたの？……私には才能がないでしょ？」

「才能は……ないわ」

「どうして私を舞台に引っ張りだそうとするの？」

「そうね。言うじゃない、人は働かなくちゃならないって」

それから不意に、あの火花と、居合わせた全員がふるえ上がり全神経がこわばってしまうあの声がとびだした。

「違う、そんなことが言いたかったのじゃない。あなたは働く必要はないの、あなたは本当に美しいから。でも、あなたが本当に美しいから――私はあなたを他の人たちに渡さずにはいられない。人々は見る。美を目にするのよ。人生には何にも無い。火花が不意に燃え上がって、消えてしまった。あるのは痛みと侮辱だけ、なんのためなのかは理解できない。うんざり。うんざりよ。でも美があるわ！　愛しい女、教えてよ、どうしてなの、何なのよ、美って？」

そして彼女はふたたび私に、私の髪に、私の唇と歯に、キスを浴びせかけた……キトンの襞を肩でしっかり固定してあるブローチを外して、肩と胸に、それに私の細い背中にキスをした、私はそんなふうに背中にしなやかで震えのまじる愛撫をうけるのが好き……、そしてヴェーラは止めることができずにいたわ。キスをして、泣き声を上げながら、あの声で叫んでいた。ボックス席や天井桟敷の人たちがいっせいに全身を震撼させられ、すっかり魂を奪われてしまって、身動きできなくなるあの叫び声で。

たえず叫んでいたわ。「私はあなたを他の人たちに渡さなくては。寛大に！　寛大になること！　それこそが、人を獣と違うものにしてくれるのよ！」

十二月十六日

一晩中、安らかに眠れなかった。そしてヴェーラの発したあの言葉と声を思うと、朝から落ち着かない。

彼女が眠っている間に、女王にお祈りをした。おかげで気持ちが落ち着いた。

ヴェーラの上げたあの声からどんな災いも起こりませんようにと祈った。

十二月十九日

今夜は舞台の仕事はない。私たちの住居は下の階から立入り禁止にしてあった。ヴェーラは二人で気ままな宵を過ごすためによくそうする。

彼女は「荒野のリア王」〔シェイクスピア作『リア王』の三幕二場〕の朗読をした。

彼女の部屋は、ちっとも荒野らしくなんかないけど。

透かし模様入りの衝立に飾られた仮面(マスク)だけが不気味に点滅している……それは、仮面(マスク)の向こうにある暖炉で火がチロチロと落ち着きなく明滅しているせいだ。

この仮面を造ったのは彼女の友人で、大物の画家。でも今ではヴェーラはその人とは疎遠になっている。

ヴェーラは、画家という人種が好きじゃないような気がする。それで画家たちと親しかった時でさえ、一度も自分を描かせなかったのだ。

リア王を演じるヴェーラが修道女になったお母さんゆかりの古い家具の間を絨毯を踏んで突っ走りながら、愛に裏切られて泣き喚くのを聞いたり、王の狂おしく、荒(すさ)びきった顔を見たりしても、よく分からなかった。

雨の流れるのも、荒野の風も、ぜんぶがその場にそろっていて、暖炉では青や赤の炎が乾いた薪(まき)の爆(は)ぜる音を上げて燃えていて、それに古風な油製ランプが二つ……

仮面(マスク)がどれもこれも不意に赤や青の炎の舌のせいで生き返った。叫び出した。大きく開かれた口が呪いや高笑いの声を上げて喚きたてた。

それから不意になにもかもが静まり返った。

老いたリア王はぼろぼろの服にくるまったまま、狂おしい目をして動かなくなった。仮面もどれもこれも黙ってしまった。風も雨も止んだ。暖炉の火は勢いがなくなった。そんな状態がすごく永く続いた。耐えられないほど永く思われた。

そして私には仮面のこの沈黙が、私の知る限りで最も恐ろしく、最も新しいものに思われた。

私は叫び出した。

「ヴェーラ、ヴェーラ、戻ってきて、こんなことを部屋の中でやっては、こんなに近くでやってはだめよ」

十二月二十日

私には分からない、人がなぜ働かなくてはならないのか。それなら獣の方が幸せだわ。私は働くのが好きじゃない。なんのために自分を欺かなきゃいけないの？　でも、もしも働かなくちゃいけないのなら、もちろん私は不平なんか言わずに従うわ。痛かろうが、死のうが、同じように従うわよ。

十二月二十一日

夢の中で女王を見た。ヴェーラに似ていた、ただし落ち着きがあって、もっと太っていて、背が高かった。

女神のようだった。

やはりつやのない黒い髪をしていたけれど、緑色のヴェールをかけていた。目の色は、黒っぽいぶどうの青紫色。そして唇は厚みがあって、威厳があって、すごくいかめしい、ヴェーラの唇みたいだけど、ぴくりとも震えないし、あの緩いカーブがない、私はあそこを見ると、とても気持ちがたかぶる、あれが（口角の傍にできる皺といっしょになって）彼女の口を悲劇的に見せているの所なのだけれど。

女王はとても背が高くて、緑色の長い服を着ていた、でも、それでも緑色の服の裾から足がのぞいているのが見えた。

私は地面に伏した。草があったみたい、地面は根っこや草の香りがしていた。

私は白い両足にキスをした、その足は奇跡のように、非の打ち所がないほど美しいので、崇めたり、祈りを捧げたりしているうちに、私の胸の心臓は止まってしまった。

私は死んだ。

すると、静かで、ねっとりした甘美なものが血管をゆっくりと流れ始めて……そして私は目が覚めた、疲れ切って。

十二月二十二日
眠れなかった。朝、彼女の足を見た。ヴェーラの足は私のより素敵だ。それは彼女の神々しい肩よりも素敵なくらいだ。彼女は眠っていた。私は彼女のベッドの脇に跪いた。足に敬虔な気持ちでキスをした。

心臓が止まりそうだった。

ヴェーラが目を覚ました。私をみつめたまま、あの温もりのある大理石の足を引っ込めなかった。

突然、温かなつむじ風に包まれたように、私は我を忘れてしまった……

彼女は私の母、女神、女友だち！

彼女は何でも知っている。そして私の何もかもがとても美しくなっていく。

何もかもが。

ということはつまり、これは私の美しさなのかしら？

まだ泣いている。こうして書きながら泣いている。

一日中、胸を枕に当てて寝そべっていた。

ヴェーラは一日中、留守だった。どこかで彼女の祝賀会が開かれているのだ。彼女はどこかへ連れて行かれた。不意に恐ろしくなった。

私の運命って、なんて奇妙なのだろう！　私は運命を信じている。

絵を思い出した――イタリアの何とかいう絵、たぶん聖女アガタの絵の模写。彼女は乳首を鉄の器具で引き抜かれようとしていて、二人の拷問者がひどく粗野な好奇心をむき出しにして、彼女の目を覗きこんでいる。でも、聖女アガタの目は至福の表情を湛えているの。至福の、至福の表情を。

祖母の所にいたときは、私はしじゅうあの聖女に祈りを捧げていた、でもあの絵はもって来なかった。ヴェーラの所じゃ、何もかも違うだろうと思って。

今は退屈している。あの絵があれば慰められるのに。

私は恐ろしい。だからこうして座って日記を書き付けている。ヴェーラに、留守のときにはこうするようにって教わったので。

彼女が帰って来たら、靴を脱がせてあげて、床に寝転んで、全身がくたくたになるまで、あの足にキスを浴びせよう。

このメモは彼女には見せないわ……あら、あの呼び鈴、ご帰館だ……

十二月二十六日

昨日のことを書きとめなくては。あんなヴェーラを見ようとは。ヴェーラはいつだって女優ってわけじゃないんだ。それでなんだわ。

彼女には子どもと夫がいた。十六歳で結婚したのだ。修道院に入るお母さんが望んだものだから。ヴェーラはお母さんを偶像のように愛していた。お祈りをして、尋ねることもしなかった。そして夫は良い人だった。彼が結婚後一年で亡くなったとき、ヴェーラは妻として涙を流した。偶像にいわれたとおり従うのは、一年だけですんだってわけ！

娘は二か月この世にとどまっただけで、じきに死んだ。

ある年配の女優が、生きる意欲をすっかり失くしていたヴェーラを劇場に引き込んだご当人だけど（ヴェーラに言わせると、もの狂おしい、慰めのない母親の悲しみに、仮面（マスク）と熱狂を授けてくれた人だそうよ）、その人がこの間、私に教えてくれた。

「ほら、見てなさい、二十五日に何があるか。あなたは確信するわよ、私たちの偉大なヴェーラが良き母親だって。あなたに見せたかったわ、あの乳呑み児が死んだときに、あの人がどんなに参っていたか！　乳呑み児って、いったい何でしょう？　肉の塊よ、私に言わせれば。ところが彼女は墓地の井戸から水を飲んだのよ、蛆虫をものともせずに」

私は蛆虫のことを聞いても恐ろしくはなかった。どうして飲まずにいられる？　その水を……死にたいと思っているときに？

二十五日がやってきた。いつのまにかだったけど。私とヴェーラは暇さえあれば、へとへとになるほど働いた。彼女は人形たちのために衣装を縫った、どの衣装も自分が着たり夢中になったりしていたものばかり……私は頭飾りを作り、髪形を整えた。

人形たちが出来上がると、私たちは夕方、ツリーの灯りが点された大広間にその人形たちを飾った。二人ともおとぎ話みたいに朝から働きどおし。待ち遠しくて食事もそこそこに、期待のこもる自信満々の笑顔を浮かべていた。

ヴェーラが言った。

「私は男の子は好きじゃない、つまり女の子が好きなの。この人形たち、女の子だけにもらってほしいな。でも、とにかく公平にするように努めましょ。私には苦行だけど、なんとかそうしなければ。女の子たちには兄弟も連れてきていいって言っておいた。男の子には、馬や太鼓をあげましょ。でも、ね、もしもあの時、私の産んだ子が、女の子じゃなくて男の子だったら、私、あの子をあんなにまで愛したかどうか、分からない。それに、私がなぜ、あの子をあんなに愛してたのかも、分からない。私はちっとも良い母親じゃないわ。そして、あの後、一度も子どもをほしがったことはなかった……あの時だけだった、こんなのまともじゃないな！　歩いていると、全身が輝いていて、ひとりでに微笑んでいたっけ。夫は尋ねたものよ。『何にほほえみかけているの?』って。夫は自分で分かっていたのよ。『もちろん、この子にだよね。ヴェーロチカ、君に奇跡が起きたんだね。僕はみんなに言われてたんだ、彼女といっしょでは、幸せにはなれないだろう。彼女は妻でも母親でもないよってね……』

ツリーにはすっかり灯りが点され、ろうそくの火が静かに燃えて(ヴェーラはろうそくの灯りだけにするのが好きなの)、喧しい笑い声や、話し声や、人の動きのなかで、私は客たちに引き合わせるために連れて行かれたり、中庭や通りから呼び寄せられた子どもたちの目に浮かんでいる驚きの表情に感動したり、男性たちの顔に頬ひげも口ひげもないことに、びっくりしたりしていた。私は俳優たちのすることには慣れていたけど、たくさんの人がいる私たちの大広間でそれをされると、滑稽に見えた。

ヴェーラにそのことを注意すると笑っていた。ヴェーラは輝いていて、もの柔らかで、親切で、愛想よくふるまっていた、だれかれとなくにこやかにして。子どもたちを手招きしたり、撫でてあげたり、唇にキスをしたりしていた。

彼女のお祝いみたいだった。そして大きな部屋の中は、クリスマスの樅の樹脂(やに)の香りのする熱い波たちが、ぱっと飛沫(しぶき)を上げては繰り返し押し寄せているかのようだった。

十二月二十七日

ヴェーラにプレゼントが届いた。舌なめずりする豹。小さな彫像だ。彼女の友人の画家のサブーロフが届けに来た。

私はそのとき留守にしていた。戸籍簿をもらいに祖母のところへ行っていて。祖母は、当然だけど、私の名前を戸籍から抜くことはできなかった。私には名前がないのよ、そして、私にはそれが気に入っている。

祖母は泣いていた。つまり、愛しているのだ。あの人が可哀想になった。あの人は私を呼び戻そうとさえした。でも……あの人には私の幸せは分からないわ。

この人たちのうちのいったい誰がこんなふうに愛せる？　私のどこもかもをこんなにも美しく清らかにしてくれる愛なのよ。

ヴェーラは、今日は何のせいか、落ち着きを失くしている。

でも、いちだんと狂おしく、私のことを愛している。

私にはそれが、なんだか怖ろしい。

神さま！　なんて恐ろしい日々なの！　目の中に黄金色の霧がかかっているみたい！

私には、この霧が見られているような気がする。訪ねてくる人たちにも、あの稽古場の人たちにも。それにヴェーラがそれは華やかだった昨夜のパーティーでも。

だけど私の暮らしは奇跡のようで、不思議。私は良い気分。

十二月二十八日

ヴェーラは私を創ろうとしている。私は彼女に見られるせいで美しくなっていくような気がする。そのせいで私はすごく落着いて、自信がもてて、はずんだ気持ちでいられる。

ヴェーラが言った。

「あなたの眼差しには、好意があるわ」

私の眼差しに、どうして悪意が入れる？　私は誰にでも善いことを願っているもの、自分に願うのと同じにね。

ある時、ヴェーラに訊かれた。

「他人(ひと)の害になるようなことがやりたくなったら、あなたはどうする？」

私はどう答えたらよいのか、すぐには分からなかった。私は人に悪いことをされたことが、まだあまりない。それに私も人に悪いことはしないと思う。それで言った。

「もしかしたら、そんなとき、したいと思わなくなるかもしれない」

「それは、ひとりでに？」

「そうねえ。それ以外にどうして？」

彼女はしばらく、行ったり来たりして、それから尋ねた。彼女の目は執拗で、不快な輝きをおびていた。

「じゃ、もしもあなた自身の害になることを、したくなったならば？」

「その時でも、同じだと思うわ」

「したくならないの？」

「ええ」

「でも、とにかく、したくなるとしたら？」

「そのときは、つまり、実行すると、自分がこうむる被害よりももっと大きな喜びがあるような場合だわ。それとも、ちがうかしら？」

返事をする代わりに彼女は私の手にキスをした。

「あなたは賢いわ！」

これが賢いのかしら？　分からない、でも、とても簡単な気がするけど。

十二月二十九日
私にはどの人たちも皆、遠い存在になった。

昨日、祖母が三百ルーブリ送ってくれた。なんて親切なんだろう！

今、ヴェーラに贈る指輪を買いに行くところ。私はもう、あのルビーをじっくり吟味して、ずっと思っていた。お金があったらって……

値段はぴったり三百ルーブリ。

十二月三十日

あの男が「舌なめずりする豹」を届けにきたときにターニャが客間に居合わせていた。今日も彼女はスケートをしながら言っていた――私たち、手をつないで、驚くほど滑らかな氷の上を、頭がくらくらするくらい滑った。

「知ってる？　サブーロフがその時に、あなたの肖像を描かせてほしいって頼んだのよ」

私は知らなかった。

ターニャは私の手を放すと、いきなり片足だけでくるりと弧を描いて、つづけて言った。

「あなたがすごく羨ましい。あの人、有名人なのよ」

そしてくるりと一回転した後で言った。

「それって女優にとってはすごく有利なのよ……だけど、彼女は、もちろん、断ったわ……いいこと、私、時々思うのよ、あなたがヴェーラと親しいからって、得になるとはかぎらないって」

ターニャは妬んでいるのだ。でも人は誰でも嫉妬をする。自分に嘘をついてみたって、まったく無駄。

あるいはヴェーラと親しいのが、本当に得にならないのかしら？

だけど、得になるって何が？

肖像を画いてもらうのが何になるのよ、それとも、あそこにいさせないようにする気なのかな？　私が幸せだというのに。

十二月三十一日　早朝

昨晩、うちでみんなが「舌なめずりする豹」のことを議論した。肝心な点はすべて、舌と胴体とが緊張をはらんで一直線になっている点に行きついてしまうらしい。あの舌には癲癇の発作を思わせる何かがある。ただもう、どうしようもなく痙攣させられているだけ。

そのことが鋭い効果を発揮しているのだ、と誰かが言った。

多くの人がヴェーラが彫刻を受け取らなかったことを咎めていた。

ヴェーラは言い訳をしなかった。謎めいた笑みを浮かべただけ、意地悪そうに。

一月一日

私たちは二人で新年を迎えた。花々。ワイン。占いをした。私たちが水に垂らした蠟は、嫌というほどくっきりと美しい塊（かたまり）を残した。

ヴェーラに出たのは、丘と十字架、十字架には磔刑にされた人。その身体は苦痛に歪み、筋肉が蛇のように緊張をはらんで引き締まっていた。ほんと、怖かった。

私に出たのは、平べったい塊。蠟の表面が、無数の薄くて透明なバラの飛沫（しぶき）みたいに跳ねあがった。できたのは、花いっぱいの見るも楽しいバラの庭園で、真ん中に女性の姿があった。その身体の表面には、透き通って優しい肌触りの服の襞が流れるように走っていた。女性が両手をさっと振り上げると、疾走してるみたいに身体が前かがみになった。

自分たちの運命をお互いに解釈し合った。

ヴェーラは言った。

「見てよ。あなたは女王よ。もちろん、父上があなたに皇帝の血を注ぎ込んだのよ。皇帝たちは庭園を通り過ぎるように人生を送るの。皇帝たちは謀反を起こしたりはしない。謀反の必要を感じないのよ。そのせいで皇帝たちは大人しそうにみえるのね。彼らは熱望することはない、熱望すべきものがないから。彼らには全てがそなわっている。だから全てに満足しているようね。彼らには議論する種さえないの、人は生きているかぎり議論をするものなのに。でも生命がたぎり気持ちがたかぶるときには――黙ってお酒を飲むのよ。皇帝たちには常に人生があるの。バラの庭園を通り過ぎるように、人生を送るの。そしてあなたは棘に刺されることや、花びらのむっとするような逸楽を愛するのよ」

そんなの、本当かな？

すると、とつぜんヴェーラがわっと泣き出した――自分でも思いがけないようすだったけれど――そして訳の分からない言葉を口にして、しめくくった。

「そして、あなたがバラの庭園を歩いていくことが、私には磔刑になるってことなの。あのバラのうちに全ての苦しみが、すべての喜びが、すべての逸楽があって、あなたは人生の側にいる人なのよ……私はあなたに向かって『止まって！』と叫ぶわ。ほらね、私の身体が引きつった。それは私が血を吐く思いで叫ぶしかないからよ。『止まって！』と。磔刑にされた奴隷は反抗するの」

そしてヴェーラは涙を浮かべて笑っていた。

私たちの祝日はこんなふうに、悲しい嫌な結末になった。

驚きがさめやらず震えていた私を彼女はベッドへ連れていくと、たちまち私の髪の毛をひろげて、あの敏感で情熱的な指をすばやく動かして、愛撫してくれた。

彼女の指は、私がキスをすると、きゃしゃに感じられて、私はそれが快くて、気に入ってしまう。

彼女はふたたび赤紫まじりの黒い葡萄のような目に、祈るような表情をうかべて私にキスをしていた。

そんな祈りがながい間つづいた。

ヴェーラは上手に祈ることができない。彼女が祈っていると、とても悲しそうに見える。私はお祈りをすると、とても心が慰められる。

私はヴェーラがとうとう寝入ってしまった後もながいこと、一人眠らずに泣いていた。私は恐ろしかった。もしもあの丘が彼女の死を予言しているとしたら、私はどうなるのかしら？　私は生き続けることはできない、彼女がいなくなったら。私にはできない、できない、彼女がいないのに慣れることなんか、できない。

でも、ひょっとして、あの丘はお墓じゃないのでは？　私はどうしてこんなに迷信に捉われやすいの？　ぞっとする。

もしもヴェーラが死んでしまうのなら、それなら私も、もちろん一緒よ。自殺する、でも、いったいどうやって？

新年を迎えた日は、ひどく不愉快に終わった。

一月七日

昨日、劇場の楽屋で、大きな丸い禿げ頭で、子どもっぽく陽気に目をきょろきょろと動かす小柄な人に会った。その人の名前を聞いて、あの有名な画家がこんな人だったのかと、驚いてしまった。

とはいっても、その人は不快な感じはしなかった。あの子どもっぽい目のせいで。

今日の私はすごく陽気。新しい役を、かなり長い台詞のある役を、覚え込んでいる。もしかすると、私にはやっぱり才能があるのかもしれない。

ヴェーラが私の演技指導をするのを嫌がるのが不思議。彼女は全く信じていなくて、この間も言っていた。

「皇帝は仮面(マスク)を必要としないの。仮面っていうのは、自分を休息させること、自分から脱け出すことなのよ」

でも、私はそうではない方が、もっと嬉しいのに。私は劇場が大好き。

なぜだか画家たちと知り合いになるのは、わくわくする！

でも、ヴェーラはおかしなことに、私を彼らから引き離そうとする。

一月十一日

ヴェーラは「私はあなたを他(ほか)の人たちに渡さなくちゃならないわ」と、泣きながら叫んだあの時以来、ようすがおかしくなってしまった。

あの恐ろしくて、どこまでも頑なな目付きで私を見ている、それも押し黙ったまま。答えるのがすごく難しい質問をしょっちゅうする。答えにくいのは、単純に答えたら愚かにみえるからだろうと、私は思う。

彼女はしばしば私から、何か分からないことを待ちながら、待ち切れないといったようすで、跪いたり、哀れなようすで自分の部屋へ駆け込んで、そこで怖ろしい声で、最も恐ろしい自分の役の台詞を言ってみたりしている。こんなに近くでそんなことをやられると不愉快だ。

そして夜毎に私は孤独になってしまった。ヴェーラはもう私のベッドで眠っていない、夜毎に泣いてばかりいるからだと思う。

悲劇的なものは仮面(マスク)のかげに隠れていれば、本当に素晴らしい。でも、私の前にこんなふうに剝き出しにされて……有無を言わさず目を奪われると……私には分からない、私にとって良いことなのかどうか。私まで、なんだか自分を失ってしまう。

とはいうものの、私自身も涙もろくて、しじゅう、いともたやすく泣いてしまう。

一月十三日
私の部屋は窓全体に椿の木が広がっている。椿の木がまるごと一本、木桶に植わっているのだ。私は椿の花を熱烈に愛している。葉っぱはひどく暗い色をして、艶があって、硬い。花は鮮やかで、満開で、開ききるし、それに幹がある。ただし香りはない。だから私はこの花が好き。

私は、ほんとうは椿の花が好き、バラの花ではなくて。ヴェーラが私をバラに見立てただけのこと。私の占いに、あのバラの庭園がおめみえしたのも、彼女がそう解釈したからじゃないのかしら？

それとも、あのとき蠟が浮び上がらせたのは、もともと椿の林だったのかしら？

今日はヴェーラの留守にサブーロフがやって来た。私に椿の花をくださいと言った。私は上げた。ヴェーラが帰ったので、彼女にそのことを言ったら、不意に青ざめ、顔が引きつって、それから私をぶった。あんなのまともじゃない。両頰と頭を手の平で叩いたわ、力いっぱい、顔を真っ赤にして、額の血管を膨らませて、口元は憤怒に歪んでいた。嫌な気がして、彼女が可哀想になってしまった。

その後、夜半まで、彼女は変な姿勢で、透き通ったブラウスを着て滑稽な感じで、床の上に座ったままだった。膝を抱えこんで、うなだれて、全身がひとつの塊になってしまって。そして不意に訳の分からないことを言った。

「どっちにしたって、同じことよ、私は約束したのだもの……あなたはあの人たちのものにもなるのよ」

私は泣いていた。

彼女は許してとは言わなかった。

私が去ってしまっても怖くはないのかしら？　不思議ね！　私にはいつも、彼女が別れようとけしかけているような気がする。

こんなことをしているうちに、私は出ていくことになるのかしら？

私を叩くがいいわ。

私は彼女を愛しているのよ。

一月十四日

昔のことを思い出してばかりいる。といっても、懐かしいとは思わない。いつだって良かったな、不愉快だった時でも。もちろん、過ぎ去ってしまえばね。

あの人たちといっしょで、居心地は悪くなかった。私は退屈できない人間なの。あの人たちは私を愛してくれ、可愛がってくれた。祖母は私が舞踏会でちやほやされる花嫁候補になるよう、先生方に教育してもらおうと、心を砕いていた。周囲の人たちはかなり美しかった、あれは、本当に美しいのじゃなくて、そう見えていたってこと。私にはそれが分かっていて、この見えるということを大事に思って、それをすっかり真面目に受け止めていた。

それでもあの人たちは、らしく見せることができなかった、ヴェーラの半分も、それらしく見せることができなかった。

もちろん、ヴェーラはとても美しいし、そのことに慣れる必要もないわ。

私には彼女が何よりも二つのことを恐れているように見える。それは慣れることと裏切り。私を見ても、それがないかとびくびくしている表情のときがよくある。

だけど、彼女に慣れることはできないわ。それには理由がある。ヴェーラには栄誉がそなわっているから、でもヴェーラだって死ぬわ。なにもかも、最高のものだって、不滅ではないわ。

あの力強くて、大きくて、よろめきがちな身体で、恐怖と歓喜の間を行ったり来たりしていたら、弦だってぷつんと切れてしまうわ。

私はそのことをよく考える、つまりそのことを自分で、こんなふうに想像してみたりする。死んでぴくりともせず、テーブルに載っている柩に納まったヴェーラ……私もやはりもう、生きられないのよ、もちろん。でも、だから私は好きなんだわ、ぞくぞくして好きなんだわ、愛している人のことをそんなふうに想像してみるのが（私は以前には、祖母のことを、それから婚約者のことを、想像してみたわ、愛する動物のことさえ、うちの火花（イスクラ）のことさえ——黒っぽい灰色の毛に火花の模様が散らばっている牝猫よ——試してみたわよ。）

一月十七日

ヴェーラの部屋にあんな大きな鏡がいくつもあるのって、ほんとにいい感じ。ヴェーラはきれい、身体は少しくたびれ気味だけど。お腹と胸のラインが少したるんでいるの……。でも私は気に入っているわ。ぞくぞくするほど。

私たちは一緒……でもヴェーラは調子がおかしい……彼女は鏡の奥深くに二人が一緒に映っているのを見ながらおかしくなってしまって、朝、叫んでいたわ。

「何もかも止まるがいい。止まるのよ、分かる？　後ろに一歩も退かず、前に一歩も進まないの。私は人生に向かって叫ぶわ『ここに留まれ！』って」

彼女は滑稽で、堂々としている。

一月十八日

私は子どもなの。半分は少年で、半分は少女。幼い頃のふっくらした感じをのこしてはいても、もう子ども時代に見棄てられてしまって、伸びきって、やせ細って、直線みたいな手足をしている。ヴェーラは飽きることなく、そう繰り返す。

ヴェーラは滑稽で、堂々としている。

二月二日

ついに分かったわ、ヴェーラが、もう二か月前になるけど、あんなにまで泣いて『私はあなたを他の人たちに渡さなくちゃならない』って叫んだわけが。すでにあの時に心の中で決めていたのだ……

昨日、あの三人が来た。ヴェーラは以前にもあの人たちを、劇場の楽屋に招いたことがあった。といっても、三人のうちの一人は、「舌なめずりする豹」を彼女に献呈して、その時には何もかも彼女に断られたあの人。

昨日、あの人たちは、画家団体『三十三』の代表者として来ていると言っていた。

私は楽屋では挨拶を交わす以上のことはできなかった。あそこではいつでもせわしなくて、愛想笑いなしで話せたためしなんか一度もない。

私はあの人たちに磁石のように引き付けられた。でも、ヴェーラは目配せをして私を追い払った。きっと私は弱くて、従順なのね。それとも、弱さとはちがうかしら？　彼女の眼差しは私に苦痛も喜びも同時に送ることができる。

私は従順であることが好き。そうだとしても、私には何のマイナスにもならない。特にヴェーラの言うとおりにすることは。

そりゃ、あのことを実行するのは、彼女にとっては怖ろしい自己犠牲にきまっている。でも彼女は犠牲が好きなの。求めているのよ。彼女の仮面(マスク)が彼女に犠牲を要求するの。彼女が私にそう言っていた。

要するに、昨日、ヴェーラは同意したのだ。そして今日、私にそれを打ち明けた。あの人たちの、三十三人の画家の大きなアトリエで、もちろん個人のとは別にもっているアトリエ、あの人たちのなかには大物で、もう世間に知られた画家もいるのだもの。そのアトリエで、あの人たちが私を描く予定なのだ。ヴェーラに連れていってもらって。

でも、それ以上は何一つ言わなかった。私は尋ねずにおいた。その知らせを、水のように静かに聞いていた。ヴェーラがこんなふうに私に打ち明けた。

「私は、あなたが小川で、陽を浴びて孔雀石みたいにつややかな苔をゆすりながら、静かに流れているような気がする。子ども時代に森のどこかで、そんな静かで明るい小川を見たのを憶えているわ」

私は今はヴェーラに自分の意志の全てを委ねている。そうしているおかげで、ずっといい気分。そして彼女はたいそう堂々としていて、何でも分かっている。

二月七日

可哀そうなヴェーラ、災いという災いがいちどきに彼女に襲いかかってきた。彼女はぐずぐずしている。決心がつかずにいる。そりゃ、すごく愛している人間にしてみれば、愛している対象をちょっとでも差し出すのは、辛いことだもの！　それに突然、もう一つ不愉快な出来事が起きてしまった。

昨日、あの男（ひと）が――私の元婚約者で、彼女の元恋人――がやって来た。ところが今日になって、私たちは知った。彼がピストル自殺をしたことを。ヴェーラは動転してしまって、彼が死んだのは自分のせいだと言っている。

あの男（ひと）がやって来たのは、愛をとりもどしたかったから、だめならば……せめて同情からでもよいからと……あの男（ひと）は泣いて頼んでいた。彼女に言っていた、私と結婚して彼女のことを忘れるつもりだったのだと……彼女は――ヴェーラのことよ――宿命の女性で、私も同じくそうなのだけれど、まさに正反対の意味で、宿命の女なのだと。私には彼女と同じように、何となく愛想がないのだけど、正反対の感じでそうなのだって。

私は全部聞いていた、ヴェーラが私のことを忘れてしまっていたからよ。彼女の声は虚ろで、ほとんど呟き声だった。「ちがう、ちがう、ちがう……」

彼女は一つの言葉を、なんて恐ろしい調子で繰り返すことができるのだろう！　彼女の口からとびだす同じ言葉の繰り返しほど、ほんとうにあれ以上に恐ろしくて、頑固なものはない。

でも、あの男（ひと）は昨日、ひどく真剣で、無力だった。といっても、以前だっていつもそうだったけど。そのせいで私は彼のことを愛していたのだ。そして彼と一緒にいると、自分が善良で、強くて、大きく感じられた。

あの男(ひと)はそれは美男子で、丸くて、ほんのりバラ色の顔をしていた。でも、彼って、私が視線を向けるたびに、明るすぎる目の縁の睫毛が蝶がはばたくみたいに震えだしたっけ。

でも昨日、私はちょっぴり笑っちゃった、彼のひどく支離滅裂で滑稽な言葉をヴェーラの寝室で盗み聞きしながら。

彼はいつだって完全には自分自身じゃなかった。きっと、そのせいで、祖母は彼を釣り上げることができたのね。あの人たち、たえず私にちょっかいを出していた、でも、ああいう人たちのなかでいったい誰が、こんな素性の怪しい娘と結婚する気になるかしら？

彼は勇敢だった、彼は本物だった、ヴェーラとほとんど同じくらいに、彼女ほどには賢くはなく、才能もなかったけれど。

でも、あの時の私には思えたわ、女としての人生を試すときが、私にめぐって来たって……

今となっては、これ以外の別の人生なんか求めない。ヴェーラは私に、期待した以上のものをくれたもの、そして私は待ち遠しい気持ちで未来を待ち受けている……

二月十日

一昨日、ヴェーラが言った。

「私はあなたの身体が好きよ、とても美しいから。でも、あなたの魂は分からないわ。魂があるのかどうか、分からない。私には要らないものだけど、あなたの身体がすごくきれいだから。

でも、何もかも移り変わっていって、あなたも老いるわ。最初に顔が老けるの。身体の方が後まで若いままよ。老けた顔はまだ若い身体を嘲るだけのこと。それから、枯れてしなびた身体は、じりじりする欲望の勢いをそぐだけでしょう。

そんな欲望はもはや沈んでしまった太陽の残照みたいなもので、上空に浮かぶ雲を染めて水面に映っているだけ……力のない、偽りのものなのよ。

私はあなたを殺してはだめかしら、永遠に自分一人のものにしておくために？」

そしてヴェーラは怖い感じになっていった。

私はそれが気に入らなかった。でも、その言葉を聞いて、彼女が日取りを決めたのだと分かった。

彼女はこれ以上引き延ばすことはできなかった。復活祭前の斎戒期が近づいていたから。その斎戒期には、私に楽しみなことが待っていた。ヴェーラは私たちの劇団といっしょにパリへ行く予定だ。私はパリを目にする。パリの後は、私たち、アメリカへ行く。ヴェーラの名声は世界中に知られようとしている。

私は、世界を見られる。それって、すごく楽しみ、すごく豪勢。

二月十七日

そして、その日が到来して、すでに過ぎてしまった。悩ましかった日々を断ち切って。

ヴェーラは自分のした約束を取り下げはしなかった！　でも昨日という日は、彼女にとっては犠牲の日であり、同時に幸福な日でもあり、それに希望の日でも、偉大な日でもあったのだ（どれも今夜、二人で祝盃を上げたときに、彼女が言ったまま）、私のささやかな美しさが、まさしく芸術に奉仕できたのだから。

昨日の朝、私は家を出る前に、いやというほどしなをつくってみせた。ながい間、鏡の前に立って次から次へとさまざまな色のキトンを試着してみせた。学者みたいに馬鹿丁寧に、襞をいちいちピンで留めるのも厭わずに。ヴェーラは最初のうちは眺めていたけど、そのうちに不意にかっとなって言い放つと、行ってしまった。

「あなたは愚かで、分かってないわ、余計なことばかりして」

彼女は何か思うところがあったのだけれど、言わなかったのだ……

今なら分かる。で、どうだったのか？　過ぎてしまったこと、だから、もう怖くはない！

でも順を追って記さなくては。今日の日記は長くなるな。

今日は髪の毛がなんだかめちゃくちゃにこんがらがって、それでいてふわっと、ふっくら仕上がった。額は高く見えて、そこの肌は艶に乏しく、透けそうなほど薄い！　そして、澄んだ明るい灰色の目ざとい両眼をかこむ大きな楕円の上に、いとも軽やかにすっきりとそびえている。

唇は柔らかそうでふっくらとして、笑みと厳しさを浮かべている。優しげな唇に鮮やかに塗られた口紅が。乳白色の両頬は雪花石膏（アラバスター）製の香炉に透けて見える火種の仄かな熱気を帯びている。

肩の線は嬉々として、優しいほどの丸みをおびている！　そして小刻みに揺れる胸は、柔らかな二つの波形にきゅっと引き締まっている。それにうなじは大人しく、つつましやかに反って、優しく力強い。

身体はすっくと伸びて、かすかに震えていた、波が秘かに盛り上がったりたわんだりしているように。

そう、私は水に棲む魔物、水の精なの！……

彼女のノートを見るために、急いで下のフロアーへ行く。私のことを描いたくだりを書き写そう。彼女は昨夜、自分で朗読してくれたのだ。私が初めてあの人たちの所へ行った朝の描写を。

『彼女の髪の毛は、犠牲者（いけにえ）にふりかけられるバラ色まばゆい灰なりき』

『優しい額は、灰色の瞳の洞窟の上に広がる軽やかな天空。光り輝く水の恐ろしさよ！　全てを見通す眼差しは、重苦しくも明るい』

『彼女の唇の果実の、ふくよかな柔かさ、それでいて愛しげな微笑は頑なそのもの。そして透けるような素肌に赤い血潮が駆けぬけた、柘榴の皮むけば、赤い果汁が滲むのにも似て』

『死と生命は、彼女の潤えるバラ色の唇の秘める果実酒（うまざけ）のうちにあり。、わが狂おしき愛の秘宝のごとき盃よ』

『彼女の優しい花びらの頬に、血潮がぽっと燃え輝いた、雪花石膏（アラバスター）越しに透けてみえる秘めやかな火種の勢いが強まったように』

『彼女の肩の丸みの快さ、喜びあふれ、魅了せんばかり』
『揺れじとする細き茎、彼女のうなじはしおらしくたわめり』
『黄金色の葡萄の房と、その上に落ちし青ざめたる紅バラの花びら二片さながら——左右揃いし若き乳房は、愛をもって太陽に捧ぐがごとく高くかかげられ、前へと引き寄せられけり』
『彼女の身体は、陽光に射られて蒼ざめ、ローズティーの色した心臓は、はかなくもあり力強くもあり。水際に寄せては返すかすかな波のごとく』……

ここで打ち切りにしよう……

疲れたくらいだ、ピンを刺して巻毛と襞をこしらえながら、自分の姿に見惚れてしまって！　でも、足はどうかしら！　むろん、やせ過ぎよ、でもそれは、私の骨が細いせい。

ヴェーラは私の足の突き出た所と指をそれは大切に扱ってくれるので、一つ一つが生き返って、のびのびとして優しい感じ。

いつまでだって自分の姿に見惚れていられるわね、昨日の私は勇敢だったもの。ヴェーラが、朝、ベッドにいたときに（その夜は一緒に眠ったの——つまり私は眠って、彼女の方は眠らずに、泣かずにいたわけ）こう言った。あの声で。

「今日のあなたは、これまでのあなたじゃないわ、いつも何かになりたがっていて、何かを成し遂げてないことを嘆いているあのあなた。変化していって、たったの一分でも休んでいられず、それで、たどり着けずに、いつも歩いていくあのあなたとは違うの。

そんな終わることのない行進を、あなたの身体の血の一滴一滴が感じているわ。あなたの心臓は、なんて不快に、無意味に、やるせなく鼓動しているの、どきん、どきん、どきんと！　そして心臓の周りを血液がとだえることなく、せわしなく空しく巡っている。

今日、あなたは静かな、立ち止まった人になるでしょう。貪欲さも消えて、永遠の人に、永遠の人になるのよ、画布の上に。血は嘆きはせず、溢れはせず、一瞬一瞬を測ることもないでしょう……一瞬になるのよ。一瞬が他の瞬間から切り取られて、全体がことごとく固まってしまった、豊かで、永遠の瞬間そのものになるのよ。

それが芸術というものなの。

注意深く見つめる三十三組の目の中に、三十三の永遠の、禁欲的な、豊かな美の瞬間として、あなたは映るのよ……」

その後、ヴェーラは跳ね起きると、黙って長いこと部屋の中を歩き回っていた。その足取りは不意に力のこもる、リズミカルで悲劇的なものに変わり、あの透ける長いブラウス姿は、怖ろしいといえるくらいで、滑稽さはなかった。

それから窓辺で立ち止まった、深い底にある通りの方を向いて。

「これって、これって、偉大なことだわ！　これは、これは、ねえ、相当に偉大なことだわ、幸せを信じるなんてね。私でさえも、この私でさえも信じてしまって、何もかもが移り変わっていくってことを、忘れてしまうなんて。

彼女は老いるがいいわ、彼女は若さを永遠にした三十三の瞬間のなかで、三十三回永遠になるでしょう。これは、これは相当に偉大なことよ、世界のどこでも、いかなる時にも、どんな人々でも、そのために生きる価値のあるような偉大なことだわ！」

ヴェーラがあれほどまでに仮面（マスク）と一体化したことは、一言一言が舞台に立ったときのように確信のこもるものになったことは、むろんこれまでに一度もなかった。

それで私は信じた。

だからこそ私はふだんの二倍も従順さを発揮したわけ、ヴェーラがもう朝の十一時までに（私は八時にはすでに着替えをすませていた）完全に凶暴化した興奮状態で、部屋に駆け込んできて、私の両肩を摑んで鏡から離れさせ、長いクラミュス〔古代ギリシアで用いられた長方形の布のマント〕を放り投げて、私の身体をくるみ、ライ麦粉のパン生地でも捏ねるみたいに、ぐいと押しやって――それから階段へ連れ出したのだけど。私は馬車に押し込まれて、運ばれて行った。

そして連れて行かれた、あの人たちの所へ、三十三人の画家たちの所へ。彼らのアトリエへ。

そこでは何ひとつ目に入れるゆとりもなく、あの人たちが実際に何人いたのかも分からずじまいだった。

誰かが案内してくれた。ヴェーラが私を押したわ。誰かがクラミュスを脱がせ、それからショールを取り、肩に止めてあったブローチを外した……

彼らに――私を？　心臓が嫌だともがいた。

三分以上覚えがない。

頭からどぼんと川の淵へ飛び込んだ……キトンが落ちた。足がもつれて、私は途方に暮れた。涙がほとばしった。涙が顔を濡らしたのは束の間。誰かが拭ってくれたの。

私は高い所に立っていた。寒気がしたり、火焙りにされている感じがしたり。

でも、火焙りのときに、ふと自分の身体が目に入った。そしてその身体が青ざめて、くすんでいて（金髪の人の肌にありがちなバラ色ではなくて、ティーローズのひどく青白い色合いがまじっていた）、赤い色になっている、つまり、卑しく醜いバラ色になっていることに、気が付いた。

その時不意に私は、ただただ憤怒と誇りの感情に捉われてしまった。私はまっ直ぐに身体を伸ばして立った。すると、たちどころに手足には生命が漲って、しっかりとして張りが出て、心臓は規則正しく鼓動しはじめ、唇にはかすかながらも誇り高い笑みが浮かんで、灰色の目は勝ち誇って輝きはじめた。

私にはそれが分かった。分かったし、見えたわ。他には誰のことも見えなかった、時間も見えなかった、私に分かっていたのは、自分がひっそり静かになって止まってしまい、勝ったのだってことだけ。

疲れていたに違いない、人の声が聞こえて、我に返ったのだから。

誰かが触った。再び押されて、服を着せられ、火の前まで連れて行かれ、その傍に座らされた。周囲ではたくさんの顔がおずおずと感謝するように、当惑まじりに、幸せそうに微笑んでいた……

家でのこと。

ヴェーラのようすは？　最高に幸せそう。彼女はかつてないほど私を愛している。彼女は私の部屋中に花を撒き散らした。言うことには、自分の心は、大きな鳥になって天空の最高の高みまで飛翔している気分。さあ、これからはもっと違った新しい演技ができるはず、自分には何もかもが思いのままになったから——どんな気持ちにでも、こよなき幸せにでもなれるし、痙攣が起きたって止められるそうだ。

そして私にシャンパンをふるまってくれた。私たちは愛し合う男たちがやるように祝盃をあげた。

愛し合う男たちのやるように、だなんて！　私には愛する男なんか要らない。絶対に。いつになっても。昨日、私は聖女になった。昨日、私はヴェーラにそう誓ったの、すると彼女は、彼女でさえも、私の胸にキスすることをはばかった……

なぜあの人たちは、私たちに肖像画を見せてくれなかったのかしら？　心配したのかしら、私があの人たちの腕前を、完全には理解できないのではないかと？　お馬鹿さん！　優しいのね！

でも、どうでもいい、どうせ今日は、見られるから……でも、日記を書くのはこれで止め。もう、支度する時間だもの！

昨夜は夜どおし眠れなかった。ひどい顔にならないかと心配したくらい。でも、大丈夫だった。今日の私はいちだんと美しい、いちだんと素敵だ。

私は犠牲(いけにえ)の乙女にして女神のよう！　ヴェーラがそんな風に言ったの、私をボックス席から連れ去ったあの最初の夜のことを以前に話したときに。

彼女は私を、いったいどうしようとしているの？　熱病にかかったみたい。自分が自分じゃないみたい。彼女が目覚めたら、言おう。

「ヴェーラ、あなたは私をどうしてしまったの？」

でも、もしも私がそんなに高い存在になったのならば、つまり、私はそこまでたどりついたってわけね。流れついたのだって、ヴェーラなら言うわね。

三月十日

三週間以上過ぎた。

どんなふうに過ぎたのか？

書き足さなくては。なぜか、そうする必要があるような気がする。ヴェーラはパリとアメリカへは出かけなかった。契約を全部反故(ほご)にしてしまった。

じつは、彼女は本当は病気だ。ほとんど気がおかしくなっている。

そう、こんなしだいだった。

私はこの日記を、この日記の断片を書き足そう。彼女がまともだったとき、私がそうするのを望んでいたから。私たちは、お互いの日記を読み合っていた。彼女もやはり日記を付けていて。

最初の日からさらに三日の間、私と彼女はアトリエへ通った。そして私は立っていた。四日目になってようやく、あの人たちは私たちに見せてくれた、そして私は目にした。

私なの？　これが私？　私と彼女が愛していたあの私なの？

この女が？　この女が？　この女が？……

私はアトリエ中のキャンバスを一つずつ駆け巡って、見てみた。私を囲んで座って、あの人たちが描いていた四方八方の位置から捉えられた、あの自分を私は目にした。あるいは私は背後から見た私を知らなかったのかしら？　脇から見た私も？　私の四分の三も知らなかった？　四分の一も？　それに真正面から見た私も……やはり知らなかったのか？

それは別人の肖像ばかりだった。

私たちの思い描いていた肖像画ではなかった。

あの人たちの肖像画だった。彼らの肖像画。彼らの肖像画。

彼らのかいた肖像画というだけのこと。私たちの知ってる美じゃなくて、ヴェーラの知ってる美じゃなくて。

三十三の歪んだ肖像。三十三の歪んだ肖像。

どれも私。どれも私じゃない。

そして私は大声をあげて、罵りはじめた、まるで……競馬の騎手みたいに、馬丁みたいに。

ヴェーラのそばに行った。すると彼女の目のなかに、絶望がなんだか青い閃光を放って燃えはじめていた……（信じられないようなひどい変わりようだった、彼女の目は）——そこには私自身がもう一度見えた。

本物の、唯一の自分が、私を描いたキャンバスの上ではもはや失われてしまった自分が。ヴェーラはあの毛皮外套の襟に当てた水色がかった毛皮のように青ざめて、黙って私をドアへ連れて行った。

家に帰った私たちは黙り込んでいた。

そしてもはやその夜から、彼女は劇場には行かなくなった。

私はひっそりと泣いていた、彼女の手にそっとキスをしながら。その指には生命が失われていた。彼女の大きな、見開かれた目には、あの黒っぽい葡萄の紫色はなかった。

彼女の目は火の消えた燈明皿のように、くすんで黒ずんでいた。

彼女と並んで鏡の前を通り過ぎながら（あのことがあった後のある日のことだ）、私は彼女が黒ずくめなのに、冴えない黒ずくめなのに気付いた。大きく広がる髪の毛には艶がなく、眉はまっすぐできつく、そしてあの目に、くもって不透明なあの目に、もはや私が映ることはなかった。ところが彼女と並んでいる私の方は、我ながら不思議なことに、場ちがいにも、信じられないほど明るく、しなやかに見え、生命に溢れ、灰色の巻毛の一つ一つに、泣いている灰色の目に生命が溢れ、きらきら輝いて見えたのだった。

私は気味が悪かった。

ヴェーラも気付いて、たちどまると、不意に鏡に映った私にほほ笑みかけた。

私は彼女の膝を抱いて、激しく泣いた。

でも翌日の朝、私は彼女のもとからこっそり逃げ出すと、あの人たちの所へ向かった。

あのなかの何人かがあそこにいた。

彼らは私を描いた。

私は一人で、裸になって、彼らの前に立っていた。この私は彼らのもので、彼らのものは、向こうに、キャンバスの上にあるのよ。

なおも見ていた。

すると気付いたわ、昨夜の私とヴェーラは厳しすぎたと。それに叫んだり、罵ったりした私は、まるで……売笑婦みたいだったと。

私はなおも通った。さらに何回となく目にした。そしてすっかり充ち足りた思いを味わった、充ち足りた思いを。

三十三の歪んだ肖像は、真実をつたえていたのよ。あれは真実だったの。あれは人生だったの。人生の鋭利な欠片（かけら）たち、鋭いバラバラの瞬間たちだった。ああなのよ、女性たちは。女性たちには愛人の男がいるの。

あの三十三人の（でなければ、何人だったっけ？）一人一人が自分の愛する女を描いたのだ。見事に！　私まであの人たちの描いた自分に馴染んでしまったわ。

三十三人の愛する女たち！　三十三人の愛する女たち！

全部が私で、全部が私ではない。

私は歪んだ肖像画の女たちを時間をかけて研究した。あの人たちの前に立つ前や、立った後で。研究するために立っていた。肌がひりひりするほど不快だった。自分は人生を欠片で、一つ一つの欠片で学んでいるのだって気がした。割れ残った破片であるにせよ、一つ一つの破片には、その破片のニュアンスの全てが、その破片の力の全てがある。

そして描き損ないの女たちは二手に分かれ始めた。一日ごとにはっきりと。半分は愛する女性になり、半分は女王になった。

三十三人の画家の一人一人が、自分の愛人か、自分の女王を画いたのだ。

そして私には女王たちのうちから愛人を区別するのが面白くなった。でも毎日、彼女たちは元のように混ざり合ってしまって、私が家に帰って、頬杖をついて寝そべりながら、それぞれの自分を、あそこで作られるそれぞれの自分の破片を思い出そうとすると、あの顔たちは悩ましくもこんがらがってしまうのだった、そして私はお馬鹿さんみたいに笑って跳び起きたり、大声で呟いたりした。

「三十三人の愛人。三十三人の女王。三十三人の愛人、三十三人の女王。どれもが私！　全部、私！」

ヴェーラのそばへ行って――彼女はしじゅう両膝を両腕で抱え込んで、ずっと床の上に座ったままだった――声をかけた。

「あそこの絵のどれもが私じゃないわ、あなたのなかで私は完全体なのだもの。それ以外のどこにも私はいないのよ」

私はなんだか具合が悪くなってきた。自分を探しているうちに、ぼんやりとして、感覚がなくなってきて。私は両手で抱いた。ヴェーラにもっとぴったりとしがみついた。今では屈めようとしないあのうなじを私は両手で抱いた。ヴェーラにもっとぴったりとしがみついた。今では屈めようとしないあのうなじを

私は両手で抱いた。ヴェーラにもっとぴったりとしがみついた。今では屈めようとしないあのうなじを私は両手で抱いた。そして目を見て、覗き込んだ。探した。すると、胸が覚えのない痛みに襲われ、具合が悪くなってしまった。ヴェーラの目は、もはや私を映してはいなかったのだ。映していないのだ。

私は泣いた。その後で意地が悪くなった。ヴェーラを憎しみの目で眺めた。そしてひどく邪悪な喜びを胸に、私たちの住まいの高みから果てしなくつづく階段をつたって、物みな全てが、ちらつき砕けている街路へ駆け降り、あそこへ、あの人たちのもとへ出かけて行った……

※　※　※

私はあの人たちの所にいる自分が気に入ってしまった。彼らはその場所とは別に、所属する画家団体『三十三』の創設者の一人のアトリエへも、行ってほしいと頼んだ。

それは大きな禿げ頭の、子どもみたいに目をきょろきょろさせる例の人。彼は今パリで暮らしていて、その後はアメリカへ展覧会を開きに行く。

私はここにいる彼の弟子の一人――私の愛人――を通じて話をつけているところ。そして少し後には同意しようと思っている。

パリとアメリカを見たら、私の人生はどれほど豊かなものになることか。

懐かしい、可哀そうなヴェーラ！　彼女はなんだか心ここにあらずって状態で暮らして、動き回っている。芝居の台詞をひとりでつぶやいている、無表情で、聴きとりにくい。顔は――土気色みたいになって……私が出かける時も、彼女は分かっていない。私が見えないのだ。

でも、もしかして、見えているのかしら？　そして、彼女には、もうどうでもいいのかしら？

座って、彼女の手を握る。死んだ人のみたいに曲がりにくいきゃしゃな指にキスをする。キスをする……

でも彼女は微笑みはしない。彼女の目には、もう私は存在しないのだ。彼女は私を映してはくれない。

気の毒なヴェーラ！　昨日、彼女は私に言った。

「もちろん、あなたは正しいわ」

そして本当にそっと、わざとらしく微笑んだ。

それから、ひどくゆっくりと、分かりづらく言い添えた、言葉の間を置きながら。一語を言うたびに、今にも死にそうにみえた。

「こうなることを、私は、すごく、望んでいたの」

つまり、彼女が恐ろしい声であのことを口にした後で、私を渡さなきゃならないと言い出した後で、私が女王に助けてくださいと祈っていたのは無駄だったってこと？

※　※　※

ヴェーラは、どこへも移らない、それが良いのだと、言っている。彼女にはこうして残りの時間を過ごすのはとても良いのだと言う。私は去ろうか、それとも残ろうか？　どっちにしても変わりはない。私は、あの彼女の中のどこかにいるから。彼女の中のあの永遠の瞬間として。

でもそんなことを言う彼女の口ぶりは、いつも大人しい。劇場で出したら全員が我を忘れて野性に返ってしまう、あの叫び声は上げない。そしてこの大人しさが、気味が悪い。いつもとは違う。

本当に私はずっと日記を書いていたい、でも私にはできない。ヴェーラが可哀そうで、それに私には何ひとつ分からない。

どうするのがいいの？

あのことを断るの？

でもそんなの馬鹿げてる。つまりヴェーラの絶望は馬鹿げてるのよ。

四月

ヴェーラが毒を飲んだ。

私はどうしたらいいの？　どうやって自分を殺すの？　それとも、殺さないでおく？

このことにも慣れてしまうのかしら？

ヴェーラは慣れることと裏切りを怖がっていた。

でも、こうして何時間も彼女のそばに座っていると、私に何かが起こりはじめている。彼女がもう思いつくこともない彼女の考えが私の中をよぎったような気がする。完全無欠で、議論の余地もない考えが。

私は思った。「温かくてはかないこの私の呼吸自体が慣れと裏切りなのでは？　呼吸を、生命を吸い込んでいるけれど、今にも途絶えそうで、そうなっても無理もないこの呼吸、全然思いどおりにできず、頼りないこんな呼吸。こうして一回また一回と息を吸うのが慣れなのでは？　一回また一回と吸ったものを吐いているのが裏切りなのではないの？」

私も老いてしまう。ヴェーラはこの苦悩の二か月の間に、もう老いてしまったのだ。

※　※　※

みんな言っている、ヴェーラにはいつも邪魔が入っていたと。その人たちが今、私たちを訪問してくれて、支度を整えてくれている。なんとかいう親戚があることが分かった。

その親戚の人たちが葬儀をしている……

私は去らなくてはならない。

それに、やはり私も思う——本物である人はみんな……慣れはしないし、……要求をしているものなのだと……

※　※　※

ヴェーラは悲劇的だった。つまり彼女は悲劇的な空気のなかで暮らしていたのだ。彼女は前にも、自分のことをそんなふうに書いていた。（おお、私は彼女があの日記を燃やしたのに気付かなかった！）

あのとき彼女の所で抜き書きした——あのときはそうするのが最適に思えたので——とおりに書いてみよう。

「どんな空気の中でも生きることができるのは、その空気を吸い込み、自分の中で変容させることのできるような存在だけである。私も同感。

悲劇的なものもそうだわ」

ヴェーラはさらに書いていた。

「自分を通して悲劇を胸いっぱい呼吸できる者は、救われる人なのだ——悲劇の主人公にして鎮圧者なのだ」

※　※　※

こんなふうに彼女の言葉をもう一度書き写してみた、でも今は何か自分の言葉が出ようとしている。私はその言葉を涙ながらに書いている。

人生ははかなく、移ろいやすい、ヴェーラの言っていたあの小川のように、あの人たちの愛撫のように、私の欲望のように――人生は本当にあるの、そしてヴェーラはそれを受け容れようとしなかったのだ。

注

＊1　K・A・ソモフ　コンスタチン・アンドレーエヴィチ（一八六九―一九三九）画家。十九世紀末頃から芸術界をリードしたモダニスト系のサークル「芸術世界」の中心的活動家の一人。彼らの発行した雑誌『芸術世界』の編集所がイワーノフ夫妻の住居と同じ塔のある建物の中にあり、〈塔の会〉の常連でもあった。

＊2　M・V・サバーシニコワ　マルガリータ・ワシーリエヴナ（一八八二―一九七三）画家、詩人、M・A・ヴォローシンの最初の妻。彼女によるジノヴィエワ＝アンニバルの素描画をヴャチェスラフ・イワーノフは終生そばに置いていた。

＊3　O・A・ベリャーエフスカヤ　オリガ・アレクサンドロヴナ（一八六五―一九一九）作者の友人で、イワーノフ家の執事であったM・M・ザミャトニナの親しい友人ベリャーエフスカヤ姉妹の一人。

＊4　M・A・ヴォローシン　マクシミリアン・アンドレーエヴィチ（一八八七―一九三二）詩人、翻訳家、画家。

＊5　K・A・シュンネルベルグ　美術批評家、美学者、詩人（一八七一―一九四二）。K・エルベルグのペンネームで活動。

＊6　M・L・ゴフマン　モデスト・リュドヴィーゴヴィチ（一八九〇―一九五九）詩人、文学研究者。

＊7　G・I・チュルコフ　ゲオールギイ・イワーノヴィチ（一八七九―一九三九）詩人、小説家、批評家、シンボリズムの理論家。ナジェージダ夫人とともに作者の最も親しい友人の一人。作者の創作の全てに鋭い関心を寄せる。

＊8　S・M・ゴロジェーツキイ　セルゲイ・ミトロファーノヴィチ（一八八四―一九六四）ロシア、ソヴィエトの詩人。象徴派からアクメイズムに移り、革命後も活動。

＊9　ヴャチェスラフ・イワーノフ　「訳者あとがき」参照。

訳者あとがき

『悲劇的な動物園』（一九〇七）はヴェーラという女の子の九歳から十八歳頃までの波乱にみちた生長を描いています。前半の少女期ではさまざまな動物との幸せな触れ合いが繰り広げられるのにたいし、後半の思春期では家庭や学校での反抗や軋轢だらけの人間との付き合いが展開されています。

はつらつとして天衣無縫な半面で、感受性豊かで生き物や人の苦しみに敏感、そのうえ正義漢でもあるヒロイン、ヴェーラは楽しい日々を送りながらも、とかく周囲の人々への違和感や懐疑の念をよび覚まされ、苦しみや悩みを溜めがちで、しだいに家庭や学校を悩ませる問題児になっていきます。この自伝的小説にそなわる豊饒さや奥深い魅力――それはロシアの広大無辺の自然の中で、さまざまな動物や人々と交わって大きく深い心を育んだ魅力的な女性の若い日々が、経験に磨き上げられた美しく力強い文筆の才能によって見事な文学作品に結実している点にありましょう。

ヒロインの付き合う動物はペットとしてお馴染みの犬や猫などではありません。兄さんたちの狩りの土産である子ぐまや鶴の子や亀といった野生動物を友だちにして遊び戯れ、楽園の幸福を味わうのです。けれども動物と人間との関わりにつきものの事件や死といった悲劇にも直面し、心にさまざまな傷と痛みを経験します。水生動物を飼ううちに、自然界にある弱肉強食の現実に直面して動揺したり、森での狼狩りの無残さを見たり、皇帝たちの行うという残酷な狩りの噂を聞いて憤りを覚えたり。活発な少女の日々は新しい体験にみちています。

小間使いの冴えない少女ダーシャや、野辺で出会う貧しい農民の娘、魅惑的なターニャなどと仄かに心を通わせたり、病身の農婦の悲惨な暮らしを目撃したり。そんななかで特権的な身分の貴族の娘であるヒロインは身分制社会の悲惨さや不公平さにめざめて、土地に縛られない放浪の民の暮らしに憧れたり、ケンタウロスの王女という半人半馬のヒロイックな戦士になりたいと夢見たりもします。

やがて思春期を迎えたヒロインは動物たちとの天使的とも感じられた友愛から離れ、人間たちとの接触が中心の生活に入るにつれて我利我欲むきだしの振る舞いをするようになり、心は反抗心に荒れすさび、家庭でも学校でも持て余し者になります。ドイツの修道院付属の学校では〈ロシアの悪魔〉と呼ばれて、精神的危機を体験したあげく退学処分に。そして太陽の照るイタリアの海辺で兄さんの家庭に身を寄せて自由な時を過ごすうちに、海中や洞窟の生き物に触れて、森羅万象の生命のうちにある小さな自己の存在に気付かされ、人としての生まれ変わりを体験します。

故郷の家を出る前のヒロインの春の一日が描かれる最終章「自由を求めて」には、生命あるものへの慈しみに根ざして社会改革の道に踏み出すヒロインの未来が、躓きの暗示もそえて描かれています。イタリアの海辺の自然のなかで迎える心の回復の過程を描いたくだりや、ロシアの野辺の大自然のもとでの新生活への胸弾む旅立ちを描いたくだりはじつに深い感動に誘われます。

ロシア文学には十九世紀以来、S・アクサーコフの『孫バグロフの子供時代』(一八五六)、L・トルストイの自伝的三部作『幼年時代』『少年時代』『青年時代』(一八五二~五七)、ゴーリキーの自伝的三部作『幼年時代』『人々の中で』『私の大学』（一九一三〜一二三）、プリーシヴィンの『カシチェイの鎖』（一九二三〜五四）、ブーニンの『アルセーニエフの人生』（一九三〇）等々の、子ども時代の含まれる自伝的長篇小説の輝かしい伝統があります。それにたいして女性の作品としては、男装の軍人として活躍したN・ドゥーロワの異色の自伝『娘騎兵の手記』（一八三六）や、数学者で作家でもあったS・コワレフスカヤの『子供時代の思い出』（露訳版一八八九）や、パリで画家修業の身で若くして死んだM・バシキルツェワの『日記』（仏語初版一八八七、露訳版一八八九）等の作品が評判を呼び知られてきましたが、ジノヴィエワ゠アンニバルのこの自伝的作品は格段の質の高さをそなえた小説として画期的なものがあります。

作者の最後の作品となった『悲劇的な動物園』は大好評で迎えられ、後続の若い文学者たちにも愛読され、影響の痕が明らかな作品が生まれています。詩人フレーブニコフの散文詩『動物園』（一九一一）、E・グローの詩文集『空の駱駝の子たち』（一九一四）、ツヴェターエワのエッセイ『悪魔』（一九三四）等々。なお二十世紀の大詩人で優れた批評家でもあったブロークがこの作品の本質に迫り、意義深さを称えた批評を寄せていますのでその一部を紹介しておきます。

「この本がロシア文学にもたらしえたものを、我々は想像することさえできない。……本の全体が反抗について、陶酔と、若さについて、身体の愛について、獣の哀れさと人間の残酷さについて語っている。こうしたことはデリケートに語ることが好まれる。ジノヴィエワ゠アンニバルはそれを未開人のように、子どもらしく大胆に、女性らしく神秘的に、また唯一必要なものだけを売りわたさなかった人間が語りうる素朴さで語っている。そのせいでこの短篇集『悲劇的な動物園』は素朴な読者の胸を感動させもすれば、文学体験の重みに腰の曲がった老兵の注意をも惹きつけるのである」（「一九〇七年の文学の総評」一九〇七年十一月）

人間にとって動物のもつ意味は、謎を秘めた重要な問題として近年ますます多方面から注目されつつあります。ヴェーラの様々な生き物たちとの付き合いの描き方はそうした課題を先取りしているように思われます。言葉をもたない存在としての動物との交流の秘める不思議な力や可能性がしだいに解明・応用される一方で、人間と動物の差別化、それに連動する人間間の各種の差別や虐待や生命への蹂躙にたいする倫理的、社会的、環境問題的視点からの批判の波は高まる一方です。この作品には人間と動物の差別なしに生命あるものの尊厳を守るという地平から社会改革へと展開する全うで広々とした道筋が示されている点でも優れて現代的です。

もう一作の『三十三の歪んだ肖像』（一九〇六）は『悲劇的な動物園』の出版された一年前に同じく単行本として発表され、センセーショナルな反響を呼んだ中篇小説で、同時代、つまり二十世紀初めの都会ペテルブルクのとある住居、アトリエ、劇場という屋内だけを背景にして書かれた異色の小説です。人気の高い舞台女優ヴェーラと、若くて美しい容貌と肢体の持ち主である女性との「愛」の暮らしを、後者の日記で赤裸々に綴ったかたちのこの作品は、ロシアで初のレスビアニズムの文学として、発禁騒動にまきこまれたそうです。ストーリーは単純で苦もなく読めて楽しめますが、謎をかけられたような読後感に誘われないでもありません。それはこの小説が当時支配的であった芸術や文学傾向にたいする実作による批評として、芸術と生活と愛の関係を問いなおす芸術家小説、という性格を潜ませていたせいかと思われます。

ジノヴィエワ゠アンニバルはいわゆるフェミニズム的思考を、時代に先がけて生活においても文学においても探究・思索した女性作家で、男女間の愛も女性間の愛も共に認め合うことはむろんのこと、男女間の愛における閉鎖性を免れる道として、夫婦プラス男女いずれか一人、つまり三人一組の関係を実験してみたりもしています。そうしたことの根底には、女性たることを負としてではなく正の方向に捉え、自らの性への愛や誇りを女性たちに広めようとする文化的、社会的な視点もありました。芸術や文学やジャーナリズムの世界への女性の参入に勢いが加わり、過去の女性文学者たちの仕事の再評価の動きが広く見られた（例えば『ふたつの生』を書き十九世紀半ばに活躍した詩人パヴロワの文学遺産の編纂・出版がブリューソフによってなされ、前記の〈娘騎兵〉ドゥーロワの伝記研究が現れたり、児童作家チャールスカヤによる児童向け伝記物語が書かれたりしました）この時代をリードする存在だったわけです。

小説『三十三の歪んだ肖像』の書かれた少し前に、彼女はフランスで女優並びに歌手として活躍していた同時代人J・ルブラン（劇作家メーテルリンクの妻で、『快盗ルパン』の作者M・ルブランの妹に当たる）が出版した著作『人生の選択』（一九〇四）にたいして好意あふれる書評を発表しています（「秤」一九〇四）。女性の解放のためには、女性が自らの性の美点を自覚し、女性たることを愛着をもって受け容れ、そうした自覚をもとに女性同士が互いに交流を増やすことの必要性を説いた著者の主張に、ジノヴィエワ゠アンニバルは熱い賛同を表明しています。そんな作者にとってレスビアニズムの「愛」の破綻を描いたこの小説は、当時の男性主導の象徴派の文学環境で通用していた、ホモセクシュアルな関係から生じる「子ども」としての芸術の位置づけなどといったプラトン起源の芸術論や、それに添って書かれた具体的な作品（M・クズミンのホモセクシュアルな関係を描いた小説『翼』、一九〇六）にたいする実作による大胆にして優雅な反論でもあったのでしょう。

生涯と作品

ジノヴィエワ＝アンニバル（本名リジヤ・ドミートリエヴナ・ジノヴィエワ　一八六六〜一九〇七）は二十世紀初頭のロシア文化の爛熟期に突如として魅惑的な創作を発表して注目と期待を集めながら、惜しいことに、数年後に四一歳の若さで病死を遂げました。子ども時代から青春の初めまでの彼女の生い立ちは、『悲劇的な動物園』にほぼ忠実に反映されていると思われますが、多少補っておきます。

リジヤは外国人の血も混じるペテルブルクの名門貴族の家庭に三男二女の末娘として一八六六年に生まれました。父親ドミートリー・ジノヴィエフは事業家としても成功しており、一族には行政機関や宮廷関係の要職に就いた人たちも多かったようです。リジヤの母方の祖母は旧姓がガンニバルであり、近代ロシア文学の父プーシキンの先祖と繋がる家系の人でした（リジヤは後にこの姓の最初の子音を除いたアンニバルを自分のペンネームに取り込んでいます）。プーシキン作『ピョートル大帝の黒奴』（一八二七）で知られるガンニバルのアビシニア人の血はリジヤにもいくばくかは受け継がれ、浅黒い肌や肉感的な唇など、プーシキンとの外見的な相似点も見られたようです。しかし面白いのは人間や創作の面での相似性で、『悲劇的な動物園』のヒロインに特徴的な自由へのやみがたい欲求、反逆的気質、情熱的で直情的な気性といった共通点が多く見受けられ、創作にも深い影響の痕が伺えます。

彼女の生い立ちに決定的な意味を持ったのが、バルト海沿岸にあった領地での、主に夏季の田舎暮らしであることは、『悲劇的な動物園』にある通りです。ドイツの学校を退学させられて帰国した後に彼女は家を出て社会的活動に向かいます。そのきっかけとなった人物は、リジヤの何人目かの家庭教師を務めることになった若い歴史学者の卵でナロードニキの社会活動家でもあったK・シワルサロンです。彼の感化によってリジヤは一八八四年に十八歳で家を出てペテルブルクで結婚生活と活動家生活に入りましたが、理想とは程遠い裏切りにみちた夫の姿を知って、九〇年代初めには彼のもとを去り、三児を連れてヨーロッパを放浪する生活を始めました。

老境のポーリーヌ・ヴィアルドー（ツルゲーネフの永年の恋人でもあった名歌手）を訪ねたり、ミラノ・スカラ座の歌手登用試験を受けたりして、声楽家を目指した時期もあったようです。そうしたなかで一八九三年に旅先のローマでヴャチェスラフ・イワーノフと運命的な出会いをします。同い年のイワーノフはベルリン大学に留学して古代ローマ史や考古学を学びつつ、ドイツ・ロマン派の文学から当時流行中のニーチェの思想まで幅広い教養を身につけた学者でした。二人は恋に落ち、イワーノフは詩作への情熱を目覚めさせられて詩集を何冊か刊行し、リジヤはイワーノフを通してニーチェの思想（とりわけ『悲劇の誕生』）への深い共感・心酔へと導かれたものと想像されます。二人は一八九九年に結婚し、一九〇五年に長年の滞欧生活を切り上げて帰国し、ペテルブルクのタヴリーダ宮殿に近く町を一望できる円塔のある住居に落ち着きました。ヴャチェスラフは象徴派の詩人・哲学者として指導的な役割を演じるようになり、リジヤは戯曲・小説・評論などを発表し、夫妻が週毎に開いた〈塔の会〉の集いは、自由な気風と刺激にみちて千客万来の賑わいを見せ、帝都の文化の隆盛に貢献を果たしました。

ジノヴィエワ＝アンニバルの創作としてはここに翻訳した代表作に先立って、ドラマが二作発表されています。『リンク』（一九〇四）は開かれた愛を求めての夫妻の愛をめぐる実験的試みに関連して書かれた象徴派的劇で、ヴャチェスラフによる前書きでは〈ディオニソス神に捧げる神秘劇〉と紹介されています。『歌うろば』（一九〇七）はシェークスピアの幻想的な劇『真夏の夜の夢』を自由に翻案した風刺的、パロディー的な劇ですが、どちらの作品も舞台にはかからずじまいでした。他には短篇数篇、多数の抒情的ミニアチュール（超短篇）、そして同時代の内外の作家をとりあげた批評や書評が数篇、文芸誌に掲載され、さらに長篇小説『かがり火』と劇『偉大な鐘』が未完で残されています。

ジノヴィエワ＝アンニバルは一九〇六〜七年の冬に肺炎にかかって入院し、つづく夏に友人の領地モギリョフ県ザゴーリエで休暇をすごす間に、猩紅熱の流行で苦しむ農村の子どもたちの看護に手を貸して自らも罹患し、惜しくも四一歳の若さで世を去りました。

ロシア革命以前のロシアの女性の創作は、詩のジャンルではパヴロワ、ロフヴィーツカヤ、ギッピウスなどの逸材が登場して世に認められていましたが、散文のジャンルでは未だしの感がありました。ジノヴィエワ＝アンニバルの革新的で魅惑的な小説はそんな状態を変える優れたものであり、後続の女性作家たちの登場・活躍に大きな道を開くものでもありました。

しかし彼女の仕事は革命後のソヴィエト体制下で黙殺と忘却の運命にみまわれ埋もれつづけました。彼女が活躍した二十世紀初頭は〈銀の時代〉とも呼ばれてロシアの文化全般が新たな盛り上がりをみせた時代で、文学の世界でもデカダンス、唯美主義、彼岸的情熱、宗教的探究、ヨーロッパ文化との接近、ロシアへの回帰等々、多様な傾向を見せて豊かな成果が生まれましたが、その大半がソヴィエト時代には厳しい排斥の対象となりました。この時代にようやく活気をおびはじめた女性たちの創作の成果もそんな逆風のもとで埋もれてきました。けれども今日活躍するロシアの現代作家たち、とりわけ女性作家たちの作品には、ジノヴィエワ゠アンニバルやギッピウスなど、この時代の先人たちの文学遺産がさまざまな形で受け継がれているのが分かります。

欧米での研究や関心の高まりに刺激されるかたちで、ソヴィエト時代の一九八〇年代頃から埋もれてきた文学遺産の掘り起こしや研究が少しずつ進み、その成果が影響を及ぼしているのでしょう（そうした事情は、ジノヴィエワ゠アンニバルのすぐ後にデビューした女性の人気ユーモア作家N・テッフィの作品『魔女物語』を紹介したさいに、すでにあとがきでも触れましたが）。ジノヴィエワ゠アンニバルの創作がアメリカなどで注目されはじめたのは一九九〇年頃。ロシア本国ではソヴィエト崩壊から八年後の一九九九年に、作家の死からじつに九二年の時を隔てて初めて一巻の作品集が編纂・出版されました（M・ミハイロワ編集『ジノヴィエワ゠アンニバル』〈時代のシンボル〉シリーズ、モスクワ・アグラフ社）。翻訳はその本をテキストにしています。

田辺 佐保子

リジヤ・ジノヴィエワ=アンニバル

（本名リジヤ・ドミートリエヴナ・ジノヴィエワ）

1866～1907

ペテルブルクの名門貴族の家庭に生まれる。大学講師で社会活動家でもあった家庭教師の影響を受け、18歳で家を出て結婚するが数年後に離婚。三人の子とヨーロッパを転々とするなか、象徴派の詩人・哲学者として指導的な役割をはたすことになるヴャチェスラフ・イワーノフとローマで出会い結婚。1905年に帰国し、ペテルブルクの円塔のある建物に居を構えた。夫妻が毎週開いた〈塔の会〉は〈銀の時代〉と呼ばれるロシア文化の爛熟期を担う芸術家や哲学者が多く集まるサロンになった。リジヤもプーシキンの先祖と繋がる母方の祖母の旧姓ガンニバルをペンネームに取り入れて戯曲・小説・評論など魅惑的な創作を発表した。1907年に友人の領地で休養中に猩紅熱で苦しむ農村の子どもたちの看護に協力して自らも罹患、41歳で他界。彼女の仕事は同時代の多くの芸術家同様、ソヴィエト体制下では黙殺され忘却の運命をたどったが、詩人ツヴェターエワなどを経由して現代の作家、とりわけ女性作家たちの作品にその文学遺産がさまざまなかたちで受け継がれている。

訳者　**田辺佐保子**（たなべ さほこ）

ロシア文学研究・翻訳者。著書に『プーシキンとロシア・オペラ』（未知谷）、共著書に『ロシア・オペラ　名作20選』（東洋書店）、『プーシキン再読』（大阪創元社）など、訳書に『ソモフの妖怪物語』、『ロシアのクリスマス物語』、テフィ『魔女物語』、パヴロワ『ふたつの生』（以上、群像社）、ドゥーロワ『女騎兵の手記』（新書館）などがある。

群像社ライブラリー43

ひげきてき　どうぶつえん
悲劇的な動物園　三十三の歪んだ肖像

2020年7月15日　初版第1刷発行

著　者　リジヤ・ジノヴィエワ=アンニバル

訳　者　田辺佐保子

発行人　島田進矢

発行所　株式会社 群 像 社
神奈川県横浜市南区中里1-9-31 〒232-0063
電話／FAX 045-270-5889　郵便振替　00150-4-547777
ホームページ　http://gunzosha.com　Eメール　info@gunzosha.com

印刷・製本　モリモト印刷

カバーデザイン　寺尾眞紀

Лидия Зиовьева-Аннибал
Трагический зверинец

Lidiia Zinov'eva-Annibal
Tragicheskii zverinets

ISBN978-4-910100-11-1

ふたつの生
カロリーナ・パヴロワ　田辺佐保子訳　理想の男性を追い求める若い貴族の令嬢たちと娘の将来の安定を保証する結婚を願って画策する母親たち。19世紀の女性詩人が平凡な恋物語の枠を越えて描いた〈愛と結婚〉。ロシアの女性文学の原点。ISBN978-4-903619-47-7　1000円

魔女物語
テッフィ　田辺佐保子訳　昔からロシアでおなじみの伝説の妖怪魔物が現代人の心に忍び込んで、世にも妖しい物語が生み出されてくる！モダンでおしゃれなユーモア短編で20世紀初頭ロシアの人気作家となり、革命後は亡命先のパリで活躍を続けた女性作家が魔女や吸血鬼を現代に蘇らせた連作短編集！　ISBN978-4-903619-11-8　1800円

ソモフの妖怪物語
田辺佐保子訳　ロシア文化発祥の地ウクライナでは広大な森の奥に、川や湖の水底に、さまざまな魔物が潜み、禿げ山では魔女が集まって夜の宴を開いていると信じられていた。そんな妖怪たちの姿をプーシキンやゴーゴリに先駆けて本格的に文学の世界に取り込んだロシア幻想文学の原点。　ISBN978-4-903619-25-5　1000円

それぞれの少女時代
ウリツカヤ　沼野恭子訳　体と心の変化をもてあましながら好奇心いっぱいに大人の世界に近づいていく、ちょっとおませな女の子たち。スターリン時代末期のソ連で精一杯生きていたそんな少女たちの素顔をロシアで人気の女性作家が小さな物語につむぐ。
ISBN4-903619-00-1　1800円

クコツキイの症例　ある医師の家族の物語　㊤㊦
ウリツカヤ　日下部陽介訳　堕胎が違法だったソ連で多くの女性を救おうとした優秀な産婦人科医が患者だった女性と娘を引き取って生まれた家族。だが夫婦の関係は次第に歪み、思春期に入った娘は家を出る。家族につきつけられる生と死の問題を見つめたロシア・ブッカー賞受賞の話題の長編。　ISBN978-4-903619-42-2　上巻1800円
ISBN978-4-903619-43-9　下巻1500円

価格は税別